곤룡유기

FANASTIC ORIENTAL HEROS

鯤龍遊記

곤룡유기 9

이소 新무협 판타지 소설

초판 1쇄 찍은 날 § 2004년 2월 16일
초판 1쇄 펴낸 날 § 2004년 2월 26일

지은이 § 이소
펴낸이 § 서경석

편집장 § 문혜영
편집 § 장상수 · 서지현
마케팅 § 정필 · 강양원 · 이선구 · 김규진 · 홍현경

펴낸곳 § 도서출판 청어람
등록번호 § 제1081-1-89호
등록일자 § 1999. 5. 31
어람번호 § 제2-0336호

주소 § 경기도 부천시 원미구 심곡1동 350-1 남성B/D 3F (우) 420-011
전화 § 032-656-4452 팩스 § 032-656-4453
http://www.chungeoram.com
E-mail § eoram99@chollian.net

ⓒ 이소, 2002

값 8,000원

ISBN 89-5831-009-X 04810
ISBN 89-5505-386-X (SET)

이소 新무협 판타지

鯤龍遊記

곤룡유기

9
완결

FANTASTIC ORIENTAL HEROS

도서출판
청어람

목

차

제1장
장강지류(長江之流)

장강지류(長江之流)

"잠깐만."

번들거리는 살기와 더불어 병기들을 번쩍 치켜들어 올리거나 겨눈 총채 사람들이 내딛는 걸음에 더욱 힘을 가하면서 막 그 다음 행동으로 넘어가려는 순간, 짧은 한마디로 그들을 제지하며 종잠 앞으로 한 발 먼저 나선 사람이 있었다.

뜻밖에도 쇄비수 만균이었다.

과거 적교방의 배에서 음귀수와 짝을 이뤄 종잠을 나락으로 떨어뜨렸던 또 한 사람의 장본인. 그는 결정적인 순간에 행동을 제지당한 제 동료들이 어떤 시선으로 자신을 바라보는지는 아랑곳없이 종잠의 앞을 막고 선 채 복잡한 감정이 갈무리된 눈빛으로 종잠을 쳐다보았다. 종잠도 그를 보고 있었다. 그러나 그와 같은 눈빛은 아니었다. 주저앉은 채 거친 호흡조차 가다듬지 못할 정도로 지치고 피로한 모습임에도 그는 상처 입은 짐승의 그것 같은 핏발 선 눈으로 그를 쏘아보고 있었다. 그런 가운데 잠시간의 침묵이 흘러갔다.

침묵을 깬 것은 만균이었다.

"이것만은 말해 두고 싶소, 종 전주."

그가 길게 한숨을 불어내더니 말했다.

"우리는 다만 서로 간에 의견이 달랐을 뿐이라는 것을."

"⋯⋯!"

흠칫, 종잠의 눈에 이채가 스쳐 갔다. 그리고 살기 어린 핏발만 가득했던 그의 시선 속에 불현듯 만균의 그것과 똑같은 복잡한 감정의 파문이 조금씩 묻어나기 시작했다.

만균이 말하고자 하는 것이 무엇인지 단번에 알아들은 이유였다.

비록 서로가 적으로 부딪쳐 지금은 돌이킬 수 없는 상황에 이르렀다고는 하지만 그것은 단지 선택의 차이에서 온 문제였을 뿐이며, 그런 이유로 결과가 어떻든 간에 모두가 장강의 한 형제라는 사실만은 결코 변함이 없고, 또 변할 수도 없다는 것을. 그러므로 또한 그 잘잘못을 비롯한 모든 것의 판단은 장강의 흐름과 더불어 줄기차게 이어질 후일의 역사가 가늠하도록 둘 일이며, 지금으로서는 서로가 최선을 다한 것에 의미를 두는 것만으로도 충분하지 않겠느냐는 숨겨진 뜻까지도. 그리고 아울러 개인적으로 만균이 얼마나 자신에 대해 안타까워하고 있으며, 얼마나 위로하고 싶어하는지도.

"부질없는 세월은 아니었단 말인가⋯⋯."

"그럴 리가."

종잠의 입술을 비집고 문득 새어 나온 무슨 뜻인지도 모를 혼잣말 같은 중얼거림이었다. 그런데 만균은 그 뜻을 바로 이해하기라도 했다는 듯이 말을 받았다.

"장담하지만, 종 전주는 장강이 흐르는 한 언제까지나 장강 최고의 호한으로 기억될 것이오."

"……!"

종잠의 눈에 다시 이채가 스쳐 갔지만 만균은 그것을 보고 있지 않았다. 말을 끝낸 그는 이내 그에게서 시선을 떼더니 제 동료들을 둘러보았고, 말했다.

"부탁이 하나 있소이다."

"……?"

"비록 일이 이렇게 되었지만, 그래도 종 전주는 그동안 내가 가장 탄복하고 존경했던 사람이라오. 그의 마지막 가는 길이나마 내가 보내줄 수 있도록 해주시오."

"……!"

어느덧 만균이나 종잠과 한가지로 변한 사람들의 시선이 만균에게서 서로에게로 향했고, 이내 다시 만균에게로 돌아오더니 누가 먼저랄 것도 없이 고개를 끄덕였다.

"고맙소이다."

그들을 향해 머리를 숙여 보인 만균의 시선이 다시 종잠에게로 건너왔다. 그리고 말했다.

"할 말도 좋고, 부탁이 있다면 그것도 좋소. 마지막으로 잠시 시간을 줄 테니 무엇이든 말해 보시오."

"없소."

한마디로 잘라 버리는 종잠이었다.

그러나 그런 어조와는 달리 그의 얼굴은 이제 담담하기 그지없었다.

그토록 보는 사람을 질리게 할 정도로 흘러넘치던 투지도 살기도 찾아볼 수 없었다. 눈빛도 그랬다. 그렇다고 그것이 절망에서 오는 체념이나 포기로 인한 것은 아니었다. 오히려 그것은 최선을 다해 후회없이 살아온 자의 당당함에서 기인한 것이었고, 또한 그럼으로써 모든 것을 하늘의 뜻으로 여기고 기꺼이 받아들이겠다는 것과 다름 아니었다. 물론 그것은 만균의 위로가 제대로 핵심을 건드린 탓에 촉발된 것이라 할 수 있지만, 그렇다고 그것이 전부는 아니었다. 그동안 곤과 함께 생활해 오며 자신도 모르게 느끼고 깨달은 부분들이 그 근본을 형성하고 있었기에 그럴 수 있는 것이었다.

"정말 없소?"

재차 묻는 만균의 오른손이 거무스름하게 물들어가고 있었다.

성명절기인 쇄비수를 운용하고 있다는 표시였다. 종잠은 이번에는 대답조차 하지 않았다. 그러다 만균의 손이 서서히 자신의 머리 위로 들어 올려질 즈음에야 생각났다는 듯이 불쑥 입을 열었다. 만균을 보고 있었지만 그에게 한 말은 아니었다.

"형가야, 네겐 면목이 없다."

"제기랄 놈!"

무슨 연유로 하는 소리인지 제꺽 알아들은 형오 역시 돌아보지도 않고 퉁명스럽게 뱉어냈다.

"입장이 바뀌었으면 제놈은 나처럼 안 했을 것같이 말하네. 오히려 나보다 더 기를 쓰고 달려들었을 놈이 말이야. 우리가 남이냐? 친구지간에 그런 말이 왜 필요해?"

"그렇지만."

"낯간지러운 소리 작작하고."

종잠의 말이 채 시작되기도 전에 싹둑 자른 형오가 화제를 바꾸었다.

"그보다 이렇게 함께 가면 거기서도 내내 붙어 있어야 될 텐데, 긴긴 시간을 어떻게 보낼지 그 걱정이나 해."

"왜? 술 없을까 봐?"

이제 태연히 형오에게 장단을 맞추는 종잠이었지만 그의 음색은 어딘지 모르게 젖어 있었다.

"걱정 안 해도 될 거야."

"있을까?"

"거기라고 별다르겠어?"

"그렇겠지?"

짐짓 침까지 꼴깍 삼키며 반문한 형오가 말을 이었다.

"그렇다면 거리낄 게 없지. 우리 이번엔 아무것도 구애받지 말고 누가 먼저 쓰러지나 정말 원없이 통쾌하게 마셔보자고."

"좋지."

여전히 돌아보지도 않고, 또 아무렇지도 않은 듯 태평하게 말을 주고받던 둘은, 그러나 그 맞장구를 끝으로 입을 다물 수밖에 없었다. 달리 그런 것이 아니었다.

"뭘 하는 거야? 얼른 처리해!"

갑자기 멀리서 들려온 고함 소리가 있었던 때문이다.

섬을 포위하고 있는 배들 중 가장 크고 화려한 배가 진원지였다. 총채주의 배였다. 갑판 중앙에 두 개의 태사의가 놓여 있고, 그중 하나엔 백발 백염에 살집이 투실투실한 노인이, 그리고 다른 하나엔 약관을 갓 넘긴 듯한 청년이 앉아 있었다. 총채주와 그의 혈육인 수룡이 아니면 누구이겠는가.

소리친 사람은 수룡이었다. 그가 앉아 있던 태사의에서 벌떡 일어서서는 고함을 치고 있었다.

"이 여세를 몰아 민강까지 마무리를 하는 거야! 서둘러!"

"어리석은 놈."

가장 먼저 반응한 사람은 종잠이었다.

"자신의 그릇도 모른 채 한갓 혈육의 정만을 앞세워 총채주 자리를 넘보다니…… 내 장담하지, 네놈도 언젠가는 장강의 준엄한 심판을 받으리란 것을."

그러나 얼굴을 굳힌 차가운 어조와는 달리 그의 음성은 수룡이 들을 수 있을 정도로 크지는 않았다. 그렇다고 일부러 큰 음성을 내지 않은 것도 아니었고, 탈진이 원인이었다. 지금의 그로서는 그 정도 이상의 음성을 발할 힘이 없었던 것이다.

이어 그는 만균을 향해 말했다.

"나도 저놈 꼴은 더 이상 보고 싶지 않으니, 저놈 말대로 어서 날 보내주시구려."

"……!"

흠칫 시선을 경직시키던 만균은 더욱 복잡한 감정의 파장 속에 말없이 머리를 끄덕이더니 이내 손을 다시 움직였다. 이번엔 매우 빠른 손속이었고, 백회혈(百會穴)을 겨냥한 채였다. 만균으로서는 고통없이 순식간에 죽음을 선사하려는 나름의 배려였다. 그리고 그가 움직임과 더불어 다른 몇몇도 자신의 병기를 움직였다. 각자 가까이 있는 사람을 향해서였다.

그런데 그때였다.

갑자기 쾅, 하고 사방을 울리는 굉음이 터져 나오는 것이 아닌가. 그 소리는 사람들을 소스라치며 놀라게 하기에 충분했다. 그래서 종잠 등을 쳐가던 사람들은 자신들이 하려던 일을 계속하는 대신 화들짝 몸을 돌려야 했고, 다음 순간 그들은 볼 수 있었다.

총채주의 배를 양편에서 호위하던 두 척 중 하나가 두 동강 나고 있는 것을. 그리고 곧 이어 그 어림의 물속에서 돌연 돌고래가 수면을 차고 오르듯 형체도 제대로 구분할 수 없는 시커먼 그림자 하나가 빠르게 총채주의 배로 솟구쳐 오르더니 총채주와 수룡의 사이에 안착하는 것을. 이어 누가 어떻게 막거나 반항할 여유도 주지 않고 그대로 총채주와 수룡을 제압하는 것을.

다름 아닌 곤이었다.

거리가 꽤 멀었던 관계로 그는 그제야 당도했던 것이다. 그런데 상황은 척 보아도 다급하기 그지없었고, 그래서 앞뒤 가리지 않고 우선 배 하나를 동강 내는 일부터 저질렀다. 다급함 속에 발휘된 기지였다. 우선 그렇게 함으로써 사람들의 이목을 집중시켜 더 이상의 다른 행동을 못하게 묶어두려는 속셈이었다. 더불어 그 혼란의 와중에 곧바로 두 사람을 제압하는 것으로 단숨에 대세를 장악하려 했고, 그것이 모두 성공을 거둔 것이었다.

"저, 저……!"

만균 등은 다만 입을 떡 벌리고 경악성만 흘릴 뿐이었다. 물론 배에 타고 있던 다른 사람들도 그것은 마찬가지였고. 그 일련의 상황 전개는 그들로선 도무지 상상도 가지 않고, 이해도 할 수 없는 일이었기에 그 이상 달리 어떻게 해볼 정신이 없었던 것이다.

하지만 종잠과 형오는 아니었다.

"공자!"

"사숙님!"

곤을 확인하는 순간, 그토록 기진맥진해 있었음에도 불구하고 두 사람은 어디서 그런 힘이 솟았는지 벌떡 일어서며 소리쳤다. 그리고 그런 그들의 얼굴에 떠올라 있는 것은 더할 수 없는 격정과 기쁨과 감동이었다. 당연한 일이었다. 전혀 생각지도 못했던 곤의 출현인데다, 거기다 더해 절체절명의 상황을 한순간에 역전시키며 등장한 것이었으니. 그것은 이미 모든 것을 포기하고 있었던 종잠과 형오로선 상상조차 하지 못했던 최상의 경우였다.

하지만 그것이 다였다.

그들은 더 이상 기쁨에 겨운 어떤 말도 행동도 취할 수가 없었다. 그들이 소리침과 동시에 정신을 차린 총채의 인물들이 두 사람을 비롯한 남아 있던 그들의 동료들을 곤이 잘 볼 수 있도록 절벽의 가장자리에 나란히 옮겨 앉힌 까닭이었다.

이유는 하나일 터였다.

자신들의 수장이 사로잡힌 이상 섣불리 움직일 방법이 없는 것은 당연지사. 그래서 자신들도 종잠 등을 포로로 잡고는 그것으로 대항하겠다는 뜻이 아니고 무엇이겠는가. 그리고 그것은 곧 이어 곤을 향해 소리치는 만균의 말에서도 고스란히 드러났다.

"두 분을 풀어주시오! 그러면 우리도 이 사람들을 놓아주겠소!"

"어림없는 소리!"

반향은 종잠의 입에서 먼저 튀어나왔다. 이어 그는 누가 말릴세라 얼른 곤을 향해 소리쳤다.

"공자! 절대 그렇게 하면 안 됩니다! 적어도 이자들에겐 그 두 사람이 우리보다 훨씬 중요합니다! 그러니 최소한 우리가 모두 풀려나고 이들과 어느 정도 거리를 두게 될 때까지는."

그러나 종잠의 말은 중도에 끊길 수밖에 없었다. 만균이 재빨리 그의 아혈을 제압한 탓이다.

하지만 만균의 행동은 늦은 일이었다.

"그분의 혈을 풀어주세요."

처음으로 곤이 입을 엶과 아울러 자신이 제압하고 있는 두 사람의 뒷목을 한 손으로 하나씩 잡고는 슬며시 힘을 가하는 것이었으니. 비록 종잠이 하고 싶은 말을 다 하지는 못했지만 곤은 그가 하고자 하는 이야기를 제꺽 알아들었기에 나올 수 있는 행동이었다. 또한 나름대로 그 말에 대한 시험이기도 했고. 어떻든 그로 인해 수채주와 수룡의 인상이 일그러지며 비명이 흘러나올 것은 당연한 일이었다. 거기에 더해 수룡은 얼른 이자의 말을 들어주라는 소리까지 고래고래 지를 지경이었고. 결국 만균 등은 어쩔 수가 없었다. 울며 겨자 먹기로 종잠의 아혈을 풀어줄 수밖에 없었다.

그것을 본 곤이 다시 말했다.

"그분들을 모시고 모두 이리로 내려오세요."

"……!"

만균을 비롯한 총채 인물들의 눈에 뜻밖이란 이채가 스쳐 가며 서로를 마주 보았다.

다른 이유가 아니었다.

그들은 종잠 등을 제압하느라 수채의 고수들이 모두 절벽 위에 올라와 있는 상태였고, 그래서 배의 경계가 허술했기에 지금의 이런 상황이 닥쳤다고 생각하고 있었다. 그런 이유로 가장 겁이 나는 것 역시 자신들을 절벽에서 내려오지 못하게 함으로써 어떻게 직접 손을 써볼 기회조차 얻지 못하는 경우가 되는 것이었다. 그러니 곤의 말은 그들로선 불감청이나 고소원인 일이었던 것이다.

그리하여 그들은 바쁘게 움직였다.

얼른 종잠 등을 들쳐 메고는 절벽을 내려온 것은 물론이고, 그사이 곤의 명에 의해 섬에 바짝 접근한 배로 최대한 신법을 써서 홀홀 빠르게 몸을 날렸다. 그들로선 종잠 등이 다시 끼어들어 곤이 말을 번복하는 경우가 생기면 큰일이었던 것이다.

그러나 그들은 자신들이 중대한 착오를 범하고 있다는 점은 미처 생각을 못하고 있었다. 아무리 자신들이 빠르게 움직였다고 해도 사람의 입에서 나오는 말보다 빠를 수는 없는 법. 그런데 어째서 그 와중에 산전수전 다 겪은 종잠 등이 혈도 제압되지 않은 상태에서 아무 다른 의견도 내어놓지 않는 것인지를 먼저 생각했어야 했다.

그리고 또 있었다.

사실 그들은 그전에 처음 곤이 나타났을 때의 정황부터 곰곰이 생각을 해보았어야 옳았다. 비록 총채주와 수룡을 제압했다고는 하지만 단지 한 사람일 뿐이고, 그러므로 상식적으로 생각하면 설령 어찌어찌 모두를 구한다 해도 상대가 자신들을 헤치고 달아난다는 것은 불가능할 것임에도 어째서 종잠이 그토록 기뻐했는지를. 아무리 많은 사람이 나타났다고 해도, 그리고 분명한 우세 속에 승리를 확신한다고 해도 성격상 그렇게 마냥 기뻐하는 기색만 드러낼 리 없는 종잠임을 이미 잘 알고 있는 그들이 아니던가.

어떻든 그들은 잠시 만에 곤의 몇 장 앞에 내려앉았고, 종잠 등을 앞세우고는 대치했다. 그리고 그런 그들을 뒤이어 그제야 부랴부랴 모여든 다른 배들이 총채주의 배를 포위한 형국을 만든 가운데, 그 배들에서 건너온 총채의 수하들이 또 더 바깥에서 원을 그리며 그들 모두를 둘러쌌고.

그러나 곤은 그에 아랑곳하지 않았다.

"괜찮으세요?"

제압당했다기보다는 오히려 부축을 받고 있다는 표현이 옳을 정도로 만균 등에게 기대다시피 한 채 앞세워진 종잠과 형오를 쳐다보며 곤이 걱정스런 기색으로 물었다.

"어디 많이 다치지는 않았어요?"

"아닙니다, 사숙님!"

행색에 어울리지 않게 대답만은 누구보다 빠르고 씩씩한 형오였다.

"이런 어중이떠중이 같은 놈들에게 다칠 정도로 저, 형오! 그렇게 약하지 않습니다!"

"맞습니다."

뒤이어 종잠이 거들었다.

"우리는 탈진한 것뿐입니다. 잠시만 조식을 취하면 멀쩡해질 테니 아무 염려 하지 마십시오. 그보다 어떻게 알고 때맞추어 여기까지 올 수 있었는지……?"

"채 형을 만났어요."

"……!"

종잠의 눈이 갑자기 커지더니 이어 떨리는 음성을 발했다.

"그들은, 그들은 모두 무사하겠지요?"

"그럼요. 곧 보게 될 거예요."

"아아……!"

곤의 대꾸에 종잠이 어울리지 않게 긴 탄성을 발하며 격정에 찬 모습을 보였다. 다른 이유가 아니었다. 조금 전 절벽 위에서 배가에게 들은 소리가 있었던 탓이다. 그리하여 그때부터 내내 가슴을 억누르며 무겁게 하던 어떤 마음의 짐을 곤의 한마디로 단번에 내려놓을 수 있었으니 그럴 수밖에 없었다.

그런데 이상한 일이 있었다.

그들이 그렇게 오랜만의 해후로 인한 반가움과 끈끈한 정을 담은 눈길을 주고받으며 이야기를 나누는 사이, 뜻밖에도 만균 등은 다만 경이와 회의 속에 갈수록 기괴하게 변하는 표정과 눈빛으로 멍하니 그들을 쳐다보고만 있다는 것이었다. 대화를 제지하거나 방해할 생각은 고사하고, 더구나 형오에 의해 어중이떠중이로 치부되는 모욕을 받고도 일언반구의 대꾸 한마디 없이.

달리 그런 것이 아니었다.

형오가 제 이름을 밝힌 것이 원인이었고, 또 그 시작이었다. 사실 그들은 그때까지도 형오의 정체를 몰랐던 것이다. 장강에 등장한 지도 얼마 되지 않은 데다 형오가 이름을 앞세우는 사람도 아니었고, 더욱이 그가 종잠과 친구로 맺어져 함께 행동하리라고는 누구도 상상 못할 일이었기에 그동안은 짐작조차 할 수가 없었던 것이다. 물론 어제와 오늘 직접 손속을 부딪쳐 보면서 그 행색과 무공에 혹시? 하는 마음이 들지 않은 것은 아니었지만, 그래도 설마 했었다. 한데 이제 제 입으로 직접 이름을 거론하면서 그 정체를 드러냈으니, 사람들이 받은 충격이 어떠하겠는가.

그것만이라면 또 괜찮았다.

놀랍게도 그의 입에서 사숙이란 호칭이 튀어나오고, 그것도 그에 비하면 새파랗게 어리게밖에 보이지 않는 곤을 향해서였으니 그 충격은 또 어떠했겠는가. 더구나 그 충격은 단순히 형오가 곤을 사숙으로 불렀다는 사실에만 의거한 것이 아니었다. 그들은 그 소리를 듣는 즉시 그것이 뜻하는 바와 그에 대한 전반적인 사항까지도 대강은 짐작되는 바가 있었기에 충격은 더욱 클 수밖에 없었다.

아무리 작은 방회(幇會)라 해도 강호상에 존재하기 위해서는 강호 정세와 그에 대한 정보와 소식에 귀 기울일 수밖에 없는 법. 하물며 장강의 패자인 장강수채가 강호 소식에 어두울 리는 없었다. 그들은 이미 형오가 어떤 사람인지 잘 알고 있는 것은 물론이고, 그와 광룡과의 관계를 비롯해 근자에 들어 강호를 경동시키고 있는 광룡의 의제라는 사람에 대해서도 제법 여러 가지 정보를 취합해 가지고 있었다. 신곤이란 이름부터 시작해서 그 무공이 광룡이나 고학과 겨루어도 밀리지 않을 정도로 고절하고, 천마표국의 편에 서서 묵련과의 싸움도 마다하지 않으며, 그로 인해 묵련에서는 광룡과 더불어 가장 경계하는 적으로 그의 이름을 올려놓았다는 등등의 비교적 정확한 사실들은 말할 것도 없고, 그 외의 강호상에 떠도는 과장되거나 기이하게 각색된 잡다한 이야기들까지도 모조리 알고 있다고 해도 과언이 아니었다.

한데 이제 형오의 말을 곧이곧대로 받아들이자면, 그 긴가민가할 정도로 소문 무성한 무서운 고수가 자신들의 눈앞에 나타난 것과 다름 아니었으니. 그것도 적으로. 그러니 아무리 담대한 그들이라 한들 순간적으로 간이 오그라들 지경인 것은 인지상정이 아니겠는가. 따라서 어중이떠중이가 아니라 설사 더한 모욕을 들었다 할지라도 그것이 제대로 귀에 들어올 리 만무했고.

이제 그들은 다만 자신들의 두려운 추측이 추측으로만 끝나기를 바라는 마음뿐이었다. 그리하여 서로를 쳐다보며 망설이던 끝에 곤과 종잠의 대화가 잠시 멈춘 틈을 타 한 사람이 떠듬떠듬 입을 열며 나선 것이었고.

"설마, 설마⋯⋯."

형오를 잡고 있던 음귀수였다. 그가 형오에게 물었다.

"다, 당신이 정말 비무투광이란 말이오? 뇌정궁에서 나온?"

"아니면?"

고리눈을 한 형오가 고개를 뒤로 돌리며 반문했다.

"너희들은 내가 누군지도 몰랐단 말이냐?"

"⋯⋯!"

흠칫하며 더 이상 대꾸를 못하는 음귀수의 얼굴에 자리한 것은 어떤 절망이었다. 그리고 그것은 총채의 다른 인물들이라고 다르지 않았고. 짐작만 하고 있을 때와는 또 다른 현실감있는 충격 탓에 자신들도 모르게 그렇게 될 수밖에 없었던 것이다.

이어 그들의 시선은 약속이나 한 듯이 곤에게로 향했다.

더한 절망과 두려움을 담은 시선이었고, 마치 누구에게 들키는 것을 조심이라도 하듯 슬그머니 눈동자를 움직여서였다. 광룡의 의제로 신주십인과 어깨를 나란히 한다는 소문 하나만으로도 그만큼 그들은 위축될 수밖에 없었던 것이다. 하기야 어느 누구라도 그러할 터였다. 신주십인은 어지간히 난다 긴다 하는 고수에게도 천외천(天外天)이었고, 또 무인의 영원한 꿈이었으니까.

하지만 사람의 심리란 것이 묘한 데가 있어서 실물을 대하지 않았을 때는 대단한 존경과 경외나 혹은 두려움을 품다가도 막상 대하고 나면 종종 그러한 것들이 언제 그랬냐 싶게 퇴색해 버리거나 아니면 오히려 정반대의 감정이 솟구치는 경우가 있는데, 곤에게 시선을 모은 다음 순간 총채의 사람들이 느낀 것이 그랬다. 천진하고 순수한 얼굴과 눈빛에다가 젊고 평범하기만 한 곤의 모습은 도무지 그들에게 감흥을 주지 못했던 것이다. 하지만 그것은 그들을 탓할 수도 없는 일이었고, 또 그들이 안목이 없어서 그런 것도 아니었다. 그 모습만 놓고 볼 때 누가 봐도 곤은 신주십인 하면 떠오르는 절대강자의 풍모는 고사하고 어느 정도 한다 하는 고수로 봐주기에도 무리가 있는 것이 사실이었으니까 말이다.

그리고 그것만이 아니었다.

그렇게 두려움과 경외가 가시고 나자 묘하게도 그들의 마음속에 또 다른 생각들이 고개를 쳐드는 것이었다. 즉, 신주십인도 사람이며, 더구나 곤은 아직 신주십인에 든 것도 아니라는 그것이었다. 더불어 종잠 등이 완전히 탈진한 상태인만큼 설사 곤이 아무리 고수라고 해도 혼자서, 그것도 자신들의 놀이터나 마찬가지인 물 위에서 수백 명이나 되는 자신들을 뚫고 어떻게 사람을 구출하고 탈출하겠느냐는 은근한 자신감이 생기는 것 또한 그랬고. 그리하여 서로의 그런 마음을 시선으로 공유하는 가운데 시간이 흐르면서 그러한 분위기는 점점 더 고조되어 갔고, 결국은 개중에 배짱이라면 누구 못지않은 한 사람으로 하여금 참지 못하고 나서게 만들기에 이르렀다. 다름 아닌 배가였다. 그가 격정 어린 음성으로 소리쳤다.

"상대가 누구든 무슨 상관이 있어? 여기는 물 위고, 우리는 수채의 정예야! 아무도 여기서 우리를 어쩌지는 못해!"

그 말은 적절했고 결정적이었다.

비록 처음만큼은 아니더라도 뭇 사람들은 그래도 마음 한 켠에 불안과 두려움의 그림자를 떨구지 못하고 있었다. 하지만 그 소리를 듣고 난 다음에는 아니었다. 그들도 자신들이 본래 가지고 있던 장강의 물밥을 먹으며 저절로 몸에 밴 억세고 강한 기질을 그대로 겉으로 드러냄과 더불어 자연스럽게 얼굴 가득 확신과 의지를 되찾았다. 그리하여 대번에 한 사람이 맞장구쳤고.

"물론이지!"

구레나룻을 한 중년 장한이었다. 그가 움켜쥔 병기를 흔들어 보이며 재차 격앙된 어조로 소리쳤다.

"물에서 감히 누가 우리에게 덤벼? 그러니 다른 걱정 말고 어서 채주님들을 구해낼 궁리나 하자고!"

"옳소!"

"두말하면 잔소리지!"

덩달아 몇몇도 그에 호응했다.

그리고 그렇지 않은 사람들도 말만 않는다 뿐 얼굴 표정은 그들과 매한가지였다. 하지만 그들은 거기서 더 이상 다른 말이나 행동을 전개할 수 없었다. 그들의 그런 자신감과 언행에 찬물을 끼얹는 사람이 있었던 것이다.

"놀고 있네."

형오였다. 그가 비웃음을 가득 물고 말했다.

"너희 같은 피라미들이 감히 어느 분 앞에서 뭘 어째? 물 위 아니라 물속에서 떼거지로 덤벼봐라, 이놈들아! 사숙님이 눈 하나 깜빡하는지! 쪽박을 차는 것은 보나마나 네놈들이 틀림없을걸?"

"그것은 나도 보증하지."

종잠도 거들었다.

"뭍에서도 물론 그렇겠지만, 물에서라면 당신들은 더욱 참담한 실패를 맛보게 되리란 것을. 하기야 굳이 우리가 이렇게 말하지 않더라도 조금 전 호위선 한 척을 공자께서 얼마나 쉽게 부숴 버렸는지를 생각해 본다면 간단히 알 일이지만."

"……!"

흠칫하는 사람들의 눈에 이채가 스쳐 갔다.

형오의 말은 그러려니 무시할 수가 있었지만 종잠의 말은 그럴 수가 없었던 까닭이다. 그들이 아는 종잠은 결코 허튼소리를 하는 사람이 아니었기에. 더구나 그의 말에 따르면 화탄(火彈) 같은 무슨 다른 힘을 빌렸으리란 자신들의 추측과는 달리 곤은 순전히 본신의 힘만으로 배를 두 동강 냈다는 것과 다름없었으니 경악하지 않을 도리가 없었던 것이다. 그래서 종잠에게 모아졌던 사람들의 시선이 그의 말이 끝남과 함께 저절로 곤에게로 향했다.

그런데 바로 그때였다.

"나를 놓아주시오."

곤에게 제압당한 채 가만히 돌아가는 추이를 구경만 하고 있던 총채주가 갑자기 말을 꺼내는 것이 아닌가.

"나와 내 아이를 놓아준다면 당신들의 안전을 보장하겠소."

"……!"

사람들의 눈에 각기 다른 의미의 이채가 떠올랐지만 총채주는 개의치 않고 제 할 말을 이어갔다.

"교환 조건은 아니오. 당신이 어떤 사람인지 안 이상 우리는 당신의 비위를 건드릴 생각은 조금도 없소. 다만 이 일은 장강 내부의 일일 뿐이니, 이후부터 더 깊이 개입하는 것은 강호상의 공도에 어긋난다는 점만 상기해 주기를 바랄 따름이오."

"무슨 소리!"

반발은 종잠에게서 나왔다.

"공도를 그리 잘 아는 분이 묵련이란 외세를 끌어들여 우리를 이 지경으로 만들었소? 공자께서 날 도우러 오신 것은 내가 공자의 종복을 자처하는 처지이니 변명의 여지라도 있소만, 총채주는 뭐요? 도대체 묵련이 총채주와 어떻게 되는 사이이기에 장강의 일에 그들을 끌어들였단 말이오?"

"그런 것이 아니오, 종 전주."

이번엔 종잠을 잡고 있던 만균이 끼어들었다.

"우리도 어쩔 수가 없었소. 이번 일을 획책한 것은 우리가 아니오. 묵련이오. 그들의 상선은 하루에도 수십 번씩 장강을 오르내리고 있고, 그러다 보니 우리들의 싸움으로 인해 상당한 타격을 입고 있는 것은 사실인 터. 그것을 빌미로 이번 일을 제의하고 요구해 왔는지라 거절할 수가 없었소. 그리고 솔직히 말해서 우리로서도 어떻든 싸움을 빨리 끝낼 수 있는 이런 기회를 거절할 이유가 없었고. 또한."

"지금 그것을 말이라고 하시오?"

만균의 말을 자르며 종잠이 노화를 참지 못하는 모습으로 버럭 언성을 높였다.

"일부러 끌어들인 것도 아니고 강요에 의해서라니! 그렇다면 그것은 장강수채가 외부의 힘에 좌지우지되었단 말이 아니오? 다시 말해 남의 주구로 전락했다는 말과 무엇이 다르오? 당신들은 지난 세월 동안 관을 비롯한 무수한 외난(外難) 속에서도 비록 수그러들거나 숨을 죽인 적은 있어도 단 한 번도 외세에 굴복한 적은 없는 우리 장강의 역사를 잊었단 말이오? 그런데 그 당당하고 자랑스러운 역사가 이제 어리석은 당신들에 의해 오욕을 뒤집어쓰고 말았소! 참으로 어이없고 통탄을 금치 못할 일이오이다. 장차 무슨 낯으로 선조(先祖)들과 장강의 혼령을 대할 것이며, 당장 뭇 동도들의 비웃음과 손가락질은 또 어찌 대할 참이오? 또 후인들에게는 무어라고 하겠소?"

종잠답지 않은 열변이었다.

그 진정이 통했음인지 총채 사람들은 아무도 그의 말을 제지하려 하거나 끼어들지 않았다. 오히려 숙연한 모습을 보일 지경이었다. 처음에 몇 번 무어라 대꾸를 하려고 시도하던 만균도 이젠 마찬가지였다. 다만 총채주와 수룡은 아니었지만 그들은 끼어들고 싶어도 끼어들 수가 없었다. 뭔가 입이라도 열라 치면 곤의 손에 힘이 들어가는 것을 느꼈기 때문이다. 따라서 그들은 울며 겨자 먹기로 듣고 있을 수밖에 달리 방법이 없었다.

"생각할수록 가슴이 아파 견딜 수가 없소."

한 호흡 쉰 종잠의 음성은 비통하기까지 했다.

"이렇게까지 해서 당신들이 얻는 것이 무엇이오? 남의 손에 놀아나고, 그리하여 애꿎게 흘린 형제들의 피를 담보로 대체 무엇을 하겠단 말이오? 고작 저 어리석고 천둥벌거숭이 같은 수룡 놈을 총채주에 앉히기 위해 이런 말도 안 되는 한심한 짓을 벌인단 말이오? 참으로 억장이 미어져 말이 나오지 않는구려."

수룡을 바라보며 눈에 불을 뿜던 종잠이 다음 순간 돌연 허탈한 모습으로 바뀌며 머리를 내젓더니 긴 탄식을 흘려냈다. 그리고는 무의식 중에 그러하기라도 하듯이 어깨를 흔들어서는 자신을 붙들고 있는 만균의 손을 털어내는 것이었다.

그사이 얼마간 쉴 수 있었다고는 하나 탈진이 그리 쉽게 회복될 리는 없고, 그러므로 만균이 제지하고자 했다면 아주 간단한 일이었다. 손에 조금만 힘을 더 주었어도 종잠이 어깨를 흔드는 것조차 쉽지 않았을 터였다. 또한 설사 방심으로 인해 한순간 놓쳤다고 해도 쉽게 다시 잡을 수 있는 일이었고.

하지만 만균은 그렇게 하지 않았다. 그는 종잠을 잡고 있던 자세 그대로 손을 허공에 둔 채 얼마간 얼이라도 빠진 사람처럼 멍하니 보고만 있을 따름이었다.

종잠은 그사이 몇 걸음 옮기더니 곧과 사람들이 대치한 중앙의 빈 갑판에 자리했다. 그리고는 잠시 수룡에게 시선을 주었다. 이제까지의 증오와 분노에 찬 눈길이 아니었다. 어딘가 쓸쓸하고 그러면서도 연민 어린 눈빛이었다. 그러나 그것도 잠시, 이내 그는 고개를 들어 하늘을 우러러보더니 다시 한 번 길게 탄식을 뱉어냈다. 그리고 혼잣말처럼 중얼거렸다.

"이제 와 누구를 탓하리오! 따지자면 나 역시 죄인인 것을! 내가 아니었다면 일이 이렇게까지 되지는 않았을 것을……!"

이어 다음 순간이었다.

그가 갑자기 그대로 털썩 주저앉는 것이 아닌가. 그리고는 총채주를 직시하며 말하는 것이었다.

"더 이상 형제들끼리 피 흘리는 어리석은 짓 말고, 우리 오늘 여기서 결판을 내도록 합시다."

"……!"

"다만 그전에 한 가지 말해 둘 것이 있소."

총채주의 눈이 흠칫 커질 때 종잠이 어느덧 차분한 음성으로 돌아와 말을 이었다.

"나는 모르지 않소. 왜 총채주가 나를 음해하고 독수를 쓰려 했는지, 왜 나와 친한 채주들을 죽이고 감금했는지, 또 왜 묵련과 손을 잡는 것도 마다 않고 이렇게까지 기를 쓰고 나를 제거하려 일을 벌여야만 했는지. 그것은 단순히 내가 수룡이 총채주의 자리에 오르는 것을 반대했기 때문은 아니란 것이오. 총채주는 내가 총채주가 되려는 욕심을 부릴까 두려웠던 것이지요. 그리고 혹시 나중에라도 그런 흑심을 품어 수룡에게 위협이 될까 하여 그렇게 했던 것이오. 또한 당장 나를 살려두고는 수룡이 총채주가 될 가망성이 없기에 더욱 그럴 수밖에 없었을 테고. 사실 벌써부터 몇몇 채주들이 나를 총채주에 앉히려는 움직임도 있었으니 말이오."

"그, 그것은."

"변명할 필요 없소이다."

총채주가 무어라 채 입을 열기도 전에 머리를 흔들며 말을 끊은 종잠이 말했다.

"추궁하려는 것도, 변명을 듣고자 하는 것도 아니니 말이오. 나는 다만 총채주의 그런 근심이 기우였음을 말하고자 하는 것일 뿐이외다. 나는 총채주 자리에 욕심을 부린 적이 없소이다. 누구보다 내 스스로가 총채주의 재목감이 아니라는 것을 잘 알고 있으니까. 급하고 마음 내키는 대로 행동하는 성질도 문제지만, 무엇보다 많은 사람들을 다스리고 부릴 역량이 부족할 뿐더러, 또 대내외적으로 만사를 풀어갈 지혜도 연륜도 모자라니 말이오. 그래서 언감생심 총채주에 오르겠단 생각 따위는 애초부터 꿈도 꾸어본 적이 없소. 한데 그것도 모르고 총채주는 나를 자꾸 벼랑으로 내몰았소. 이번에도 마찬가지요. 만약 총채주가 음모를 꾸며 나와 친한 다른 채주들과 지인들을 해치지 않았더라면, 아마도 내가 다시 장강에 모습을 드러내는 일은 없었을 것이오. 공자 곁에서 모든 것을 잊고 한세상 보내려던 참이었으니까. 그렇지만 결국 여기까지 오고 말았소."

"하지만."

"압니다."

총채주가 입을 열 기회를 주지 않는 종잠이었다.

"내 잘못도 크다는 것을 잘 압니다. 내가 조금만 더 현명하게 처신했더라면 일이 여기에 이르지는 않았겠지요. 그랬더라면 수많은 형제들이 피를 뿌리는 일도 없었을 테고요. 그래서 담판을 짓자는 것이오. 사실 내 생각없음과 총채주의 어리석은 지레짐작으로 인해 사태가 여기까지 왔다고 해도 과언이 아니니, 그 당사자인 우리 둘이서 담판을 짓고 끝내자는 것이오."

"담판이라니?"

처음으로 총채주가 방해받지 않고 입을 열었다.

"어떻게 하자는 이야기냐?"

"내 목을 내놓겠소."

서슴없는 종잠의 말에 총채주와 수룡은 물론이고 그 소리를 들은 주변의 사람들 모두가 자신이 잘못 들은 게 아닌가 하는 얼굴로 눈을 둥그렇게 떴다. 그렇지만 종잠은 표정 하나 바뀌지 않은 채 누가 끼어들 틈을 주지 않고 바로 말을 이었다.

"대신 조건이 있소이다."

"그렇겠지."

이미 그럴 줄 알고 있었다는 듯이 총채주가 머리를 끄덕이며 말했다.

"말해 봐라. 일단 들어보겠다."

"첫째는 총채에 억류하고 있는 형제들을 무조건 석방하는 것이오. 그리고 둘째는 과거 행해져 왔던 것처럼 각 대채와 소채의 채주들이 모여서 토론으로 공정하고 평화롭게 총채주를 뽑으라는 것이고. 이것이 다요. 그렇게 한다고 확실하게 약속만 하면 총채주가 그토록 원하는 내 목을 당장 이 자리에서 드리겠소."

"무슨 헛소리를 하고 있는 거야!"

누구보다 먼저 노성을 터뜨리며 반발한 사람은 형오였다.

"목이라니! 신의가 뭔지, 의리가 뭔지도 모르는 이런 알량한 수적 나부랭이들과 무슨 약속을 해? 지킬지 안 지킬지 어떻게 알고? 그리고 설사 지킨다 하더라도 안 돼! 절대 안 돼! 네놈이 왜 목을 걸어? 내가 허락 못해! 네놈 목이라고 네 맘대로 할 수는 없는 거야! 그럴 양이면 차라리 모든 것을 다 잊고 나랑 산천유람이나 떠나! 너 없다고 갑자기 장강이 거꾸로 흐르거나 하늘로 솟구치지는 않아! 잊고 떠나면 그만인 거야! 뒷일이야 어떻게 되든 되는대로 두면 될 일이고!"

그러나 종잠은 그를 쳐다보지도 않았다. 그는 총채주만 직시한 채 다시 말했다.

"어떻소? 약속하겠소?"

"진심이냐?"

진의를 파악하듯 잠시 말을 않고 종잠을 뚫어져라 쳐다보기만 하던 총채주가 물었다. 종잠은 조금도 망설이지 않았다.

"물론."

"과연 약속만으로 날 믿을 수 있겠느냐?"

"믿고 말고 할 게 없지요."

엷은 미소마저 떠올리며 종잠은 확신에 찬 어투로 말을 받았다.

"약속을 한 후엔 당신이 아무리 어기고 싶어도 결코 어길 수가 없을 테니까."

"어째서?"

곤혹을 감추지 못하는 모습으로 총채주가 물었지만, 종잠은 그의 말에 대꾸하는 대신 얼른 무릎을 꿇고는 곤을 쳐다보더니 부복하듯 깊이 머리를 숙여 보인 후 말했다.

"공자! 공자 덕에 여분의 생을 살고 있는 종잠이 그 은혜도 갚지 못한 채 염치 불구하고 다시 한 번 부탁을 드리려 합니다. 공자라면 얼마든지 그리할 수 있을 테니, 제가 편안히 눈을 감을 수 있도록 한마디만 약속해 주십시오. 반드시 저들로 하여금 저와 한 약속을 지키게 할 것이라고 말입니다."

"안 됩니다, 사숙님!"

곤에 대한 절대적인 신뢰와 경외가 없으면 나올 수 없는 종잠의 언행에 수채의 인물들은 모두가 경악으로 눈이 휘둥그레진 가운데, 이번에도 제동을 걸고 나온 사람은 형오였다. 그가 종잠처럼 음귀수의 손을 털고 나와 누가 무어라 할 틈도 없이 순식간에 종잠의 곁에 꿇어앉더니 다시 말했다.

"허락해서는 안 됩니다, 사숙님! 사숙님께서 종가의 말을 들어주시려거든 차라지 저부터 먼저 저 세상으로 보낸 후에 들어주십시오! 그렇지 않으면."

"이러지 마라, 형가야."

종잠이 형오의 말을 잘랐다.

그리고 그제야 형오에게로 시선을 돌리는 그의 눈빛은 감출 수 없는 어떤 격정으로 일렁거리고 있었다. 그러나 얼굴은 아니었다. 평소와 조금도 다름이 없었다. 또한 이어지는 그의 음성 역시 침착하고 무감동하기만 했고.

"네 마음을 모르는 바 아니다만, 이래서 될 일이 아니다. 말리지 마라. 이것은 내가 짊어지고 마무리하지 않으면 안 될 일이다. 지금까지 내 인생의 전부였던 장강과 내 형제들의 안녕과 평화를 위해서도 그럴 수밖에 없는 일이다. 이미 많은 형제들이 나의 어리석음으로 인해 유명을 달리한 지금, 내가 여기서 무슨 낯으로 더 이상 삶에 욕심을 부린단 말이냐."

이어 그는 다시 곤에게로 시선을 돌렸다.

"공자! 부탁드립니다. 부디 저로 하여금 마음 편히 생을 마감할 수 있도록 도와주십시오. 공자께는 정말 죄스러운 일이나."

그러나 종잠은 거기서 더 말을 이을 수가 없었다. 그의 말을 끊으며 한 사람이 그의 앞으로 뛰어든 탓이었다.

"아닙니다! 죽어야 할 자는 대형이 아닙니다!"

키는 그리 크지 않지만 다부진 체구의 텁석부리중년인. 절벽 위에서 최후로 종잠 등을 사로잡은 사람들 중 하나이자 이제껏 말없이 종잠의 동료 중 한 사람을 붙들고 있던 사람. 그는 다름 아닌 과거 종잠을 꽤 따랐던 사람으로 종잠이 현무전주로 있을 시 부전주였으며 현재 종잠 대신 현무전을 이끌고 있는 인물이었다.

한소리 외침과 함께 종잠의 앞으로 튀어나온 그가 격한 감정의 파동을 이기지 못하는 얼굴을 하고는 쓰러지듯 털썩 무릎을 꿇더니 다시 소리쳤다.

"대형께서 모든 것을 짊어지고 이런 길을 택할 이유도, 그럴 필요도 없습니다! 죄인은 따로 있습니다! 진정 죽어야 할 자는 따로 있는데 대형이 왜 죽습니까!"

거기까지 단숨에 말한 그는 이어 누가 관여라도 할세라 지체없이 몸을 홱 돌리더니 부릅뜬 눈으로 수룡을 쏘아보았고, 그를 손가락질하며 버럭 노성을 터뜨리는 것이었다.

"나는 더 이상 참을 수가 없다! 부끄러운 욕심으로 가슴앓이를 하느니 나는 말해야겠다! 이놈! 수룡! 너는 대형의 저런 모습에서도 아무것도 느끼는 것이 없느냐? 아직도 그 알량한 직위 외에는 아무 생각이 없느냐? 진정한 사내가 무언지, 무엇이 장강을 위하고 형제들을 위하는 것인지 모르겠느냐? 그래도 모르겠다면 너는 바보다!"

"다, 닥쳐라!"

새파랗게 질린 얼굴로 수룡이 소리쳤다.

"지, 지금 무슨 헛소리를 하는 게냐, 이놈!"

"하기야 내가 무슨 말을 하리!"

그러나 중년인은 들은 척도 않고 제 할 말만 계속했다.

"감언이설에 속아서는 네놈을 도와 일을 여기에 이르게 한 내가 무슨 자격이 있어 너를 질책하리! 형제 간의 분열을 획책하고, 심지어 우리 소중한 장강의 물길까지 일정 부분 떼어줄 약속을 하며 묵련을 끌어들이는 너를 끝내 말리지 못하고, 오히려 그 일익을 담당한 더러운 배덕자인 내가 이제 와서 무슨 말을 하겠는가! 하지만 적어도 나는 그것이 얼마나 잘못된 일인지는 알고 있고, 또 지금 그 벌을 받을 준비도 되어 있다만, 너는 어떠냐, 수룡?"

갑자기 정적이 찾아들었다.

너무 기가 막히거나 놀라 버리면 어떤 말도 행동도 나오지가 않는 법. 수채의 사람들 모두가 더할 수 없는 경악과 회의와 의문을 담고 멍하니 중년인과 수룡을 쳐다보고만 있을 뿐이었다. 다만 수룡만이 '이, 이놈……!' 하고 연속적으로 입을 놀리고는 있었지만, 그것도 그가 황망한 가운데 다른 사람의 눈치를 살피느라 겉으로 소리가 되어 나오기는 요원한 일이었다.

그러나 정적은 그리 오래가지 않았다.

"이놈!"

갑자기 총채주의 입에서 벼락같은 노성이 터져 나온 탓이다.

"그게 무슨 얼토당토않은 소리냐? 어떻게 그런 일이 있을 수가 있단 말이냐? 내가 두 눈을 시퍼렇게 뜨고 있는데 누가 무얼 어째? 말이 되는 소리를 해라, 이놈!"

"총채주께서는 모르시는 일이다, 이 말씀이십니까?"

조금도 위축됨없이 말을 받는 중년인이었다.

"결코 그렇지가 않을 텐데요?"

"뭐, 뭐야?"

어이없다는 얼굴로 반문하는 총채주의 눈에 서릿발 같은 전광이 고여들더니 다시 버럭 소리 질렀다.

"이놈! 네놈이 감히 나를 능멸하자는 것이냐? 어디서."

"무턱대고 화만 낼 일은 아닌 것 같습니다, 총채주님."

총채주의 말을 자르며 끼어든 것은 배가였다. 아니, 그만이 아니었다. 말을 않는다 뿐 그를 비롯한 모두가 정색을 하고는 앞으로 나섰고, 중년인의 주변에 모여 서서는 총채주를 직시하는 것이었다. 그리고 배가의 뒤를 이어 만균이 입을 열었다.

"이것은 아무렇게나 넘어갈 사안이 아닙니다. 우리의 터전인 장강에 관한 문제입니다. 설사 다른 장소, 다른 사람 입에서 허투루 나온 거짓말이라 하더라도 그대로 그냥 지나칠 수는 없는 일입니다. 하물며 다른 사람도 아닌 현무전주의 입에서 나온 말임에야. 무엇보다 앞서 이 일의 진위 여부부터 가리는 것이 옳을 듯싶습니다. 그러면 자연 모든 것이 드러날 테니 총채주께선 잠시 진정하시고, 일단 현무전주의 이야기를 들어보는 것이."

"너희들이 지금."

파르르 떨면서 만균의 말을 끊는 총채주였다.

"지금, 나를 의심한다는 이야기냐? 내가 설마."

"시끄러워! 조용히 듣기나 해!"

총채주의 입을 단번에 틀어막은 사람은 형오였다. 그리고 그는 총채주가 어떤 얼굴 어떤 표정으로 자신을 바라보는지는 아랑곳하지 않고 중년인과 만균 등을 둘러보며 말했다.

"자, 계속하시오."

"이, 이놈……!"

눈빛 하나로 사람을 잡아먹을 수 있는 경우가 있다면 지금 총채주의 눈빛이 그러할 터였다. 하기야 그가 언제 이런 모욕적인 경우를 겪어보았겠는가. 그리하여 입을 벌린 채 제대로 말도 하지 못하는 그의 눈빛은 범인(凡人)이라면 쳐다보기조차 두려울 정도로 시퍼렇게 빛나는 것이 정말 귀화(鬼火) 같았다. 하지만 그뿐이었다. 그는 거기서 더 이상의 어떤 말도 행동도 할 수가 없었다.

이유는 하나였다.

때맞추어 곤이 그의 뒷목을 잡은 손에 은근히 힘을 가하며 위협했던 것이다.

"가만히 있으세요."

다른 사람도 아닌 일 방의 주인이 이런 상황에서 이 정도의 위협에 굴복한다는 것은 어찌 보면 매우 이상한 일이었지만, 총채주로서는 어쩔 수가 없는 일이었다. 단지 고통뿐이 아니었던 것이다. 곤이 손끝에 조금만 힘을 주어도 차가운 기운이 밀려들어서는 온몸이 저릿저릿해져 오며 정신을 차릴 수가 없는 데는 도무지 어떻게 해볼 방법이 없었던 것이다.

"이제 말해 주시오, 현무전주."

총채주가 입을 완전히 다물자 그를 향해 가볍게 머리를 숙여 보인 만균이 말을 꺼냈다.

"전주가 아는 모든 것을 밝혀주시오. 형제들의 분열을 획책했다는 것은 무슨 소리이며, 장강의 물길을 떼준다는 소리는 또 무슨 소리인지. 우리 앞에서 조금의 거짓도 없이 사실대로 이야기를 해주시오."

"말씀드리지요."

현무전주가 결연한 표정으로 머리를 끄덕였다.

"이제 와서 무엇을 숨기겠습니까. 대형께 용서를 구하는 의미에서라도 모두 말씀드리지요. 일의 시작은 대형을 적교방에 보낼 계획을 짤 때로 거슬러 올라갑니다."

"⋯⋯!"

만균과 음귀수가 안색이 변하며 종잠을 슬쩍 스쳐 보았다. 갑자기 적교방 이야기가 나오자 은근히 켕기는 바가 있었던 것이다. 더구나 바로 이어지는 현무전주의 입에서 자신들의 이름이 거론되었으니 더욱 그럴 수밖에 없었고.

"그 일에는 만 호법과 음귀수 초(楚) 호법, 두 분도 본의 아니게 연관이 되었지요."

"그, 그것은."

"압니다."

당황한 얼굴로 무언가 입을 여려는 만균을 제지하며 현무전주가 고개를 끄덕여 보였다.

"두 분으로선 당연히 그렇게 할 수밖에 없었지요. 왜냐하면 수룡을 총채주에 앉혀서는 안 된다는 명목 하에, 대형이 여러 채주들을 만나러 다니며 실은 총채를 송두리째 뒤엎을 모의를 하고 있으니, 다른 사람들이 알기 전에 은밀히 대형을 제거해 그것을 막아야 한다는 수룡의 말만 믿고 가담한 것일 뿐이니까요. 더구나 그 증인으로 제가 있었으니 그렇게 믿지 않을 도리가 없었을 테고요."

"으음……."

현무전주의 말을 시인하듯이 침음성을 흘리며 만균과 음귀수가 고개를 주억거렸다.

"하지만 진실은 그것이 아닙니다."

잠시 간격을 두었던 현무전주가 말을 이었다.

"사실 그전까지만 해도 대형을 제거할 생각까지는 하지 않던 수룡이었습니다. 그러나 대형이 여러 채주들을 만나면서 공공연히 수룡은 총채주감이 아니라고 말하는 것을 알고는 참지 못하고 마침내 일을 벌인 것입니다. 먼저 현무전주 자리와 재물로 저를 포섭하고는, 다음으로 저를 이용해 총채주의 판단을 흐리게 만든 것이지요. 이 정도 이야기만 드려도 그 일의 정황에 대해서는 다들 어느 정도 짐작이 가실 테니 그에 대해서는 더 설명하지 않겠습니다. 수룡의 술책은 거기서 그치는 것이 아니니까."

"그렇다면!"

무엇을 느꼈는지 만균이 눈을 크게 떴다.

"혹시, 지난번 총회합에서의 일도 그럼!"

"그렇습니다."

현무전주가 머리를 끄덕이며 말했다.

"모두가 수룡이 꾸며낸 이야기입니다. 대형께서 그들을 만나고 다닌다는 것도, 또 그들을 규합해 총채를 부수러 올 것이란 말도 모두 거짓입니다. 당시 대형의 행적을 아는 사람은 아무도 없었습니다. 그렇지만 수룡은 대형이 살아 있다는 자체만으로도 충분히 소름 끼치는 일이었고, 그래서 미연에 화를 방지한다는 차원에서 그런 짓을 벌인 것입니다. 사실 상식적으로 생각해 보아도 당시 그들의 뒤에 대형이 있었다면 그토록 무력하게 당할 리는 없을 일입니다. 아니, 무방비 상태로 총채에 들어오지도 않았을 것입니다. 그리고 또 한 가지. 이것은 제 추측에 불과한 것이긴 합니다만……."

거침없이 이야기를 토해내던 현무전주가 문득 말끝을 흐리며 한숨을 내쉬고는 입을 닫았다. 하지만 그것은 잠시였다.

"총채주께서도 이때부터는 얼마간이나마 수룡의 획책을 눈치 챌 수 있었지 않나 싶습니다. 비록 수룡과 제가 정황 자료라며 여러 가지 사실들을 다급하게 보고하고, 그리하여 제대로 알아볼 시간도 주지 않고 그 일에 대해 승낙을 받기는 했지만, 총채주시라면 그 후에라도 그러한 사실들의 진위 여부를 분명하게 파악하고 있지 않았겠는가 하는 것이 제 사견(私見)입니다."

"아……!"

탄성과 함께 사람들의 시선이 슬쩍 총채주에게로 돌아갔다 왔다. 총채주와 수룡은 다만 강한 부정의 눈빛과 함께 잡아먹을 듯이 현무전주를 노려볼 뿐이었다. 그들은 여전히 곤의 기이한 진기에 의해 통제당하고 있었던 것이다.

"그리고 이번 일도 마찬가지입니다."

사람들과 더불어 흘깃 총채주의 눈치를 살핀 현무전주는 얼른 본래의 이야기로 돌아왔다.

"전부 수룡의 농간입니다. 묵련에서 자신들이 도와주겠다며 명목상의 중재를 제의한 것도, 그들이 민강을 찾아간 것도, 또 이 장소를 선택하게 한 것도 사실은 본래 그들의 의사가 아닙니다. 모두 수룡의 머리에서 나온 간계지요. 이미 그 훨씬 전에 수룡은 강소(江蘇)의 묵련 지단을 찾아갔고, 그들과 밀약을 맺었습니다. 자신이 총채주가 되면 총채주로 있는 한 장강 하류의 수로를 그들에게 무상으로 대여하겠으니, 대신에 종 전주를 비롯한 반역자들을 제거하는 것에 힘을 보태달라고. 그리하여 모든 일이 이루어진 것입니다."

"그, 그것이 사실인가?"

도저히 믿어지지 않는다는 얼굴로 만균이 더듬더듬 물었다.

"물론입니다."

현무전주는 지체없이 머리를 끄덕였다.

"처음 대형을 배반하는 모의를 함께한 후부터 수룡은 저를 철석같이 믿었고, 그래서 총채주께도 말하지 않은 전후 사정을 나에게는 모두 말했고, 따라서 그들이 밀약을 맺는 자리에도 당연히 저만은 동석을 시켰으니까요."

"……!"

"제 말은 하나도 거짓이 없습니다."

정색을 하고 말하는 속에서도 어느덧 현무전주의 얼굴에는 참담한 회한과 그로 인한 고통의 그늘이 한 꺼풀 내려앉고 있었다.

　"내가 아는 사실만 이야기를 했고요, 하백(河伯)께 맹세라도 하라면 하겠습니다. 그리고 대형이 아니었다면, 대형의 변함없는 형제애와 장강에 대한 사랑과 의기를 보지 않았다면 저로서도 물고기 밥으로 뿌려지는 것이 그나마 다행일 줄을 뻔히 알면서 이렇게 나서서 모든 것을 밝히고 죄를 청하지는 않았을 것입니다. 믿어주십시오. 그리고 부디 대형의 손에 죽을 수 있도록 선처해 주십시오."

　그 말을 끝으로 현무전주는 입을 다물었다.

　그리고 처분만 기다린다는 듯이 눈마저 감고는 굵은 눈물을 주르르 흘리는 것이었다. 소리없이 그의 뺨을 타고 흐르는 눈물 줄기를 응시하면서 사람들은 이제 아무도 입을 열지 않았다.

　그러나 그 눈빛이나 모습은 아니었다. 얼굴은 점점 납덩이처럼 굳어갔고, 그 시선에도 서릿발 같은 한기가 고여들고 있었다. 더불어 그들의 눈길이 하나둘씩 총채주와 수룡에게로 모아지는 것이었다. 참으로 갑작스럽고도 어이없게 일어난 상황의 반전이었다. 또한 알 수 없는 것이 사람과 강호의 일이고.

제2장

급류(急流)

급류(急流)

상황은 그것으로 일단락되었다.

다른 것은 몰라도 장강과 수로의 소유와 이권에 관한 한 상대가 누구든 결코 양보도, 용서도 없는 것이 수채의 율법. 그것은 총채주 일가라고 예외일 수는 없었다. 죽어도 아니라고 악다구니를 쓰는 수룡과 핏발 선 눈에다 어금니를 앙다물 뿐인 총채주와 그리고 끊임없이 회한의 눈물을 흘리는 현무전주는 오래잖아 사람들에 의해 무공이 폐쇄된 채 선실에 옮겨져 감금되었다. 이미 증인이 있고, 그 증인의 고변(告變)과 자백이 있는 이상, 이제는 총채에서 이루어질 관례적이고 형식적인 절차만 남겨둔 셈이었다.

일이 그렇게 마무리되고 나자 남은 것은 종잠의 문제였다.

일련의 어수선함이 지나간 뒤, 두 무리는 갑판에 마주 섰다. 이미 모든 제압에서 풀려난 종잠 등과 총채의 사람들. 그들은 처음엔 어색하고 어정쩡한 모습으로 서로를 바라볼 뿐이었다.

하지만 그것은 잠시였다.

곧 만균 등은 정식으로 종잠 등에게 그간의 일에 대한 사죄를 함과 더불어 애초 종잠이 말한 대로 앞으로의 모든 일은 총회합을 통한 채주들의 결정에 따라 처리하자고 제의를 했고, 종잠 등은 흔쾌히 그것을 받아들였다. 또한 그간의 상쟁(相爭)으로 인해 유발된 무수히 남아 있는 부차적인 문제들은 차후에 시간을 두고 해결해 가면 될 일이라는 데도 두 무리는 일치된 의견을 모았다. 원래부터 한 형제들이라는 의식이 강했기에 가능한 일이었다. 그것이 아니었다면 바로 직전의 험악했던 상황을 뒤로하고 그토록 빠르게 합의를 도출해 낸다는 것은 꿈도 꾸지 못했을 터였다.

그런 다음은 일사천리였다.

총채 측에서 두 개의 절벽으로 이루어진 섬으로 사람을 보내 서로 간에 발생할 수밖에 없었던 시신들을 수습하게 했고, 그사이 장내에서는 언제 병장기를 겨누며 생사를 다투었냐는 듯이 그동안의 이야기와 더불어 앞으로의 일들에 대해서 서로의 의견을 나누는 등, 화기 감도는 분위기가 조성되었다.

그런데 어느 순간이었다.

"안 되오!"

종잠과 잠시 이야기를 나누고 있던 만균이 돌연 얼굴을 붉히며 고성을 발하는 것이 아닌가. 또한 그와 더불어 자리하고 있던 다른 사람들도 소리만 치지 않았다 뿐 그와 한가지인 얼굴을 하고는 종잠을 보고 있었고.

다른 이유가 아니었다.

잠시 이야기를 나누는 와중에 차기 총채주에 대한 말이 나왔고, 그러자 사람들은 종잠밖에 없다는 의견을 누구 할 것 없이 내놓았고, 그리하여 그것으로 결론을 모을 즈음 본인인 종잠이 자신은 절대 그럴 수 없다고 손사래를 친 까닭이었다.

"종 전주가 맡아야 하오!"

만균이 윽박지르듯이 다시 소리쳤다.

"이 시국에 종 전주가 아니면 누가 총채를 맡는단 말이오? 거의 둘로 찢어질 뻔했던 수채였소! 그것을 하나로 모으고 화합시킬 사람은 종 전주뿐이오! 그리고 종 전주라야 아무도 반대를 않을 것이고! 그러니 여러 소리 하지 말고 총채주에 오르시오!"

"싫습니다."

일말의 여지도 두지 않고 한마디로 싹둑 잘라 버리는 종잠이었다. 이어지는 음성은 더욱 완강했고.

"조금 전에도 말했다시피 나는 총채주의 재목이 아닙니다. 설사 그렇지 않다 해도 절대로 하지 않습니다. 내 역할은 이제 끝났습니다. 다른 적당한 분께 맡기십시오. 설마 하니 수채의 수많은 인재들 중에서 저만한 인물이 없겠습니까. 모르긴 몰라도 부지기수일 것입니다. 그분들 중에서 골라 맡기십시오."

"대체, 왜? 왜?"

"세파와 사람들의 탐욕이 싫어졌습니다. 그래서 오늘로서 수채와의 인연도 개인적인 것 외에는 모두 끊을 작정이고요. 아니, 말 나온 김에 지금 이 자리에서 끊겠습니다. 그러니 지금부터의 일은 여러분들이 알아서 처리하십시오."

"그, 그것이 무슨 소리입니까?"

갈수록 점입가경인 종잠의 말에 만균은 말마저 더듬거리며 반문했고, 다른 사람들도 마찬가지였다.

"인연을 끊다니요?"

"종 전주가 수채를 두고 어딜 간단 말입니까?"

"말도 안 됩니다!"

그러나 종잠은 들은 척도 하지 않았다. 아예 외면하듯 시선을 돌려 형오를 바라보더니 엉뚱한 소리를 꺼내는 것이었다.

"같이 산천유람이나 하자던 말, 아직 유효하지?"

"물론."

"일단은 얼마간 공자의 일부터 도와드린 후 조금 한가해지면 정말 그렇게 하자."

"좋지!"

텁수룩한 수염의 산 도적 같은 얼굴에 어울리지 않게 활짝 웃음을 떠올리며 형오가 머리를 끄덕여 보였다. 종잠의 얼굴에도 그와 비슷한 종류의 미소가 걸렸다.

그런데 그때였다.

"다시 생각해 보시지요."

갑자기 한 사람이 그들의 그런 미소에 찬물을 끼얹고 나섰다. 다름 아닌 곤이었다. 사람들의 공경에 의해 태사의에 앉혀져 지금껏 보고만 있던 그가 몸을 일으키며 끼어든 것이다.

"떠날 때 떠나더라도 하던 일은 마무리 지은 다음에 떠나야지요. 적어도 총채주를 새로 뽑을 때까지는 양편을 수습하고 화합시키는 등의 종 전주만이 할 수 있는 역할은 해주어야지 않겠습니까? 그것이 빨리 혼란을 종식시키는 길이며, 또 도리로 보이는군요."

"그렇고말고요, 공자님!"

"저희들 말이 그 말입니다!"

이게 웬 떡이냐는 얼굴로 반색을 하며 만균 등이 맞장구치고 나왔다.

종잠이 공자로 부르며 경외하는 이유 하나로 만균에게도 어느새 곤은 공자님이었다. 하기야 수채의 다른 인물들도 그것은 다르지 않았고. 그렇지 않았다면 총채주만이 앉을 수 있는 태사의를 선뜻 곤에게 내주며 억지로이다시피 앉히지도 않았을 터였다.

"공자……."

종잠으로서는 난감하지 않을 수 없는 일이었다. 다른 사람도 아닌 곤의 참견이었으니. 그래서 입을 열긴 했지만 그는 복잡한 감정이 어리는 얼굴을 하고는 무어라 말을 잇지 못했다.

하지만 그것이 꼭 난감해서만은 아니었다.

사실 그로서도 속으로는 곤의 말처럼 하고 싶은 마음이 없지 않았던 것이다. 평생을 바쳐 온 수채의 일이었고, 그것도 당장 자신이 떠나고 나면 극심한 혼란을 겪을 것이 뻔한 판국인데 어찌 그렇지 않겠는가. 그럼에도 그가 단호하게 뿌리칠 수밖에 없었던 것은 곤에 대한 미안함과 어떻게든 그 은혜를 갚고자 하는 마음 때문이었다. 그로서는 하다 못해 하찮은 잡무를 처리해 줄 뿐일지언정 한시라도 빨리 곤의 곁에 있어야만 마음이 편할 것 같았던 것이다. 하기야 곤도 그것을 모르는 것이 아닐 터였다. 그것이 아니라면 종잠의 일에 이러쿵저러쿵 입을 열 그가 아니었으므로.

그런데 그것만이 아니었다.

"사숙님 말씀대로 해."

형오마저 거들고 나서는 것이 아닌가.

"듣고 보니 사숙님 말씀이 옳아. 당장 네가 있어야 할 곳은 저들의 곁이 맞아. 산천유람이야 후일에도 얼마든지 떠날 수 있는 문제고, 또 너라면 쉽게 모든 일을 처리하고 얼른 돌아올 수 있을 거야. 그러니 사숙님 말씀대로 해."

"……!"

종잠은 더 이상 거부의 말도 몸짓도 않았고, 결국 이렇게 해서 그는 총채주가 정해지는 시기까지로 못을 박은 다음 당분간 총채주 직을 대행하기로 했다.

그리고 그러는 사이 채웅과 민강의 소채주가 죽을힘을 다해 저은 나룻배가 당도했고, 처음엔 어리둥절해하던 그들도 그간의 모든 사정을 듣고는 기쁨을 감추지 못했다.

그러나 그것은 잠시.

곧 그들은 이별을 하지 않으면 안 되었다. 종잠과 회수루주는 수채에 남고 채웅과 형오는 곤을 따라가기로 정한지라 벌어질 수밖에 없는 일이었다. 그들로선 그간의 역경과 고난을 함께 헤쳐 오며 형성된 끈끈한 정이 있었던지라 잠시간의 이별도 못내 안타까웠고, 그래서 이별에 꽤 많은 시간과 말이 필요했다.

그런데 그 와중에 문제가 발생했다.

"천마표국에서 기다리고 있을 테니 얼른 일 끝내놓고 와."

하는 형오의 말에, 그들의 하는 양을 보고 있던 배가가 의아한 얼굴을 하며 대꾸한 것이 발단이었다.

"어? 천마표국이라고요? 금릉에 있는 그것이라면 이틀 전 잿더미가 되었다고 들었는데?"

"자세히 말해 보세요."

배가의 말이 채 끝나기도 전에 곤이 공간 이동이라도 하듯 그의 면전에 나타나며 물었다. 도무지 상상도 가지 않는 빠른 신법과 지금까지와는 전혀 다르게 딱딱하게 굳어 있는 곤의 표정에 질려 배가는 한동안 입만 벙긋거릴 뿐 말을 못하다가 곤의 뒤이은 재촉에야 이윽고 말소리를 흘려냈다.

"어, 어젯밤 총채로부터 온 소식입니다. 금릉의 천마표국이 잿더미가 되었으며, 표국의 인물들 대부분이 죽거나 다쳤다고 했습니다. 흉수가 누군지 아직 밝혀진 것은 없지만……."

말하다 말고 배가는 뒷말을 흐리며 입을 닫아야 했다. 그럴 수밖에 없었다. 이미 곤은 그의 말을 듣고 있지 않았던 것이다.

"먼저 가봐야겠어요."

어느새 뱃전에 자리한 곤은 흘깃 종잠과 매상 등을 둘러보며 말하고는 사람들이 무어라 입을 열기는 고사하고 제 말이 채 끝나기도 전에 그대로 몸을 날렸다. 당연히 물속으로였고, 촤악, 하는 가벼운 물소리가 들려온 것이 끝이었다. 곤의 모습은 더 이상 어디에서도 찾아볼 수 없었다.

"……!"

한순간에 벌어진 일에 사람들은 일시간 아무런 말도 행동도 못한 채 멍하니 곤이 사라진 자리를 바라볼 뿐이었다.

그러나 얼굴에 떠오른 빛은 무리마다 달랐다. 곤의 사정을 잘 아는 종잠과 매상 등은 침통하고 무거운 기색을 감추지 못했고, 반면에 총채의 무리들은 영문 모를 곤혹과 경이를 떠올리고 있었다. 하기야 그럴 수밖에 없을 터였다. 그들로선 도무지 이해가 가지 않는 일이었으니.

그래서 결국 묻지 않을 수 없었고.

"무, 무슨 일입니까?"

만균이 종잠과 형오의 기색을 살피며 더듬더듬 물었다.

"왜 갑자기 물속으로……?"

"금릉으로 간 것입니다."

여전히 곤이 사라진 자리에서 눈을 떼지 못하며 종잠이 무거운 음색으로 대꾸했다. 하지만 그것은 만균의 얼굴에 더한 놀람과 의혹을 떠올리게 만들었다.

"아니! 배를 두고 왜……?"

그리 멀지 않은 절벽 섬 뒤편의 호변을 힐끔거리며 만균이 재차 입을 열었다.

"무슨 일인지는 모르겠지만, 금릉이라면 어떻든 육로보다는 수로가빠를 텐데……?"

그는 곤이 호수를 건넌 다음 호변에서부터 신법을 전개해 금릉으로간다는 것으로 지레짐작한 것이었다. 하기야 곤에 대해 아는 것이 별로 없는 그로서는 그렇게 알아들을 수밖에 없기도 할 터였다.

그러나 이번에는 종잠은 대답 대신 이제까지의 태도와 달리 조급함이 역력한 기색을 떠올리며 서둘러 몸을 돌리더니 소리치듯 말했다.

"어서 배를 출항시키시오!"

그리고 그의 말이 신호이기라도 한 듯이 형오도 매상도 채웅도 그제야 종잠과 똑같은 다급한 기색으로 발을 구르며 한꺼번에 닦달하듯 소리치는 것이었으니.

"빨리 배를 띄워요!"

"금릉으로! 어서! 어서!"

영문을 모르는 총채 사람들은 어리둥절한 얼굴로 멀뚱멀뚱 그들을 바라보지 않을 수 없었다. 하지만 그것은 잠시, 배는 곧 출발을 했고, 오래가지 않아 돛폭 가득 바람을 머금고 달리기 시작했다. 물론 그런 외중에도 총채주의 배에서는 연신 사람들을 닦달하는 외침이 끊이지 않았고.

"빨리! 빨리!"

*   *   *

불향(佛香) 그윽한 소림 방장실 안.

방장 명혜 대사와 료료 신승을 중심으로 몇 사람이 가부좌를 하고 둘러앉아 있다. 하나같이 소림의 핵심 인물들이었다. 다른 인물들의 면면도 명심, 명풍, 명징, 명수 등 전부 명 자 배 항렬이었으니까. 그런데 그들 사이에 흐르는 공기는 자못 심각했다.

"묵련이 아닐 공산도 큽니다."

명풍 대사가 말하고 있었다.

"결과가 어떨지, 우리가 어떻게 나올지 뻔히 알 텐데, 그들이 그런 어리석은 짓을 할 리가 있을까요? 더구나 그렇게 해서 자신들이 얻을 것이 없지 않습니까?"

"그야 모를 일이지."

명심 대사가 말을 받았다.

"상식적으로는 우리와 정면 승부를 내려는, 누가 봐도 어리석다고 할 결정을 내리지 않은 이상 결코 묵련일 리가 없다고 생각하는 것이 타당하겠지만, 하지만 강호의 일이란 또 모르는 것인데다 여러 가지 정황으로 보아 혐의를 두지 않을 수가 없음이니. 다른 것은 둘째 치고 너무 공교로운 시기에 일이 벌어졌어. 곧 시주도, 뇌정궁의 사람들도 자리를 비운 그때를 정확히 알고 준비해서 일을 벌일 정도로 정세에 밝고 치밀한 집단은 그리 많지가 않거든. 그리고 근자에 들어 묵련이 어딘지 모르게 술렁인다는 보고도 있고 말일세."

다른 이야기가 아니었다.

이들도 천마표국의 소식을 이미 들었고, 그래서 벌써 근 한나절 동안이나 그 대책을 숙의하고 있는 중이었다. 묵련이 관계된 일이라면 관여하지 않을 수가 없는 까닭이었다. 그렇지 않다 해도 최소한 조문이라도 가지 않으면 안 될 일이고.

"그런데 장군부에서는 왜 그렇게 했을까요?"

명풍 대사가 다시 의문을 제기했다.

"그들의 서신대로라면, 가장 먼저 현장에 도착한 그들이 다른 시신들에 가려져 그때까지 아무도 모르고 있던 흉수들 중 하나일지도 모를 시신 한 구를 몰래 장군부로 가져다 놓았다는 이야긴데, 그리고 그것을 곧 시주와 우리에게만 보여주겠다는 이야긴데, 무엇 때문에 그렇게 하고, 또 무슨 뜻일까요? 혹시 그 시신 한 구로 흉수들의 정체를 알 수 있고, 그렇지만 그것이 미칠 파장이 클 것을 염려해 그렇게 한 것은 아닐까요? 아니면 그들 자신과 관계된 인물이던지?"

"아미타불."

불호를 발한 것은 명혜 대사였다. 이어 그가 말했다.

"그에 대해서는 여기서 이야기하지 마세. 그들은 관이야. 그것도 고관이고. 그러니 그들을 만나 사실을 확인하기 전까지는 그에 대한 모든 것을 배제해 두는 것이 옳은 일일 것 같네."

"알겠습니다. 아미타불."

명풍 대사의 불호를 끝으로 잠시간의 침묵이 왔지만 이내 깨졌다. 명심 대사가 명혜 대사를 향해 입을 뗀 탓이었다.

"제가 정탐차 묵련을 한번 다녀오는 것은 어떨까요?"

"아직은 일러."

명혜 대사가 머리를 흔들었다.

"확실한 근거나 증거도 없이 갔다가 오히려 그들의 빈축을 사기 십상이야. 또 괜한 경계심만 줄 수도 있는 문제고."

"그렇다고 이대로 가만히 있을 수도 없지 않겠습니까?"

"아미타불……."

대꾸 대신 불호를 발하며 잠시 시간을 두던 명혜 대사가 사람들을 둘러보며 다시 입을 열었다.

"어떻든 마냥 이렇게 논의만 하고 있을 수도 없는 일이니 결론을 내리도록 하세. 우선 제자들을 더 파견해 묵련의 동태를 예의주시함과 아울러, 곧 시주를 봐서라도 어차피 조문은 가야 할 테니, 조문을 가면서 강호의 제자들로부터 이 일에 관계된 것은 하나도 빠뜨리지 말고 모으는 것이네. 또 현지에 도착해서 자세히 그 정황을 알아보고, 장군부에 들르고 하다 보면 꼭 흉수의 정체까지는 아니더라도 그에 근접한 다른 여러 가지 사실들을 알 수 있지 않겠는가. 그리하여 어느 편에서든 조금이라도 꼬투리가 잡힐 양이면 당장 묵련으로 사람을 보내 추궁하는 것일세. 어떤가?"

"물을 것 없네."

이제껏 눈을 지그시 감고는 듣고만 있던 료료 신승이 문득 눈을 뜨면서 참견을 했다.

"장문인 말대로 하게. 아무 성과도 없이 벌써 한나절이 지났네. 탁상공론만 하고 있을 때가 아닐세. 그리고 내가 생각해도 장문인이 말한 그 이상의 방법은 없을 듯하네. 그러니 이제 누구를 천마표국으로 보낼지나 빨리 결정하게."

"알겠습니다, 사숙님."

명혜 대사가 황망한 모습으로 얼른 합장하며 머리를 숙여 보였다. 그리고는 이내 시선을 명심에게로 주었다.

"자네가 가겠는가?"

"그렇게 하지요."

좋아라! 하고 냉큼 승낙한 명심이 말을 이었다.

"말 많은 친구가 아직 장군부에 기거하고 있다고 들었으니, 그 친구와 함께라면 묵련이 완전히 결백하지 않은 한 우리 눈을 피해갈 수는 없을 것입니다. 하지만 그렇다고 저 혼자 가기는 그러니……."

말 많은 친구란 아마도 백설행노를 칭하는 것일 터였다.

말꼬리를 흐리며 그는 명풍과 명징 대사의 얼굴을 번갈아 쳐다보았다. 그러다 명징의 얼굴에 시선을 멈추더니 말했다.

"이번에는 명징 사제와 같이 가겠습니다."

"……!"

그 자리에 있던 모두가 눈을 크게 떴다.

그만큼 의외였던 것이다. 그런데 그중에서도 가장 놀라고 곤혹스러운 모습을 보인 사람은 다름 아닌 료료 신승과 명징 대사 본인이었다. 그리하여 다음 순간 명징 대사는 도무지 믿어지지가 않는다는 얼굴로 말까지 더듬으며 물었다.

"빈, 빈승을요?"

"왜? 가기 싫은가?"

명심의 웃음 띤 반문에 대답은 뜻밖에도 료료 신승이 했다.

"아미타불. 그것도 나쁘지 않겠군. 명징은 그동안 한 번도 속세에 나간 적이 없으니 이 기회에 한번 봐두는 것도 좋겠지. 단, 내 그토록 경계하도록 이른 너의 삼절을 속세의 세인들 앞에서 결코 드러내지 않을 것이며, 또 명심이 시키는 대로 무조건 따를 것이란 맹세를 내 앞에서 한 다음이라야 한다."

싫어할 리 만무한 명징 대사였다.

그래서 그는 얼른 료료 신승 앞에서 맹세를 했고, 다시 얼마간의 이야기들이 오간 후 그와 명심 두 사람은 긴 여정을 떠날 준비를 하러 방장실을 먼저 나섰다. 다음과 같은 료료 신승의 늙은 제자를 염려한 노파심에 찬 당부를 뒷등으로 들으며.

"아미타불! 어디서든 불제자의 본분을 잊어서는 안 될 것이다. 특히 명징! 명심하거라!"

*　　　*　　　*

"아······!"

금릉성 서쪽 외곽의 한 야산 산정을 번개가 무색할 지경의 빠른 신법으로 오르던 한 사람이 문득 탄성을 발하며 멈춰 섰다.

종잠 등과 헤어져 물길로 전력을 다해 장강을 거슬러 올라서는, 혹시 사람의 이목을 끌까 하여 금릉변에서 산으로 접어들어 신법을 전개했던 곤이었다. 그런 그가 갑자기 신법을 멈추며 탄성을 발한 것은 다른 이유가 아니었다. 그 야산에선 천마표국이 한눈에 내려다보였고,

그리하여 상상했던 것보다 훨씬 더한 참상을 본 때문이었다.

비록 고루거각의 별원(別院)은 아니었지만, 그래도 적잖은 성세를 누리는 세도가의 장원에 뒤지지 않을 정도로 잘 조화되고 꾸며진 전각들이 들어서 있던 천마표국은 이제 온데간데없었다. 표국이 있었던 수천 평의 그 땅은 마치 한 마리 화룡(火龍)이라도 날뛰고 간 양 폐허로 변해 있었다. 부서지고, 불타고, 넘어지고. 온전하게 제 형상을 갖춘 채 남아 있는 것이 거의 없었다. 예외가 있다면 담장밖에 없었다. 그것만은 멀쩡했다.

그리고 폐허로 변한 뒤 급조되었음이 분명한 큰 천막 몇 개와 통나무로 지어진 임시 가옥이 몇 채 있었다. 아마도 그중 얼마간은 생존한 사람들의 거처이거나 조문객을 위한 것일 터였고, 나머지는 시신을 모시고 보관하는 곳일 터였다.

곤은 다시 신형을 날렸다.

그런 그의 얼굴은 평소와 별반 다른 점이 없었지만 그 눈빛만은 아니었다. 완벽하게 정지되어 무감정하기 그지없었고, 그로 인해 그의 모습은 전체적으로 어딘지 모르게 스산한 냉기가 감돌았다.

한줄기 바람 같은 그의 신형은 어느새 천마표국에 이르렀고, 그대로 담장을 뛰어넘었다. 그리고 막 바닥에 발이 닿는 순간이었다. 돌연 그리 멀지 않은 곳에서 한 사람이 소리치는 것이 아닌가.

"공자님!"

마의(麻衣)의 상복 차림을 한 장 표두였다.

우연찮게 그는 누군가 산에서 표국을 향해 달려 내려오는 것을 목격했고, 그렇지만 너무도 빠른 속력 탓에 누군지 분간하는 것은 고사하고 어떻게 소리치거나 행동할 여가도 없이 다만 휘둥그레진 눈으로 보고만 있었을 따름이다. 그러다 담장을 넘어 착지할 때야 그가 곤임을 알고는 반색하고 소리친 것이다.

그러나 반색은 잠시, 그는 그대로 곤의 앞으로 달려와 털썩 주저앉으며 오열을 토하는 것이었다.

"크흐흑, 공자님!"

"대체 어떻게 된 일입니까?"

그의 어깨를 잡고 자신도 앉으며 곤이 물었다.

"어떻게 된 일인지 처음부터 자세히 이야기해 주십시오."

"다 죽었습니다! 으흐흐흑⋯⋯!"

하지만 장 표두는 쉬이 울음을 그치지 못했고, 결국 한참 동안 제대로 이야기를 할 수가 없었다.

"그러니까⋯⋯."

거듭된 곤의 재촉에 이윽고 울음을 그치고 마음을 가라앉힌 장 표두가 입을 열었다. 그러나 여전히 울먹이는 음성이었다.

"이틀 전, 새벽이 오기 직전의 모두가 잠든 한밤이었습니다⋯⋯."

이렇게 시작된 이야기는, 그렇지만 최대한 빨리 말하고자 하는 그의 노력에도 불구하고 중간중간 격해지는 감정을 추스르지 못하고 눈물을 흘리거나 말을 잇지 못한 탓에 두서가 없었고, 또 그런 이유로 오히려 그 내용에 비해 시간도 오래 걸렸다. 물론 그렇다고 곤이 알아듣지 못할 정도는 아니었고.

그날따라 다른 일로 묵위현 부부와 기혜마저 표국을 비운 때라고 했다. 흉수들은 백여 명도 넘었으며, 모두가 검은 야행복에 복면을 했고, 하나같이 표두급들은 우습게 벨 정도의 고수라는 것이었다. 더구나 그들은 이미 치밀한 계획 하에 한꺼번에 모든 건물을 치고 들어왔고, 또한 표국의 고위직들을 우선적으로 찾아 벤 다음에 닥치는 대로 베고 부수고 한 탓에 표국의 사람들로서는 어떻게 대항해 볼 생각을 하기는커녕 도망칠 기회조차 가질 수가 없었다. 그리하여 순식간에 휩쓸고 지나간 다음 화탄을 던져 웬만큼 큰 건물은 모조리 부수고 그들이 철수할 때까지 걸린 시간을 다 합쳐도 겨우 일 다경이 될까 말까 한 시간이었다는 것이다. 당연히 놈들은 자신들이 누군지, 무엇 때문인지 하는 어떤 말도 흔적도 남기지 않았고.

당시 장 표두는 때마침 측간에 갔다가 요행히 화를 피했고, 그들이 떠난 뒤 그가 부랴부랴 뛰어나왔을 땐 살아 있는 사람이 거의 없었다. 표두는 그 혼자였고, 표사들도 열 몇 명이 고작이었다. 그중에도 성한 사람은 서너 명에 불과했고, 요직에 있는 인물들은 더했다. 상충과 위지상아만이 살아남았다. 그것도 살아 있는 것이 오히려 고통일 듯한 목불인견(目不忍見)의 모습으로.

그런데 장 표두 등 살아남은 사람들은 그 참담한 현장 앞에서 어디서부터 어떻게 손을 써야 될지를 몰라 정신없이 이리저리 다급하게 뛰어다니기만 할 뿐 정작 어떤 조치도 취할 수가 없었는데, 다행스럽게도 마침 다른 일로 금의위 몇을 거느린 사밀우와 함께 자신의 수하들을 데리고 나와 있던 장군부의 양한생이 멀리서 화탄이 터지는 소리를 듣고는 달려왔다는 것이었다. 그리고 그 바람에 산 자든 죽은 자든 간에 적절한 조치들이 취해질 수 있었고, 또 이렇게 임시 거처나마 마련된 것이었고.

"으흐흐흑……."

겨우 거기까지 말한 장 표두가 다시 울음을 터뜨렸다.

"공자님만, 공자님만 계셨어도, 으흐흑……."

"……."

곤은 아무 말 하지 않았다. 다만 회한의 시선으로 천천히 표국을 둘러보며 지그시 어금니를 깨무는 것이 다였다. 잠시 그렇게 있던 그는 장 표두의 어깨를 잡은 손에 힘을 주며 몸을 일으켰다. 자연 장 표두도 일어서지 않을 수가 없었다.

"눈물 흘리지 마세요."

장 표두의 물기 어린 눈에 자신의 눈을 바짝 가져간 곤이 낮게 속삭이듯 말했다.

"우는 것은 나중이에요. 아직은 울 때가 아니에요. 돌아가신 분들도 우리가 눈물이나 흘리고 있는 것은 원치 않을 거예요."

"……!"

장 표두는 대번에 눈물을 그치며 몸을 부르르 떨었다.

자의적인 것이 아니었다. 평소와 별다른 것이 없는 것 같은 곤의 모습과 음성임에도 왠지 모르게 오한이 들어 자신도 모르게 나온 행동이었던 것이다. 그렇게 잠시 멍하니 곤을 바라보던 장 표두는 이내 소맷자락으로 눈 주변을 닦았다. 그리고는 짐짓 결연한 표정을 지어 보이며 말했다.

"울지 않겠습니다. 공자님께서 울어도 좋다고 할 때까지는 이제 결코 눈물을 보이지 않겠습니다. 대신, 약속해 주십시오. 반드시, 반드시 나중에 울어도 좋다는 말씀을 해주시겠다고. 제 눈에 흙이 들어가기 전에 그렇게 해주시겠다고요."

"약속할게요."

장 표두의 어깨를 쥔 손에 다시 한 번 힘을 주며 곤이 말했다.

"반드시 그렇게 할게요. 그리고 시간도 그리 오래 걸리게 하지는 않을 것이고요."

그런데 그때였다.

"아아……!"

"궁주님!"

멀리 한 천막에서 밖으로 나오던 사람들이 곤을 발견하고는 탄성과 함께 소리치며 한달음에 달려오는 것이었다. 다름 아닌 묵위현 부부와 기혜였다. 그런데 그들은 곤의 앞에 이르자마자 그대로 무릎을 꿇고는 머리를 깊이 떨구는 것이 아닌가.

곤의 눈이 둥그레졌다.

"왜들 이러세요?"

곤의 물음에 세 사람은 더욱 깊이 머리를 떨구며 말했다.

"저희들의 잘못입니다!"

"어떤 일이 있어도 저희들이 표국을 비우는 일은 없었어야 했는데, 저희를 믿고 궁주님들께서 떠나신 것을 잘 알면서도 설마 하는 태만한 마음에 그만……."

"책무를 다하지 못한 저희를 죽여주십시오, 궁주님!"

"이럴 이유 없어요."

무슨 소리를 하느냐는 얼굴로 곤이 고개를 저으며 말했다.

"세 분이 무슨 잘못이 있단 말입니까? 오히려 세 분이나마 무사해서 내심 얼마나 안도하고 있던 참인데. 생각해 보세요. 설사 세 분이 있었다고 해도 그토록 공력이 높고 수가 많은 흉수들을 무슨 수로 당해낸단 말입니까? 그리하여 만약 세 분마저 화를 당했다면 내가 무슨 낯으로 형님과 뇌정궁 사람들을 대할 것이고요. 더구나 그런 식으로 따지자면 가장 큰 잘못은 제게 있어요. 죽어도 내가 먼저 죽어야 하고, 벌을 받아도 내가 먼저 받아야지요. 그러니 그런 말도 안 되는 소릴랑은 다시 꺼낼 생각 말고 어서 일어서세요."

그러나 기혜 등은 일어날 생각을 않았다. 되려 더욱 머리를 수그리며 죄를 청하는 것이었다.

"아닙니다, 궁주님!"

"모든 잘못은 저희에게 있습니다. 저희 그렇게 허약하지 않습니다. 저희들이 있었다면 결코 일이 이렇게 되지는 않았을 것입니다. 이제야 말씀드리는 것이지만 저희들은 어리석게도 놈들의 유인책에 속은 것이었습니다."

"유인책이라고요?"

"틀림없습니다."

흠칫한 기색으로 곤이 묻자 기혜는 재빨리 말을 이었다.

"사실 그날 저녁 무렵 표국을 나간 것은, 비조로부터 성내에 과거 본궁과 은원이 있는 전대의 인물로 보이는 사람이 있으니 확인하고 처리해 달라는 갑작스런 연락을 받은 때문이었습니다. 그동안 무료했던 저희는 얼씨구나 하고 몰려 나갔습니다. 그런 일 정도는 금방 처리하고 돌아올 자신이 있었으니까요. 그런데 놈은 우리가 비조를 만나 놈이 어디에 있으며 어떤 형상을 하고 있는지 하는 것을 들을 무렵 갑자기 행적을 감췄습니다. 하지만 완전히 감춘 것이 아니라 겨우 뒤를 쫓을 수 있을 정도의 여지를 남기면서였고, 그 바람에 저희는 앞뒤 가릴 것 없이 놈을 쫓을 수밖에 없었습니다. 지금 생각하면 놈은 사전에 치밀한 계획을 세우고 비조를 이용한 것이었습니다. 그리고 저희로 하여금 잡힐 듯 말 듯 도주하는 제 꽁무니를 계속 쫓게 해서 표국으로부터 멀리 떼어놓을 속셈이었던 것이고요. 허지만 놈의 연기가 워낙 교묘하고 신법이 빨랐는지라 저희는 그런 것을 생각해 볼 겨를이 없었습니다. 결국 저희가 이상하다는 낌새를 챈 것은 노주(蘆洲)에 이르러 놈을 완전히 놓치고 나서였고, 그땐 벌써 아침이 밝아오고 있었습니다. 어리석게도 그제야 부랴부랴 표국으로 돌아왔지만 늦어도 한참 늦은 뒤였습니다. 모든 상황이 끝난 다음이었으니."

"아……!"

"그러니 어찌 저희 잘못이 아니라 하겠습니까."

곤이 탄성을 발할 때, 기혜는 머리로 땅을 찧으며 말을 이었다.

"놈들이 그렇게 했다는 것은 저희가 두렵고 껄끄러웠다는 이야기나 다름없고, 그러므로 저희가 조금만 생각을 깊게 했더라면, 아니, 만약의 경우를 대비해 한 사람만 비조를 만나러 나가고 나머지가 표국에 남아 있기만 했더라도 일이 이렇게까지는 되지 않았을 것이 아니겠습니까. 그러니 잘못도 저희에게 있고, 벌도 저희가 받아야 합니다. 궁주님! 무책임하고 한 치 앞도 내다보지 못한 저희에게 부디 엄중한 벌을 내려주십시오!"

"그렇게 자책하지 말아요."

곤이 기혜부터 시작해 세 사람을 하나씩 잡아 일으키며 말했다.

"그만 하면 됐어요. 설령 말한 것이 모두 옳다 해도 세 분은 아무 잘못이 없어요. 그 상황에서는 어쩔 수 없었던 일일 뿐더러, 또 그자를 따라가지 않았다 한들 그토록 치밀하고 대담하기 그지없는 그자들이 다른 방도를 강구해 두지 않았을 리 없고요. 더구나 이미 지난 일이에요. 지금 와서 잘잘못을 가려서 무엇 하겠어요. 차라리 그자들을 찾아내서 모든 것을 돌려줄 궁리를 하는 게 낫지요."

"궁주님……!"

곤의 힘에 이끌려 어쩔 수 없이 일어서던 세 사람은 처음으로 머리를 들고 곤을 바라보았다. 그런 그들의 눈에 어린 것은 어떤 경이와 생경함이었다. 곤이 무엇을 말하고자 하는지 알아들었기에 그렇기도 했지만, 그보다는 그 마지막 말속에 녹아 있는 이제껏 온유하기만 하던 곤이 어떻게 그럴 수 있을까 싶을 만큼 평소의 그가 보여주던 것과는 완전히 다른 스산한 냉기와 전율스런 무엇인가를 느꼈기에 더욱 그러했다. 더구나 그 말을 할 때의 완벽하게 정지되고 무감정한 곤의 눈빛을 보았음에야……. 그러나 이내 곤은 가늘게 미소를 떠올리며 그들을 향해 머리를 끄덕여 보였다.

그리고는 말을 돌렸다.

"이제 다른 이야기는 나중에 하기로 하고, 우선 나를 국주님과 다른 분들이 계시는 곳으로 안내해 주세요. 어서 그분들부터 뵙는 게 도리가 아니겠어요?"

"그야 그렇습니다만."

얼른 말을 받은 사람은 장 표두였다. 그런데 말을 받을 때와는 달리 조금은 우물쭈물하는 기색을 보이더니 말을 잇는 것이었다.

"하지만 가셔도 그 모습을 볼 수는 없는데……."

"아니, 왜요?"

곤은 의아하지 않을 수 없었다.

"무슨 문제라도 있어요?"

"그런 것은 아니지만……."

여전히 우물거리며 말끝을 흐리던 장 표두가 이윽고 긴 한숨을 불어

내더니 말을 꺼냈다.

"사실은 국주님을 비롯한 망자들 모두가 이미 염을 끝내고 천으로 감싸서는 관에 모셔진 상태이거든요. 상두와 아가씨는 조금도 거동을 못할 지경인지라 그 와중에서도 멀쩡하게 살아남은 저희 몇이서 상주 노릇을 할 수밖에 없고, 그런 이유로 상두의 허락 하에 어쩔 수 없이 자잘한 격식은 무시하고 그렇게 할 수밖에 없었습니다. 물론 그전에 상처 자국에 대한 검증은 뇌정궁의 세 분 대협들께서 자세히 하셨고, 또 그 도해도 사람을 시켜 그려두었고요. 그리고 공자님 생각을 않은 것은 아니지만, 그리고 상두께서도 그래서 많이 망설이셨습니다만 시신을 그대로 두고 언제 올지도 모를 공자님을 기다린다는 것은 아무래도 망자에 대한 도리가 아닌지라 결국은 그렇게 하기로 결정을 내리고 말았습니다. 그러니 가셔도 시신의 모습을 직접 대할 수는 없다는 뜻입니다."

"상관없어요."

곤이 작게 머리를 저으며 말했다.

"그리고 잘하셨고요. 절 위해 망자들을 욕되게 할 수는 없는 일이지요. 더불어 무엇보다 장 표두께서 그간 얼마나 고생을 많이 하셨는지 알겠군요. 정말 수고 많으셨습니다."

"아닙니다!"

장 표두가 펄쩍 뛰었다.

"무슨 그런 말씀을! 고생이라니요! 당연히 해야 될 일인 걸요! 오히려 살아남은 것이 부끄럽고 죄스러울 따름이지……."

"……!"

다시 눈물이라도 쏟을 듯 침울해지는 얼굴로 말끝을 흐리는 장 표두의 모습에 곤도 머리를 주억거리며 깊은 한숨을 내쉬었다. 그리고 잠시 망연한 시선을 드리우더니 이내 본색을 회복하고는 말했다.

"이제 안내해 주세요. 그분들을 뵙고 싶어요."

"아! 알겠습니다."

한순간 빠져 있던 상념에서 돌아오며 장 표두가 황망히 대답했다.

그리하여 곧 그가 앞서고, 곤이 그 뒤를 잇고, 마지막으로 기혜 등이 여전히 침통하고 죄의식 가득한 얼굴을 감추지 못한 채 따르는 가운데 오래잖아 가장 서쪽의 한 천막으로 들어섰다.

천막 안에는 온통 관이었다. 족히 십수 개는 되어 보였다. 그리고 아무렇게나 놓여 있는 것이 아니었다. 위지무외 부자를 비롯한 곽적 부자, 그리고 표두들이 그 직위에 따라 순서대로 나열되어 있었다. 위지무외의 관은 그중 제일 상좌에 있었고, 장 표두가 그 앞으로 곤을 안내했다. 장 표두의 말대로 시신은 이미 천으로 둘둘 말려 있었고, 다만 관 뚜껑만 덮지 않은 상태였다.

장 표두가 말했다.

"발견 당시 국주님은 몸이 두 곳이나 잘린 데다 화탄의 피해까지 입어 말이 아니었습니다만, 다행히 장군부에서 보내준 사람의 솜씨가 좋아서 깨끗하게 본모습을 찾을 수 있었습니다."

"……."

곤은 아무 말도 행동도 하지 않았다.

마치 화석이라도 된 양 꼼짝도 않고 서서는 다만 관 속을 물끄러미 응시할 따름이었다. 그로 인해 다른 사람들도 곧 전염되듯 완벽한 침묵 속에 정물로 화할 수밖에 없었고, 그런 가운데 얼마나 흘렀을까. 위지무외의 시신에서 시선을 뗀 곤은 고개를 돌리며 천천히 하나하나 관들을 둘러보는 것이었다. 그리고 마지막으로 다시 위지무외에게로 시선이 돌아오더니 문득 말하는 것이었다.

"이젠 상두께 안내해 주세요."

"예?"

장 표두가 곤혹스러움을 감추지 못하며 반문했다.

"아니! 왜……?"

어째서 망자에 대한 예도 표하지 않고, 또 아무 말도 하지 않은 채 그냥 나가려고 하느냐는 의미일 터였다. 곤은 여전히 위지무외에게 시선을 둔 채 대꾸했다.

"나는 아직 자격이 없어요."

"……!"

장 표두는 흠칫한 얼굴로 더 이상 입을 열지 않았다.

곤이 말한 의미를 알기 때문만은 아니었다. 곤의 무표정과 무감정한 것 같은 음성 속에서 그 외양과는 달리 말할 수 없는 슬픔과 자책과 회한과 또 그와는 다른 종류인 어떤 전율을 느낄 수 있었기에 그러했다. 그리고 그것은 기혜 등도 마찬가지였고. 그래서 그들은 더한 자책감을 감추지 못하며 고개를 수그려야 했다.

장 표두는 곧 다시 앞장서서 걸음을 옮겼고, 시신들이 있었던 천막과는 반대 편의 임시 거처 중 하나의 방으로 곤을 안내했다. 상충이 있는 방이었다.

"아……!"

방 한 켠의 침대 곁에서 병자를 지키고 있던 두 명의 표사가 벌떡 일어서며 건네는 인사를 장 표두와 더불어 목례로 받은 다음 시선을 침상으로 향하던 곤의 입에서 자신도 모르게 탄성이 흘러나왔다. 상충의 처참한 몰골 때문이었다. 오른 다리와 왼팔이 있어야 할 자리가 횅하니 비어 있는 것으로도 모자라 머리부터 발끝까지 온통 붕대로 친친 감겨져 있었고, 그 붕대도 곳곳에 얼룩덜룩 배어 나온 핏자국으로 멀쩡한 곳이 없었으니.

"상두……!"

급히 침대로 다가가 앉은 곤은 그런 상충의 모습을 보며 몇 번이나 입술을 씰룩인 끝에야 간신히 그를 부르는 메마르고 갈라진 음성을 흘려낼 수 있었다.

"……!"

눈마저도 붕대로 가려져 아무것도 볼 수 없는 상충이었지만 귀는 그래도 큰 탈이 없었고, 그래서 곤의 음성에는 대번에 반응을 보였다. 보기에 안쓰러울 정도로 힘겹게 내뱉던 숨을 한순간 멈추며 미세한 경련을 일으키더니 오래잖아 입술을 여는 것이었다.

"으…… 곤? ……곤?"

신음과 더불어 새어 나오는 미약하고도 불분명한 음성이었지만 그것에서 묻어나는 것은 분명 반가움이었고, 기대감이었고, 기쁨이었다. 그래서 곤은 더욱 선뜻 대꾸를 못했다. 먼저 그의 하나 남은 손을 가만히 잡아 쥔 다음에야 입을 열었다.

"제가 너무 늦었습니다."

"아니야……."

상충은 그런 와중에도 곤의 말뜻과 그 속에 담긴 감정의 편린들을 알아듣고 느낀 듯 곤과 맞잡은 손에 미약하지만 얼마간 힘을 주면서 말했다.

"자책하지 마라……. 우리의 운명일 뿐 결코 네 잘못이 아니야…….

지금까지 묵련의 압박에서 우리를 지켜준 것만으로도 감사하기 그지없는 일인걸……."

"그렇지 않아요. 제가."

"그런데 말야……."

곤의 말을 가로채며 상충이 말을 이었다.

물론 곤이 그대로 말을 계속했으면 낮고 어렵사리 말소리를 흘려낼 수밖에 없는 상충으로서는 듣고 있는 외에는 방법이 없었겠지만 곤은 그의 그런 힘겨운 노력에 의한 말을 무시할 수가 없었다.

"난 이번 일이 묵련의 짓이란 생각을 지울 수가 없어……. 그들 외에는 이럴 이유를 가진 자들이 없거든……. 그래서 말인데…… 만약, 만약 흉수가 그들이라면……."

"말씀은 그만 하세요."

말하는 도중에 상충의 호흡이 현저하게 가빠지는 것을 본 곤이 얼른 그의 말을 가로챘다.

"나중에 얼마든지 하실 수 있으니 우선은 마음을 편히 가지시고 가만히 계세요. 진기도 움직이지 마시고요. 일단 제가 상처부터 돌볼 테니까요."

"소용없어……."

상충은 곤의 말을 들으려 하지 않았다.

"내 몸은 내가 알아……. 얼마 남지 않았어……."

"그런 소리 마세요."

드물게도 곤이 정색을 하고 말했다.

"결코 그럴 일은 없을 거예요. 제가 그렇게 두지 않아요. 천수를 누릴 테니 두고 보세요. 그러니 다른 말씀 마시고 제가 시키는 대로 하세요. 어서요."

곤의 진정 어린 재촉은 그 진위 여부는 두고라도 상충으로 하여금 더 이상 고집을 부리기 곤란하게 만들었고, 그리하여 결국 상충은 한숨을 내쉬더니 입을 다물었다. 그러자 곤은 곧 그의 손을 잡은 채 눈을 감고는 좌정(坐定)에 들었다.

모두가 미동도 않는 가운데 얼마나 흘렀을까.

어느 순간이었다. 상충이 울컥 하더니 한 주먹 정도 될 울혈을 뱉어내는 것이 아닌가.

그러자 곤도 눈을 떴다.

이어 그는 표사들에게 물수건을 준비해 오라고 시키더니 자신은 상충의 붕대를 풀기 시작했다. 장 표두가 자신이 하겠다고 나섰지만 곤은 머리를 내저었다.

붕대를 다 풀고 나자 팔다리의 잘린 자리를 비롯한 무수한 상처들이 보기에도 끔찍한 형상으로 드러났다. 아무리 비위가 좋은 사람이라도 얼마간은 시선을 돌리고 말 그 참혹한 상처들을 곤은 조심스럽고도 정밀한 손길로 하나하나 보듬어가기 시작했다. 일반의 그것과는 다른 곤 특유의 공력을 담은 일종의 추궁과혈과 같은 것이었다.

효과는 말할 것이 없었다.

그의 손이 닿을 때마다 상처들은 혹은 조금씩이나마 제 색으로 돌아오고, 혹은 피가 배어 나오고 하면서 반응했고, 그럴 때마다 마치 시신처럼 파리하기만 했던 상충의 얼굴에 육안으로 분간하기가 쉽지는 않지만 혈색이 돌아오고 있었으니까. 그렇게 완전히 상처들을 다 보듬은 곤은 준비된 물수건으로 정성스레 상충의 전신을 닦아냈다. 그리고는 다시 한 번 처음부터 그대로 하는 것이었다. 그렇게 두 번을 하고 나자 상충의 안색은 눈에 띄게 좋아졌고, 그토록 가쁘던 호흡도 거의 정상으로 돌아오는 것이었다.

다른 사람들은 말할 것이 없고 이미 곤의 솜씨가 어떤지 알고 있는 기혜 등도 다시 한 번 경이와 경외를 감추지 못하는 가운데 누구보다 놀란 사람은 사실 상충이었다.

자신의 몸에서 일어나는 변화이니만큼 자신이 가장 잘 알 수 있었던 탓이었다. 더구나 전처럼 전신을 싸매는 것이 아니라 큰 상처만 붕대로 다시 감고는 벽에 기대 앉힌 후, 진기를 유통시켜 보라는 곤의 말대로 한 다음에는 더욱 그랬다. 잘해야 몇 달이라는 장군부에서 보내온 이름난 의원의 진단은 둘째 치고, 진기를 모을 시도조차 하기 힘든 지경이었던지라 스스로도 도저히 가망없다고 판단했던 내상이 언제 그랬냐 싶게 조식이 가능할 정도로 좋아져 있었으니.

"이, 이럴 수가! 대체, 어떻게……!"

"말씀은 나중에 하시고 조식부터 취하세요."

진기를 끌어올리다 말고는 눈을 번쩍 뜨며 도저히 믿어지지가 않는다는 경이에 찬 얼굴로 탄성을 발하는 상충에게 미소를 지어 보이며 곤이 말했다.

"하실 수 있으면 온전히 대주천(大周天)을 다 하셔야 해요. 그래야 뚫어놓은 경혈이 다시 막히는 일이 없을 테니까요. 또 외상을 회복하는 데도 큰 차이가 있고요."

"아, 알겠네."

대답과 함께 상충은 얼른 조식에 들었다. 그런 그를 잠시 지켜보던 곤이 이내 등을 돌리며 장 표두에게 말했다.

"이제 위지 소저에게로 가봅시다."

"지, 지금요?"

화들짝 놀란 모습으로 상충을 힐끔거리며 장 표두가 반문했다. 달리 그런 것이 아니라 신기하기만 한 곤의 의술에 넋을 놓고 있다가 놀란 탓도 있었고, 더불어 이대로 상충을 두고 가도 괜찮겠느냐는 우려의 의미도 있었다. 곤은 머리를 끄덕였다.

"괜찮아요. 상두는 적어도 두세 시진은 지나야 깨어날 테니 그때 다시 오면 돼요."

"아……!"

탄성하며 머리를 끄덕인 장 표두는 곧 표사들에게 일절 다른 사람은 들이지 말고 조용히 잘 돌보라는 지시를 내리고는 다시 앞장서서 길을 안내했다.

제3장

드러나는 음모(陰謀)

드러나는 음모(陰謀)

위지상아의 거처는 상충이 있는 곳 바로 곁에 세워진 또 하나의 임시 거처에 있었다. 그중 하나의 방 앞으로 안내한 장 표두는 상충의 방에 들어갈 때와 달리 문밖에서 일단 멈추더니 인기척부터 냈다. 그리고 말했다.

"장 표두입니다, 아가씨."

"들어오시오."

들려온 대답은 뜻밖에도 늙수그레한 노인의 목소리였다. 장 표두가 곤을 돌아보며 얼른 설명을 해주었다.

"장군부에서 보내온 의원입니다."

그리고 그는 문을 열더니 비켜섰다.

곤을 위한 배려였다. 물론 다른 이유가 아주 없는 것은 아니었다. 장 표두로서는 애초부터 국주의 장중보옥이었던 데다 그러다 이제 갑자기 천애고아나 마찬가지 처지가 된 위지상아를 대하기가 마음 편하지만은 않았던 것이고, 거기다 더해 그 방에 있는 다른 사람들과 친해지지도 친해질 수도 없는 이유도 있었다. 기실 위지상아의 곁엔 의원뿐만이 아니라 또 한 사람이 있었다. 곤이 들어서자 처음엔 눈을 동그랗게 떴다가 이내 반색을 하며 폴짝 뛰어서는 곤 앞으로 오면서 소리치는 깜찍하고 귀여운 소녀.

"곤 오빠!"

양선하였다.

위지상아가 다쳐 누운 후 그녀는 거의 매일 의원을 데리고 그녀를 찾았고, 병상을 지켰던 것이다.

"그동안 언니가 얼마나 찾았다고요. 어서 이리로 오세요."

대뜸 손을 낚아채서 잡아끄는 양선하에게 이끌려 곤은 침상으로 가지 않을 수 없었다. 위지상아 역시 상충과 별다를 바 없는 상황이었다. 얼굴을 비롯한 온몸이 온통 붕대로 감겨져 있었고 곳곳이 피 얼룩이었다. 다른 것이 있다면 다리는 멀쩡하다는 것과 붕대가 상충의 그것보다는 깨끗한 것으로 미루어 갈아 감은 지 그리 오래되지 않았다는 것, 그리고 잠이 들었는지 눈꺼풀을 닫고 있는 눈에만 붕대가 감겨져 있지 않다는 것 정도가 다였다.

"잠들었어요."

침상 곁에 이르러서야 곤의 손을 놓으며 양선하가 말했다.

"조금 전에 제가 붕대를 갈아주었거든요. 이상하게도 그러고 나면 꼭 잠을 자요. 제가 깨워볼게요."

"그럴 것 없어요."

양선하를 만류한 곤은 곧바로 상충에게 그랬던 것처럼 위지상아의 하나 남은 손을 잡고는 좌정에 들었다.

"……?"

양선하가 의아한 눈망울을 굴리며 바라보고, 곤의 행동이 무엇을 하고자 함인지 대강 눈치 챈 의원이 무어라 말을 꺼내려다 말고는 미간을 찌푸린 채 못마땅한 시선으로 쳐다보고 있는 사이 시간은 쉽없이 흘러갔다. 그러던 어느 순간, 울컥 하고 위지상아도 상충처럼 악혈(惡血)을 토해냈다.

그런데 다음 순간이었다.

"으헛!"

그때까지도 눈을 꼭 감고는 잠에 빠져 있던 위지상아가, 지켜보고 있던 사람들이 깜짝 놀랄 정도로 한소리 경악성을 발하며 눈을 번쩍 뜨는 것이 아닌가. 달리 그런 것이 아니었다.

악몽을 꾸었던 것이다. 그것도 그날의 끔찍했던 악몽을.

갑작스런 괴한들의 난입. 뒤이어 방이 그리 떨어져 있지 않던 아버지와 오라비가 피투성이가 되어서도 자신을 위해 뛰어들어 와서는 자신을 탁자 밑으로 밀쳐 넣고 놈들과 대적하고, 그러나 중과부적에 당랑거철일 수밖에 없었던 관계상 처참한 종말을 고할 수밖에 없었고, 그 와중에 아비가 단말마적으로 외치던 소리.

"어떻게든 살아남아라! 그리고 곤! 곤을 믿고 의지해라! 모든 것을 그에게 맡겨라! 그러면 믿을 수 있다! 네 장래도, 우리들의 복수도, 표국의 미래도……!"

이어 아비의 목소리까지 깨끗하게 잠재운 칼들이 일제히 탁자를 헤집고, 탁자 덕에 요행히 직접적인 절단은 팔 하나가 떨어져 나가는 정도로 그쳤지만, 전신을 난도질당하다시피 칼들이 스쳐 지나가는 것은 피할 수가 없었고, 경악과 고통의 혼돈으로 그렇게 정신을 잃어가는 속에 들려온 아련한 폭음.

쾅쾅!

그 순간 그녀는 기겁하며 깨어났다.

그런데 눈을 뜬 그녀는 다시 한 번 흠칫하며 놀라는 기색을 드러냈다. 이제껏 눈만 뜨면 대할 수 있었던 양선하의 천진한 얼굴 대신 곤의 얼굴이 있었던 탓이다. 비몽사몽간의 놀라는 마음으로 인해 한순간 곤의 얼굴을 알아보지 못했던 것이다.

그러나 그것은 잠시.

이내 곤을 알아본 그녀는 무어라 입을 열려 했지만 입만 벌린 채 아무 소리도 할 수 없었다. 격앙되고 복잡한 감정 탓이었다. 그리하여 그녀는 다만 주르르 눈물만 흘렸다. 아니, 그 정도가 아니라 잠시도 지나지 않아 소리까지 내면서 흐느끼는 것이었다. 온갖 설움과 원망과 반가움이 뒤죽박죽 된 감정인지라 발산이 이런 식으로밖에 되지 않았던 것이다.

"울지 마, 언니……."

양선하가 안쓰러움을 감추지 못하는 모습으로 위지상아를 달래는 사이 곤은 회한에 찬 얼굴로 망연히 그녀를 보고 있을 따름이었다. 그러다 낮게 한숨을 불어내며 일어서더니 양선하에게 말했다.

"수고스럽겠지만 한 번 더 몸을 닦아내고 붕대를 갈아주세요. 그 다음 마음을 진정시키고 얼마간이라도 조식을 취하도록 권해주시고. 하루 한 번씩 며칠간만 더 이런 식으로 치료를 받고 조식을 취하면 본신 내력을 회복하고 거동하는 데는 무리가 없을 거예요. 그동안은 계속 부탁 좀 드릴게요."

토혈(吐血)을 한 것도 있고, 또 곤이 요상을 시켜주는 사이 상충이 그랬던 것처럼 그녀의 상처들에서도 피가 배어 나와 깨끗했던 붕대가 울긋불긋 얼룩지고 있었기에 하는 소리였고, 또 남자였기에 아무 문제가 없었던 상충과는 달리 자신이 그녀의 몸을 닦아줄 수도 추궁과혈을 전개할 수도 없기에 하는 소리였다.

"염려 마세요."

곤을 향해 웃어 보이며 양선하가 말했다.

"이제까지도 그런 것은 제가 다해왔는걸요. 그보다 대체 어떻게 이렇게 할 수 있는지 그것이나 좀 말해 주세요."

"예?"

"언니 말예요."

곤의 반문에 양선하가 위지상아를 눈짓하며 말했다.

"무엇을 어떻게 했기에 언니를 금방 생기가 돌고 멀쩡하게 보일 정도로 만들 수 있느냔 말이에요. 사실 그동안 의원님이 온갖 약재에 갖가지 기구를 가지고 아무리 애를 써도, 물론 차도가 하나도 없었던 것은 아니었지만, 그래도 저렇게 소리 내어 울기는 고사하고 입도 제대로 벌리지 못했거든요. 미음조차 겨우 흘려 넣을 정도로. 그래서 오늘도 별 진전이 없으면 내일은 억지로라도 만조 할아버지를 모셔오려고 생각 중이었는데……."

말하다 말고 양선하가 아차! 하는 얼굴로 얼른 뒷말을 흐리며 입을 다물었다. 그리고는 살그머니 시선을 돌려 의원을 쳐다보았다. 아니나 다를까, 의원의 얼굴이 서서히 일그러지고 있는 중이 아닌가. 그러자 양선하는 헤 하고 겸연쩍은 미소를 보이며 뒷머리를 긁적였고, 그 천진하고 악기없는 모습에는 의원도 얼굴을 풀며 쓴웃음을 지을 밖엔 도리가 없었다. 그리하여 곤도 그 모습을 보며 미소를 짓고 있을 때, 양선하가 그에게로 시선을 돌리며 한쪽 눈을 찡긋하더니 제 실언을 무마라도 하겠다는 듯이 말을 바꿨다.

"나중에 꼭 이야기해 줘야 돼요."

이어 의원을 비롯한 모두를 둘러보며 말했다.

"자! 이제 언니 붕대를 갈아주어야 하니 모두 나가주세요!"

눈에 뻔히 보이는 그 모습과 행동에는 사람들 모두가 실소를 머금지 않을 수 없었지만 곧 몸을 돌렸다. 양선하를 향해 가볍게 머리를 끄덕여 보인 곤도 등을 돌렸다. 그런데 몸을 돌린 곤이 막 걸음을 떼려는 바로 그때였다.

"우선 한 가지 물어볼게요."

여전히 울음을 그치지 않은 채로 불쑥 위지상아가 말하는 것이 아닌가. 곤은 몸을 세우며 돌아서지 않을 수 없었다. 위지상아가 눈물 흐르는 눈으로 그를 바라보며 물었다.

"흉수를, 흉수를 찾아내고, 그들에게 대가를 치러줄 건가요?"

"반드시."

"……!"

곤의 서슴없는 대구에 반짝, 하고 이채를 드러내며 잠시 살피듯이 곤을 응시하던 위지상아가 이내 머리를 끄덕였다.

"좋아요. 그렇다면 안심하고 부탁할게요. 아버지와 오라버니를 비롯한 돌아가신 분들의 장례를 당신이 맡아서 치러주세요. 어차피 상숙부님이나 저의 이런 몸으로서는 그른 일이니. 그리고 장례 이후의 일을 위해서라도 그것이 옳을 듯하고요."

"……!"

흠칫한 기색으로 눈을 끔뻑이던 곤은, 그러나 곧 본래의 모습으로 돌아왔고 대답했다.

"알겠어요. 그렇게 할게요."

비록 장례에 대해 아무것도 아는 것이 없었지만 그런 것은 부차적인 문제였다. 이런 경우 상주를 맡는다는 것은 그 단체나 문파의 복수와 미래도 떠맡았다는 공표와 다름 아니었지만, 어차피 그것은 이미 곤도 굳게 마음먹고 있는 일이었기에 마다할 이유가 없었던 것이다. 더불어 선택의 문제도 아니었고.

위지상아도 조금은 안심했다는 듯이 작게 머리를 주억거렸다. 그러던 어느 순간이었다. 그녀가 돌연 무엇을 생각했는지 다시 이채를 떠올리며 불쑥 묻는 것이 아닌가.

"그 여자는?"

"……?"

뜬금없는 그 소리에 곤은 어리둥절한 얼굴을 하지 않을 수 없었다. 그러자 그녀가 재차 물었다.

"황산의 그 여자를 결국 데려왔나요?"

"내일 늦게나 되어야 도착할 것이오만……?"

곤혹스러움 속에 한동안 눈만 멀뚱거리던 곤이 이윽고 대답했다.

그런데 곤이 대답하자마자 위지상아는 언제 그런 말을 꺼냈느냐는 듯이 슬그머니 시선을 내리깔더니 그동안 그쳤던 눈물을 주르르 다시 흘리기 시작하는 것이 아닌가.

곤은 더욱 곤혹스러운 얼굴을 할 수밖에 없었다.

하지만 그는 오래잖아 몸을 돌리고 말았다. 양선하의 그만 나가라는 눈짓도 눈짓이었고, 그 자리에 있어봐야 영문을 모르는 그로서는 딱히 어떻게 할 방법도 없었던 것이다.

위지상아의 방을 나온 곤은 장 표두를 앞세우고는 또 다른 환자들을 찾았다. 살아남은 표사들 중에도 심한 상처를 입고 있는 사람이 상당수였던 것이다. 그들을 돌보는 사이 양선하의 일행이 돌아가야 할 시간이 되었고, 그들을 배웅하고 나자 캄캄한 밤이었다. 그리고 오래잖아 표사들의 치료도 마친 곤은 다시 상층의 방을 찾았다. 하지만 그는 그때까지도 조식에서 깨어나지 못하고 있었다. 위지상아도 그것은 마찬가지였고. 그래서 곤도 장 표두가 마련해 준 상층과 한 건물의 또 다른 방으로 들었고, 휴식을 취하게 되었다. 그러자 곤의 극구 만류에도 불구하고 기혜 등은 습관처럼 기어이 교대로 그의 방문 앞을 지켰고, 그렇게 밤은 점점 깊어져 잔해만 남은 표국마저도 어둠 속에 완벽하게 포용되었다.

＊　　　　＊　　　　＊

묵련의 묵풍전.

여느 날이라면 보통 자시 넘어서까지 환하게 불이 밝혀져 있을 그곳에 오늘따라 어둠이 내린 지 한참이건만 불빛 한 점 비치지 않는다. 그렇다고 사람이 없어서 그러냐 하면 그것이 아니었다. 그것도 세 사람이나 있었다. 아니, 굳이 따지자면 두 사람이라고 하는 것이 옳겠다. 왜냐하면 한 사람은 묵련주와 결코 따로 떼어서 생각할 수 없는 그의 수신호위였으니까.

어떻든 묵련주가 태사의에 앉고 수신호위가 언제나처럼 그의 뒤에 서 있는 가운데, 다른 한 사람은 태사의 아래 묵풍전 중앙을 가로지르고 길게 놓여 있는 탁자의 반대 편에 자리하고 있었다. 흰 학창의에 문사건(文士巾)을 쓴 오륙십 줄의 노인. 바로 묵련의 귀와 눈이자 강호에서 가장 정확하고 빠른 정보를 자랑하는 만통전의 전주였다. 그는 조금은 당황하고 곤혹스런 표정을 감추지 못한 채 련주의 입만 바라보고 있는 중이었다.

그로서는 그럴 수밖에 없었다.

기실 그는 조금 전까지만 해도 자신의 집무실에서 중요한 문건을 정리하고 있었다. 그러다 갑자기 련주 직속 수신호위의 방문을 받았고, 그를 보는 순간 무어라 말할 필요도 없이 그대로 일하던 자리를 박차고 일어났으며, 부랴부랴 그를 따라 이리로 온 것이었다. 원래 묵련주의 수신호위는 어지간한 경우에는 련주의 곁을 일 장 이상 벗어나는 법이 없었고, 그런 그가 왔다는 것은 그만큼 중요하고 다급한 일이 있다는 이야기나 마찬가지였기에 당연한 일이었다. 그런데 도착하고 보니 불도 켜지 않은 채 련주가 기다리고 있는 데다, 자신이 예를 갖춘 후 자리에 앉았음에도 말을 꺼낼 생각은 않고 물끄러미 쳐다보고만 있는 것이었으니.

어떻든 그렇게 그가 련주의 입을 바라보며 이제나저제나 하고 가슴 졸인지 얼마나 지났을까. 그의 바람대로 이윽고 련주가 입을 열었다.

"삼십 년이지?"

"예?"

만통전주가 어리둥절한 얼굴로 반문했다. 사람을 잔뜩 가슴 조리며 조바심치게 해놓고는 불쑥 물어오는 것이 밑도 끝도 없는 소리였으니 그렇지 않을 수가 없었다.

"그게 무슨……?"

"……"

그러나 련주는 더 이상 입을 열지 않았다.

아니, 그 정도가 아니었다. 이젠 시선조차 주지 않은 채 마치 자신이 언제 무슨 말을 했느냐는 듯이 묵묵히 곰방대에 내용물을 채우더니 그것을 입에 무는 것이었다. 그러자 항상 그래 왔듯이 수신호위가 그에 불을 붙였고, 련주는 곰방대를 빨기 시작했다. 그렇게 몇 번을 빤 연후 드디어 입에서 연기가 뿜어져 나올 즈음에야 시선을 다시 만통·전주에게로 돌리더니 재차 불쑥 물었다.

"모르겠나?"

"황하방을 제압하고 황하를 본 련의 수중에 넣은 시기를 말씀하시는 것인지? 그것이라면 올해로 꼭 그 정도 되었습니다만……?"

"내 탓이겠지."

잠시 머뭇거리던 만통·전주가 자신없는 투로 대꾸했지만 묵련주는 그에 대한 옳다 그르다 대신 길게 연기를 내뿜으며 또 뜻 모를 소리를 뱉어냈다.

"다 내 탓인 게야."

아무리 머리가 좋은 사람이라도 이렇게 연관도 되지 않는 의미 모를 말을 한마디씩 툭툭 던지는 데는 방법이 없는 법. 만통·전주가 그 짝이었다. 그는 이제 난감함까지 더해 아무 말도 못하고 다만 눈만 끔뻑거릴 따름이었다.

그런데 다음 순간이었다.

문득 묵련주가 곰방대를 내려놓더니 정광을 발하며 만통·전주를 직시하는 것이 아닌가. 그러자 이제까지의 촌로 같던 모습 대신 만년거석처럼 단단하고 위엄 어린 진정 묵련의 련주다운 모습으로 일변하는 것이었다. 그리고 말했다.

"과거 자네는 내가 군이 입 밖으로 내지 않아도 내 의중과 심사를 너무도 잘 파악해서는 미리 일을 처리하거나, 혹은 방안을 내놓아 나를 흡족하게 했지. 나는 자네의 그런 머리와 지혜를 높이 사지 않을 수 없었고, 그리하여 젊은 나이와 무공이 약하다는 단점에도 불구하고 다른 사람들의 반대를 무릅쓰며 만통전을 맡겼고."

"감읍할 따름입니다."

"그런데 말일세."

얼른 일어나 깊이 예를 표하는 만통전주는 본체만체 묵련주는 자신의 말을 이어갔다.

"누구든 가까이에서 함께한 시간이 많으면 많을수록 상대에 대해 더욱 많은 것을 알게 될 테고, 그러면 자연 그 의중도 더욱 잘 파악하는 것이 정상이 아니겠는가? 한데 애석하게도 삼십 년이 지난 지금 자네는 별로 그렇지가 못한 것 같네. 어째서인가?"

"려, 련주님……!"

그제야 삼십 년의 의미를 안 탄성부터 발한 만통전주가 이내 당황과 의혹과 회의와 불복의 표정을 차례로 떠올리며 얼른 입을 열었지만, 그러나 말을 꺼낼 수가 없었다. 그가 무어라 말을 잇기도 전에 묵련주가 먼저 물어왔던 것이다.

"세유가 자네에게 무슨 큰 실수를 한 것이라도 있나?"

"아……!"

흠칫 눈을 크게 뜨면서 만통전주가 다시 탄성을 발했다.

달리 그런 것이 아니었다. 상관세유가 거론된 때문이었다. 그리고 그제야 련주가 지금까지 한 뜬금없는 소리가 무엇 때문이었는지를 얼추 짐작한 탓이었고. 하지만 그렇다고는 해도 한마디씩 툭툭 던지는 련주의 화법은 너무도 교묘하고 뜬구름을 잡는 것과 같아서 확신은 금물이었다. 따라서 그 진실한 의도가 어디에 있는지는 여전히 오리무중이었고. 그렇지만 어떻든 련주가 묻는 말에 대답하지 않을 수는 없는 노릇. 만통전주는 얼른 다시 입을 열었다.

"상관대주에 관한 문제라면 제가."

그러나 이번에도 그는 끝까지 말을 이을 수가 없었다. 묵련주가 또 그의 말을 가로채며 물어왔던 것이다.

"아니면 자네도 련주란 자리에 흑심이 있는 겐가?"

"어, 어찌 그런 말씀을……!"

기겁을 한 얼굴로 떠듬떠듬 입을 열던 만통전주는, 다음 순간 얼른 일어서더니 아예 탁자 바깥으로 벗어나 그대로 바닥에 무릎을 꿇고 엎드렸다. 그리고는 천부당만부당하다는 얼굴로 머리를 조아렸고, 호소하듯 말했다.

"련주님! 소신 비록 불민하여 저 자신도 모르게 무언가 잘못을 저질렀을 수는 있을지언정, 결코 불충되게 헛된 생각을 품어본 적은 없습니다. 하물며 지존 자리를 넘보다니요! 제 그릇을 누구보다 잘 알고 있는 소신입니다. 련주님께서도 그것을 아시기에 제게 이 자리를 맡긴 것이 아니셨습니까? 그런데 저에게 그런 말씀을 하시다니, 아무리 생각해도 무슨 연유인지 알 수가 없습니다. 부디 소신이 알아들을 수 있도록 하교하여 주시기 바랍니다!"

"그럼 무엇 때문이냐?"

묵련주는 한 치 동요도 없이 다그쳤다.

"너는 왜 그날 아무 소리도 않고 있었느냐? 본 련의 정황을 손금 보듯 알고 있는 너라면 세유가 정말 그런 짓을 했는지 안 했는지는 여러 상황으로 유추해서 쉽게 판단할 수 있는 일이 아니더냐? 설사 그게 아니더라도 적어도 너라면 그 아이가 그런 일을 할 리가 없다는 것은 이미 예전에 알고 있을 터인데, 또 어째서 그에 대해서도 한마디도 하지 않았느냐?"

"그때는 저로서도."

"좋다!"

한번 다그치기 시작한 묵련주는 도무지 만통전주가 입을 열 기회를 주지 않았다.

"당시는 정말 아무것도 몰랐다 치자. 그렇지만 네 능력과 만통전의 정보력이라면 하루 이틀이면 진범이든 용의자든 간에 최소한의 윤곽 정도는 잡고도 남았을 시간이 아니더냐? 그런데 어째서 너는 지금까지 아무 보고도 없더란 말이냐?"

만통전주는 더 이상 입을 열지 않았다.

그렇지만 대꾸를 않은 것은 아니었다. 머리를 바닥에 닿을 듯이 낮추고 납작 엎드리는 것으로 대신했다. 이유는 간단했다. 원래 묵련주는 좀처럼 화를 내는 법이 없지만 한번 내면 이처럼 상대가 말할 틈을 주지 않고 다그치는 습관을 가지고 있으며, 옳든 그르든 간에 그에 대꾸를 해봐야 오히려 진노만 더하고 시간만 길어질 뿐이라는 한동안 잊고 있던 기억을 이제야 떠올린 탓이었다. 더불어 련주가 자신을 불러 놓고 화를 내는 이유를 이제는 확실히 알았기에, 련주의 노화가 가라앉기만 기다리면 된다는 생각에서이기도 했고.

효과는 바로 왔다.

만통전주의 그런 모습에 자신도 더 이상 말을 않고 한동안 바라보고만 있던 묵련주가 어느 순간 다시 촌로의 모습으로 돌아왔다. 그리고는 언제 정색을 했었느냐는 듯이 천연덕스럽게 다시 곰방대를 집어 입에 물더니 맛있게 몇 모금 빨아 당기는 것이었다. 이어 연기를 내뿜더니 말했다.

"자리에 앉게."

"존명!"

재빨리 복명하며 자리에 앉은 만통전주는 여전히 머리를 들지 않았다. 그러자 련주가 다시 말했다.

"그럼 이제 자네 대답을 들어보세."

"우선 그날 제가 나서지 않았던 이유부터 말씀드리겠습니다."

그제야 고개를 들며 만통전주가 입을 열었다. 그러나 묵련주는 대뜸 머리를 흔들었다.

"그럴 필요 없네. 자네는 이미 그것에 대한 대답을 한 셈이니."

묵련주는 괜히 진노를 드러냈던 것이 아니었다. 그것으로 그는 만통전주의 반응을 살폈고, 그리하여 그가 다른 이유로 상관세유를 위해 입을 열지 않은 것이 아니라 무엇이든 완벽하지 않으면 입을 잘 열지 않는 그의 성격상 그렇게 할 수밖에 없었으리라는 내심의 짐작을 확인했던 것이다. 실지 련주는 정말 그가 다른 마음을 품고 그랬다는 생각은 갖고 있지 않았다. 다만 얼마간의 의심은 하지 않을 수 없었고, 그래서 만약을 위한 시험일 뿐이었던 것이다. 그래야 마음 놓고 다음 이야기를 진행할 수 있는 문제였기에.

하기야 만통전주라고 그러한 것들을 모르지는 않을 터였다.

그렇지 않다면 련주의 말에 이미 짐작이라도 했다는 듯이 얼굴색 하나 변하지 않은 채 가볍게 머리를 숙여 보이는 정도의 반응으로 그치지는 않았을 테니.

"천마표국 사건에 대해 조사한 것이나 말해 보게."

련주가 말을 이었다.

"진범은 누군가? 아니, 본 련의 인사가 얼마나 관계되어 있나? 그것부터 말해 보게."

"……."

만통전주는 선뜻 대답을 못했다.

조금은 복잡한 감정을 띠고 묵련주를 바라보기만 할 뿐이었다. 당연히 묵련주는 의아함을 떠올리며 묻지 않을 수 없었다.

"왜? 설마 아직 아무것도 파악을 못했단 말인가?"

"그렇지는 않습니다만……."

말끝을 흐리던 만통전주가 이내 결심한 듯 묵련주를 직시하더니 도리어 물었다.

"외람되지만, 그전에 먼저 련주님께 여쭈어보고 싶은 것이 있습니다. 련주님께서는 어째서 절대로 상관대주일 리가 없다고 생각하시는 것입니까? 비록 소신도 평소의 품성이나 련주님에 대한 충성심으로 미루어보아 애초부터 그일 리가 없다고 생각은 했습니다만, 그래도 아비를 죽인 원수가 아니겠습니까? 원한에 사무쳐 얼마든지 일을 벌일 수도 있는 문제가 아닌지요?"

"세유는 천마표국에 원한 따위 가지고 있지 않아."

"예에……?"

만통전주는 눈을 둥그렇게 떴다.

"그, 그것이 무슨 말씀이신지……?"

"그렇게만 알고 있게."

시종 태연하게 말하는 련주였다.

"어떻든 그러므로 세유가 내 명 없이 그들을 습격할 이유는 조금도 없는 것이고. 또 내 허락 없이 그에 대해서는 함부로 말할 수도 없는지라 그날도 가만히 있을 수밖에 없었고."

"……."

만통전주는 잠시 멍한 눈을 하고 련주를 바라보았다. 그러나 그것은 잠시, 이내 시선을 추스르더니 말했다.

"한 가지 더 드릴 말씀이 있습니다."

"말해 봐."

"그냥 이대로……."

고개를 숙인 채 머뭇거리며 만통전주는 뒷말을 잇지 못했다. 한참을 그러다가 련주가 재촉의 말을 했을 때야 어렵사리 말을 이었다.

"이대로, 더 파헤치지 말고 덮어두는 것이 어떻겠습니까?"

"그럼 세유는?"

"현재로서는 아무리 궁리를 해보아도 누구든 희생하지 않고는 안 될 상황이니……."

"……!"

곰방대를 빨다 말고 일체의 동작을 정지한 련주의 눈에 드물게도 정광이 어렸다. 그럴 수밖에 없었다. 만통전주의 말은 흉수가 묵련 내부의 인물이며, 그것도 상관세유와 버금가거나 그 이상의 고위직 인사라는 암시였으니. 더불어 더 파헤쳐 봐야 스스로의 치부를 드러내는 것과 다름 아니라는 이야기였고.

그러나 련주는 오래 생각하지도 침묵하지도 않았다.

"누구냐?"

"련주님……."

"대체 어느 놈이냐?"

다시 묵련주의 모습과 어투가 바뀌었고, 그에 따라 만통전주는 더이상 머뭇거릴 수가 없었다. 그러나 입 밖으로 소리를 내서는 아니었다. 그는 전음으로 말했다.

"……!"

듣고 난 묵련주의 눈이 드물게도 커졌다. 그리고 종내는 통한 같은 중얼거림을 흘려냈다.

"그놈이! 설마 했더니, 그 어리석은 놈이……!"

"그가 틀림없습니다."

만통전주가 말을 받았다.

"아직 장군부에서 보관하고 있다는 시신을 확인해 보지 못해 그 전모를 완전히 다 밝힐 수 있는 것은 아니고, 그래서 지금까지 련주님께 보고를 잠시 미뤄온 것이기도 하지만, 저는 확신하고 있습니다. 원흉은 그이며, 직접 움직인 자들은 모두 그의 수하들이란 것을. 상당히 치밀한 계획을 세우고 참으로 은밀하게 움직였습니다만, 저희의 눈까지 피할 수는 없었습니다. 그들의 실수는 본 전에서 련의 거의 모든 인원을 꿰고 있으며, 더불어 그 이동도 하루 이틀이면 모두 알아낼 수 있다는 사실을 몰랐던 것입니다."

"으음……!"

묵련주는 깊은 침음성을 흘려냈다.

그리고는 태사의 깊숙이 등을 파묻었고, 이어 눈마저 감는 것이었다. 그에게도 그만큼 충격이었던 것이다. 그러나 그는 오래지 않아 자세는 그대로 둔 채 눈을 떴다. 그리고 물었다.

"타개할 방법은?"

"……!"

만통전주가 흠칫 눈을 크게 떴다.

그럴 수밖에 없었다. 묵련주가 그렇게 물어온다는 것은 어떤 희생을 감수하더라도 모든 것을 밝히고 정면 돌파를 하겠다는 것과 똑같았던 것이다. 그러나 놀람은 잠시, 그는 마치 그럴 줄 알고 미리 생각을 해두었다는 듯이 주르르 말을 쏟아냈다.

"이미 표국을 습격한 자들이 본 련의 인물임을 숨길 수 없고, 그리하여 깨놓고 어떤 식으로든 돌파하지 않을 수 없다면, 일단 두 가지를 생각해 볼 수 있습니다. 한 가지는 먼저 사건의 전모를 통보한 다음. 그를 비롯해서 사건에 연루되거나 개입한 사람 모두를 고스란히 천마표국에 인계하고 그들의 처분에 맡기는 것입니다. 그렇지만 본 련의 위상과 존립의 측면에서 생각해 보자면, 어떻든 그렇게 쉽게 외부로 사람을 내줄 수는 없는 노릇이고, 따라서 그것은 거론해 봐야 소용없는 일이라고 볼 수 있지 않겠습니까?"

"다른 것은?"

"그리고는 전면전인데, 사실 이것도 불가능합니다."

아예 생각할 것도 없다는 듯이 재촉하는 련주의 말에 만통전주가 빠르게 말을 이었다.

"안 그래도 호시탐탐 기회를 노리고 있던 소림이 끼어들지 않을 리가 없고, 또 그렇게 되면 보내온 서신으로 보아 이미 개입하고 있는 것이나 마찬가지인 장군부도 가만히 있지는 않을 테니 말입니다. 물론 그 외에도 재물이나 다른 것으로 회유하는 방법, 또 본 련 자체에서 범인들을 벌하고 양해를 구하는 방법 등도 있기는 합니다만, 역시 소림에 더해 광룡까지 끼어 있는 관계로 가능성은 더욱 없다고 보는 것이 옳을 듯합니다.”

“그렇다면 가능성있는 방법은 없단 말이냐?”

잠시 침묵하던 련주가 다시 물었다. 만통전주는 이번에도 제격 대답했다.

“한 가지가 있습니다만.”

그러나 말로는 거기까지 뿐이었다.

그리고는 바로 전음을 사용했고, 한참이나 이어졌다. 련주는 묵묵히 듣고만 있었다. 전음이 끝나고도 한동안 생각에 잠겨 있던 끝에야 이윽고 그가 중얼거리듯 입을 열었다.

“현재로선 그것이 최선이라는 이야기군…….”

“그렇습니다.”

만통전주가 바로 말을 받았다.

“그 방법 외에는 달리 방도가 없습니다. 그러면 광룡 같은 경우는 몰라도 적어도 장군부나 소림은 쌍수를 들고 환영할 것입니다. 그들로선 여러 가지 주변에 미칠 파장과 영향을 고려하지 않을 수가 없을 테니까요. 결국 그것은 성사될 가능성이 높다는 이야기고요. 물론 조건의 조율이 문제이긴 하겠습니다만, 저희가 어느 정도 양보한다면 그것도 별문제는 없을 것으로 보입니다.”

“승산은?”

“충분합니다.”

만통전주가 자신있게 대답했다.

"제 생각이긴 합니다만, 최악의 경우 설사 소림의 료료 신승까지 개입한다고 해도, 승부 방식을 제가 말씀드린 대로 한다면 적어도 우리가 이길 확률이 육칠 할은 되리라고 봅니다. 련주님과 본 련의 막강한 고수들에 더해 그분들까지 계시니. 거기다 밀문 대종사님의 도움을 받는다면 더욱 확실할 테고요."

"음……."

침음성을 뱉어내며 천천히 머리를 끄덕여 보인 련주는, 그러나 한참이 지나도 가타부타 입을 열 생각을 않았다. 결국 기다리다 못한 만통전주가 다시 조심스럽게 말을 꺼냈다.

"그런데 이 방안으로 밀고 가려면 무엇보다 협상의 주도권을 잡기 위해서라도 저희 쪽에서 서둘러야 합니다. 표국의 장례가 끝나고 그들이 움직이기 시작하면 우리로선 득이 될 게 없습니다. 중간에 어떤 변수가 생길지도 모르는 일이고요. 그러니 그전에 얼른 결정을 내리고 치밀하게 준비를 해서는 그들이 동의하도록 만들어야 합니다. 그리하여 일찌감치 결판을 내야 하고요."

"할 수 없지."

련주가 그제야 입을 열었다.

"그렇게 추진하도록 해."

"존명!"

만통전주가 제격 복명하며 말했다.

"미리 준비해 두었다가 시신이 오는 대로 새로 사람을 보내든지 제가 가든지 해서 사실을 통보하고, 더불어 그에 대한 논의와 협상도 시작하겠습니다."

련주가 묵묵히 머리를 끄덕였다.

그리고도 둘은 긴 시간 그 컴컴한 묵풍전에서 움직일 줄 몰랐다. 그에 관한 세부적인 이야기들을 나누느라 그럴 수밖에 없었다. 그리하여 만통전주가 일어서서 물러가는 인사를 올렸을 때는 날이 훤하게 밝아올 시각이었다.

그런 연후 만통전주가 문을 향해 몇 걸음 옮겼을 때였다.

"그에게도 미리 전서를 보내도록 해."

불쑥 묵련주가 말했다.

만통전주는 얼른 되돌아서서 부동 자세를 취했고 조금은 의아한 기색을 떠올렸다. 그러나 입을 열어 물을 여기는 없었다. 련주가 그대로 말을 이은 탓이다.

"천리신구(千里神鳩)로도 족히 하루 이상 걸리는 거리야. 거기다 전서를 받았다고 해도 벌써부터 준비를 하고 있지 않은 이상 바로 출발하기는 요원한 일일 테고. 그러다 보면 자칫 늦을 수도 있어. 그리고 태만히 하다가 혹시라도 그를 기다릴 시간도 없을 정도로 사정이 급박하게 돌아갈 수도 있는 일이니 서둘러 출발하도록 당부하는 것도 잊지 말고."

"존명!"

그제야 누구를 지칭함이며 무엇을 말함인지 안 만통전주가 재빨리 복명했다.

"전으로 돌아가는 즉시 전서를 보내겠습니다."

이어 그는 자세를 조금 풀며 다시 입을 열었다.

"그런데 제 생각이기는 하지만, 어쩌면 그분은 그것을 받는 즉시 출발할지도 모르겠고, 또 저희가 예상하는 것보다 빨리 당도할 수도 있습니다. 그분이 있는 곳에서 여기 대묵평까지보다 훨씬 먼 거리를 불과

며칠 만에 이동했다는 기록이 본 전의 그분 관련 서류에 있을 정도로
범인과는 다른 기상천외하고 놀랄 만한 많은 비법들을 가진 분인데다,
더구나 요즈음은 소종사의 일로 인해 중원에 들어오지 못해 안달이라
고 들었으니까요."

"그럴 수도 있겠군."

련주가 머리를 끄덕이며 말했다.

"그가 그토록 자랑하고 자신하던 후계자와 밀문의 정예가 광룡과 그
의 의제란 자에게 완패를 당한 셈이니."

"예."

만통·전주도 거들었다.

"그 일로 정말 단단히 화가 난 모양입니다."

"자존심이라면 광룡에 못지않은 사람이니 그럴 수밖에 없겠지."

대꾸하며 련주는 다시 곰방대를 들었다. 그리고 중얼거리듯 말했다.

"어떻든 그가 일찍 당도해서 나쁠 것은 없음이야."

이어 련주는 손을 내저었고, 무어라 다시 대꾸를 하려던 만통·전주는
이내 입을 다물며 가볍게 예를 취하고는 몸을 돌렸다. 그가 나가고 나
자 이제 묵풍전은 완벽한 침묵에 휩싸였다.

*   *   *

곤이 당도한 날로부터 이틀이 흘렀다.

그사이 상충과 위지상아의 내상은 거의 완치가 되었다. 외상도 회복
이 매우 빠르게 진전되고 있었고, 그렇지만 둘은 좀처럼 바깥에 모습
을 드러내는 일이 없었다. 상충은 팔다리가 하나씩밖에 남지 않은 관

계로 움직이기가 쉽지 않아서였고, 위지상아는 실의에 빠져 잘 움직이려 들지 않는 탓이었다. 특히나 붕대를 풀고 난 다음의 위지상아는 더욱 그러했다.

다른 이유가 아니었다.

붕대를 풀고 나자 만인의 찬사를 한 몸에 받던 본래의 곱고 아름답던 얼굴 대신에 화탄 폭발의 여파로 벌겋게 아가리를 벌리고 있는 상흔 가득한 낯설고 징그러운 자신의 얼굴을 보아야 했으니, 안 그래도 상심과 슬픔만 가득한 마음에 더해 그럴 수밖에 없을 일이었다. 그리하여 그녀는 방 안의 동경을 모조리 부숴 버린 것도 모자라 찾아오는 사람을 대해야 하는 낮에는 물론이고 심지어 잠을 잘 때도 면사로 얼굴을 가리고 있을 지경이었다. 그러니 밖으로 나돌아다닐 생각은 아예 꿈도 꾸지 않을 수밖에.

그리고 그녀의 변화는 또 한 가지가 있었다.

과거의 그녀라면 제 얼굴이 그렇게 된 것은 말할 것도 없고 일이 여기에 이른 것을 모두 곤의 탓으로 돌리며 심한 강짜를 부리고도 남았을 터인데, 그에 대해서는 일언반구도 하지 않는다는 것이었다. 그렇다고 호의를 보이는 것도 아니었고. 처음 곤 앞에서 하염없이 울음을 터뜨린 이후로 그녀는 곤과 말도 잘 섞으려 들지 않았고, 시선도 마주치려 들지 않았다.

곤도 그 점을 조금은 이상하게 여기지 않은 것은 아니지만 그것이 다였다. 원래 그런 방면에 무신경한 탓도 있었고, 그보다는 상처를 돌봐주거나 장례에 따른 꼭 필요한 문제를 상의할 때를 제외하고는 상충이나 위지상아를 만날 기회조차 없을 정도로 그를 기다리는 다른 무수한 일들이 있었기에 신경을 쓸 겨를이 없었던 탓이 더욱 컸다.

홍수에 대한 작은 단서라도 찾기 위해 나름대로 갖은 노력을 기울이는 것은 둘째 문제였다.

우선 당면한 근 백여 명에 이르는 망자의 장례를 준비해야 했고, 무엇보다 곤을 바쁘게 만든 것은 시간이 지날수록 점점 많아지는 내방객과 조문객을 맞는 일이었다. 달리 사람이 없는지라 그와 장 표두가 나서서 그것을 다 하지 않으면 안 되었다. 거기다 이러한 일들에 대해서 아는 것이 별로 없는 곤인지라 하나에서 열까지 상충의 자문을 구하고, 또 장 표두 등에 의지해 그들이 일러주는 대로 해야 했기에 더욱 힘이 들었다. 물론 기혜 등도 그 짐을 나누어 지고자 하지 않은 것은 아니지만, 아니, 누구보다 열심히 도왔지만, 다른 일과 달리 사람을 맞이하는 일에서만큼은 정식적인 표국의 인사가 아닌지라 전면에 나설 수가 없었다. 더구나 곤 때문에 찾아오는 사람들도 많았으니 함부로 나설 수도 없었고.

겨우 이틀이었지만 참으로 많은 사람들이 찾아왔고, 또 다녀갔다.

원래부터 천마표국과 관계되어 있거나 특별한 인연이 있는 사람들. 변호 등 중원표국의 사람들을 비롯한 과거 장군부에서 곤에게 도움을 받거나 인연을 맺은 사람들. 갖가지 도움을 주기 위해 장군부에서 연일 양선하가 데려오거나 같이 오는 사람들 등등.

물론 그런 손님들만 있었던 것은 아니었다.

곤의 예측대로 어제저녁 무렵에 도착한 종잠과 매상 등은 부류가 다르다고 할 수 있었다. 종잠은 아무리 수채의 일이 급하다고 해도 천마표국의 참화에는 나 몰라라 할 수가 없었고, 그리하여 일단 장례를 치르고 일의 추이를 본 다음에 수채의 업무에 복귀할 요량으로 총채의 배를 먼저 보내고 온 것이었다. 민강의 소채주는 그런 그를 따라왔고.

어떻든 그들은 오자마자 일손이 부족한 다방면에 발 벗고 나섰고, 그동안 손님 접대와 장례 준비, 사람들이 많아짐에 따라 태부족한 자리와 숙소의 확장 등으로 인해 몸이 열 개라도 모자랄 정도로 바쁘던 천마표국의 사람들과 기혜 등에게 큰 힘이 되었다.

그렇게 오랜만에 만난 기혜 등과 형오가 제대로 상봉의 기쁨을 나눌 여가도 없을 정도로 모두가 바쁘고 힘들게 움직이는 속에서도 한마음으로 일을 추슬러 가는 가운데, 오늘도 다시 하루가 저물어 땅거미가 지기 시작하는 저녁 무렵.

"……!"

날이 어두워짐에 따라 떠나가는 손님들을 장 표두와 더불어 전송하던 곤이 문득 눈을 크게 뜨는 것이 아닌가. 떠나는 사람들을 헤치고 반대로 표국을 향해 다가오는 또 한 떼의 손님들을 본 까닭이었다. 모르는 사람도 아닌.

곧 그는 반색을 하고는 서둘러 그들을 맞이했다.

"대사님……!"

"아미타불!"

곤이 취하는 예를 마주해 합장하며 불호를 외는 그들은 다름 아닌 명심 대사와 명징 대사를 비롯해 그들을 수행해 온 열 명 남짓의 소림 화상들이었다.

그러나 잠시간의 반가운 인사를 나눈 곤은 곧 그들을 거처로 안내해야 했다. 아직은 바쁜 시각인지라 길게 이야기를 나누고 있을 시간이 없어서이기도 했고, 예기치 못했던 '밤에 조용해지거든 꼭 빈승을 찾아주게'라는 명심의 전음을 들었기에 또 그러했다.

하지만 밤이 이슥해지고 한가해졌을 때는 곤이 굳이 명심을 찾아갈 필요가 없었다. 전혀 생각지도 못했던 장군부에서 마차를 보내온 이유였다. 그것도 마치 둘의 약속을 알고나 있었다는 듯이 곤과 명심, 단둘만 초대를 하는 것이었고. 그래서 함께 가고자 나섰던 명징도, 그리고 기혜나 매상 등도 정중하게 거절당해야 했다.

그리하여 곤과 명심 대사만을 태운 마차는 최고의 속력으로 한밤을 가로질러 장군부에 이르렀고, 언제나처럼 후문을 통과해서는 외부(外府) 한구석의 외딴 건물 앞에 두 사람을 내려놓았다.

그곳에는 이미 양한생이 기다리고 있었다.

그런데 그 혼자만이 아니었다. 다른 한 인물과 함께였다. 더구나 그 인물은 곤이 익히 잘 알고 있는 사람이었다. 다름 아닌 여자보다 아름다운 남자, 바로 밀문의 소종사이자 용무왕자의 무술 사부이기도 한 사밀우였다. 마차에서 내리던 곤은 양한생의 뒤에 서 있는 그를 보고 흠칫 눈을 크게 떴지만 그것은 잠시, 그는 곧 본색을 회복하며 두 사람에게 가볍게 예를 취했다. 이곳이 장군부인 이상 사밀우는 사 사부일 수밖에 없고, 그것은 결국 그런 신분으로 대할 수밖에 없다는 말이었다.

곤의 예를 시작으로 네 사람은 인사를 나누었다. 더불어 명심도 그렇고 양한생과 사밀우도 그렇고 비록 서로에 대해 모르지는 않는다고 하지만 얼굴을 보는 것은 처음이었기에 간단한 통성명과 함께 의례적인 인사말도 건네졌고.

그런데 인사가 끝나자마자 양한생은 누가 무슨 말을 꺼내기도 전에 건물을 손짓하며 말했다.

"우선 보여 드릴 것이 있습니다."

그리고는 성큼 걸음을 내딛는 것이 아닌가.

곤은 본래의 신색을 유지하는 속에서도 한편으로는 짐짓 곤혹스럽다는 눈빛을 감추지 않은 채 힐끔 명심과 사밀우를 돌아보았다. 의도적인 것은 아니었다. 다만 그는 오는 도중 명심 대사로부터 장군부에서 소림으로 보낸 서신의 내용과 그로 인해 내려진 소림의 결정을 들은 상태였고, 거기다 더해 뜻밖에도 사밀우가 기다리고 있는 데다, 또 평소와 다른 양한생의 행동을 대하고는 자신도 모르게 나온 동작이었다. 이제까지 곤이 겪어 알고 있는 양한생은 먼저 두 사람을 부른 이유와 사밀우가 이 자리에 있는 까닭부터 설명할 사람이었으니까. 그러나 어떻든 그러면서도 곤은 그를 따라 발걸음을 옮기고 있었다.

건물은 입구를 제외하고는 사방이 꽉 막힌 투박한 석조 건물이었다. 양한생은 입구를 지키는 위사들이 준비해 두고 있던 횃불을 건네받았고, 그것으로 일행을 인도했다. 입구를 지나자 석실이 늘어선 긴 복도가 나왔다. 그 끝의 유일하게 문이 닫혀 있는 석실 앞에서 멈춘 양한생은 횃불을 건네받을 때 같이 받은 열쇠로 석실을 열더니 사람들에게 잠시 기다리라 말하고는 사방 벽면의 유등(油燈)에 횃불을 이용해 불을 밝혔고, 곧 석실 안은 여덟 개의 유등으로 인해 대낮처럼 환해졌다. 그리고 난 다음에야 그는 문밖에서 기다리고 있는 사람들에게 들어오라고 말했다.

그때까지도 곤혹을 떨구지 못한 채 문을 들어서던 곤과 명심의 눈가에 흠칫 이채가 스쳐 지났다.

"……!"

다른 이유가 아니었다.

장방형의 석실 중앙에 어른 허리 어림의 기다란 석대(石臺)가 자리하고 있었는데, 그 위에 대여섯 구에 달하는 나체의 시신이 올려져 있는 이유였다. 더불어 명심은 서신에 명기되어 있던 한 구가 아니라 여러 구의 시신을 본 때문에 그럴 수밖에 없었고, 곤은 그것들 중 가장 가까이의 다른 시신들과 구별되게 거리를 두고 있는 한 사람의 시신은 모르는 사람이 아니었기에 더욱 그러했다. 태행산정의 격전에서 언제나 상관세유의 곁을 떠나지 않던 청의인. 그의 얼굴을 시신이 되었다고 구분 못할 곤은 아니었다.

"누군지 아시겠소?"

곤을 직시하며 양한생이 물었다. 곤도 그의 시선을 맞받으며 오히려 무감정한 음성으로 반문했다.

"이자가 흉수의 하나인가요?"

"그것은 아직 단정할 수 없소."

대답은 사밀우가 했다.

"다만 천마표국에 죽어 있었던 것은 사실이오."

"저자들은 또 누구지요? 왜 여기에 있고요?"

잠시 침묵한 채 탐색이라도 하듯 사밀우를 바라보던 곤이 다른 시신을 가리키며 물었다. 사밀우는 잠시 망설이는 듯하더니 이내 한숨을 내쉬며 말했다.

"세유의 수하들이오. 하지만."

"아미타불!"

사밀우가 말을 잇기 전에 명심 대사가 청의인을 가리키며 끼어들었다.

"빈승도 알아들을 수 있게 이자가 누군지 하는 것부터 설명해 주실 수 없겠습니까?"

"이 사람은 청영이라고 합니다."

사밀우가 대답했다.

"상관세유의 충복이고요."

"……!"

명심 대사의 눈에 한순간 전광 같은 안광이 발해졌다. 더 이상 설명을 들을 필요가 없었다. 그는 정색을 한 채 합장하며 말했다.

"아미타불! 그렇다면 이번 사건은 묵련의 상관대주가 과거의 은원을 빌미로 벌인."

"잠시만!"

사밀우가 급히 명심 대사의 말을 자르며 말했다.

"잠시만, 단정을 미뤄주십시오, 대사님! 그리고 곤 형! 먼저 내가 아는 사실들과 생각을 말할 수 있도록 제게 조금만 시간을 주십시오. 부탁드리겠습니다."

"저도 부탁드리겠습니다."

양한생도 거들고 나섰다.

"제가 청영이란 사람의 시신을 아무도 몰래 이리로 가져올 수밖에 없었던 데는 실은 사 사부의 이야기와 권유가 컸습니다. 물론 판단을 내리고 수하들에게 지시를 한 것은 저입니다만."

"……!"

곤과 명심은 서로를 힐끔 쳐다보았지만 그것은 서로에 대한 예의였을 뿐, 그들은 이내 누가 먼저랄 것도 없이 머리를 끄덕여 보였다. 그러자 사밀우는 그에 감사한다는 듯 두 사람을 향해 포권을 취했다. 그리고 말했다.

"현재 드러난 사실로만 보면 천마표국을 파괴한 흉수는 틀림없이 세유와 그 수하들입니다. 청영의 시신이 표국 사람들의 시신과 서로에게 병기를 꽂은 채 뒤엉켜 있었고, 또 표국과 그리 멀리 떨어져 있지 않은 야산에서 또 다른 질풍대원들의 시신이 발견되었으니까요."

"은밀한 장소에 깊이 묻혀 있었습니다."

양한생이 부언했다.

"수색과 탐문에 능숙한 금의위와 제 수하들 수백 명이 동원되고도 이틀 전에야 겨우 발견했을 정도로 말입니다."

"그것은 일견 흉수가 누군지 분명하게 일러주는 것처럼도 보입니다."

사밀우가 말을 받았다.

"하지만 그렇지 않습니다. 오히려 나는 그것을 이제부터 말하려고 하는, 이 일에 무언가 다른 음모가 있다는 것을 반증하는 첫 번째 자료라고 생각합니다. 왜냐하면 내가 아는 상관세유는 상황이 다급하다고 해서 결코 수하를 그렇게 묻어버리고 떠날 사람이 아닌 까닭입니다. 어떻게든 데려가서 가족에게 인계하거나, 아니면 손수 장례를 치러줄 사람입니다. 실지 그날 밤 우리가 당도했던 시간과 비교해 볼 때도 과연 그렇게 다급하게 묻고 사라졌어야 했었는지 의문이고요. 그리고 또 한 가지 의문은 어째서 이자들이냐는 것입니다. 이들은 질풍대 속에서도 주로 정탐과 탐문을 담당하는 자들이지 전투나 습격에 동원되는 자들이 아니거든요. 그런데 왜 이자들이 묻혀 있었을까요?"

"……."

"더구나 청영에 대해서는 더욱 말이 안 됩니다."

모두가 조용히 듣고 있는 가운데 그는 말을 계속했다.

"설사 급박한 정황 속인지라 철수하고 난 다음에야 그가 없다는 사실을 알았다 하더라도 세유라면 절대로 그냥 가지 않습니다. 혼자서라도 되돌아올 테고, 그래서 설령 모든 것이 수포로 돌아갈지언정 기어이 그의 시신이나마 찾아서 돌아가려 모든 노력을 기울일 것입니다. 왜냐하면 세유에게 있어 청영은 단순한 수하가 아니니까요. 비록 우연찮게 주종으로 맺어졌지만, 거대한 조직 속에 부대끼면서 둘은 언제부턴가 진정으로 서로를 믿고 의지하는 사이가 되었고, 그래서 그 어떤 형제보다도 더한 사내의 정을 나누고 있었으니까요. 서로를 위해서라면 목숨도 아까워하지 않을 정도로 말입니다."

"그렇지만."

"압니다."

무어라 반박하려는 명심 대사의 말을 사밀우가 제꺽 가로챘다.

"듣기에 따라서는 제 이야기가 얼마나 주관적인 생각이며, 결국 변명에 불과할 수도 있다는 것을 압니다. 그러나 우선 제 이야기를 끝까지 들어주십시오. 다음 이야기를 들으면 그렇지 않다는 것을 분명히 아실 수 있을 테니까요."

잠시 숨을 돌린 사밀우가 말을 이었다.

"지금부터 제가 말하려는 것은 극비 중의 극비입니다. 그래서 아는 사람이라고는 세유와 묵련주, 그리고 저와 대종사뿐이고요. 하지만 이제 두 분께는 말씀을 드리지요. 사실 세유가 천마표국에 집착하며 위협 아닌 위협을 해온 것은 과거의 은원 때문이 아닙니다. 어렸을 때는 몰라도 머리가 커서까지 진실이 무언지 파악하지 못할 정도로 어리석은 세유도 아닐 뿐더러, 만약 세간에 알려진 것처럼 그가 정말로 그렇게 믿고 있었다면 아마 지금까지 기다리고 있지도 않았을 것입니다. 누가 뭐라고 해도 그의 성격상 벌써 오래전에 표국을 끝장내고도 남았을 테니까요."

"그렇다면……!"

"그렇습니다."

명심 대사의 입에서 불현듯 흘러나온 말을 받아 사밀우가 머리를 끄덕였다.

"모든 것이 묵련주의 계략입니다. 강남 진출의 합법적인 교두보를 마련하기 위한 그의 심모원려에 세유와 세유의 과거가 이용된 것뿐입니다. 세유 역시 어떻든 아버지가 표국의 마차에 치여 돌아가신 것은 사실인지라 굳이 반대할 이유가 없었고요. 거기에 어쩌다 보니 전하의 무예 사부로 있게 된 나도 끼어들게 되었고요. 물론 그것에는 본 문과 묵련 사이의 어떤 밀약과 조건들이 전제되어 있겠습니다만. 나도 세유도 그것에 대해서는 그리 깊이 알지도 못하고, 그것은 또한 이 자리에서 거론할 일도 아닌 것 같으니 생략하겠습니다."

"……."

"그리고 또 있습니다."

더 이상 토를 달지 않고 이제 다만 자신을 바라볼 뿐인 사람들을 둘러보며 사밀우가 다시 말을 이었다.

"설령 지금까지 제가 말씀드린 것이 모두 거짓일 수 있다 치더라도 변할 수 없는 사실이 하나 있습니다. 세유는 지금 저와도 연락할 수 없는 구금 상태에 있으며, 까딱 잘못하면 묵련의 후계 위는 물론이고 목숨마저 잃을 위급한 상황에 처해 있다는 것입니다. 그것은 그가 련주의 명을 어기고 제 독단으로 이번 일을 저질렀다는 말과 다름 아닌데, 그것은 제가 아는 한 불가능합니다. 왜냐하면 그는 묵련주의 명 없이 결코 무슨 일을 저지를 사람이 아니니까요. 련주란 지위도 지위지만, 그보다 그에게 있어 묵련주는 련주 이전에 그를 다시 태어나게 해주고 새로운 삶을 살게 해준 은인이자 아버지니까요. 그런데 목숨을 달라고 해도 마다 않을 그가 련주를 거역하고 제 마음대로 이런 일을 저질러요? 그것은 절대로 불가능합니다."

"……!"

"이 외에도 열거하자면 여러 가지가 있습니다만, 이 정도면 충분하지 않겠습니까? 이번의 이 사건은 결코 세유의 짓이 아닙니다."

"그래서요?"

곤이 불쑥 말을 받았다.

"그래서 무슨 말을 하고 싶은 거예요? 그것으로 묵련이 이번 일에 혐의가 없다는 것을 주장하자는 거예요?"

"아니오."

뜻밖에도 사밀우는 단호하게 머리를 흔들었다.

"어떻든 묵련은 혐의를 피할 수 없다는 것을 알고 있소. 아니, 솔직히 말해 나 역시 묵련 내부의 여러 세력 중 어느 하나의 짓이라는 데에 거의 확신에 가까운 생각을 가지고 있소. 그럴 만한 이유와 배짱과 능력을 지닌 곳은 그들뿐이니. 또 세유를 그렇게 만들어 득을 볼 만한 세력이 웅크리고 있는 곳도 그곳뿐이고, 더불어 그 징후도 포착을 한 상태이니 말이오. 그러므로 내가 말한 것은 묵련과는 아무 상관이 없소. 나는 다만 세유에 대해서만 말하는 것이오. 나는 그가 이대로 음모에 희생되는 것을 두고 볼 수가 없소. 그래서 곤 형께 도움을 청하려는 것이고."

제4장
뜻밖의 전개(展開)

뜻밖의 전개(展開)

"도움이라니요?"

곤이 조금은 어이없다는 얼굴을 했다.

"이 마당에 내가 무엇을? 어떻게?"

"그것은……."

곤의 곱지 않은 반응에 사밀우는 뒷말을 흐리더니 양한생을 쳐다보았다. 그러자 양한생이 나섰다.

"친인들을 잃은 마음이 어떨지 모르는 바는 아니지만, 이번 사건은 강호상에 빈번한 개인이나 집단의 싸움과 복수에 국한해서 생각할 수만은 없는 일이오. 자칫 일이 일파만파로 번지고, 그러다 보면 묵련 대소림과 뇌정궁이라는 구도로 전면전이 벌어질 가능성도 배제할 수 없는 문제이며, 만약 그렇게 되기라도 하는 날엔 온 강호에 유혈이 낭자하고 민심이 동요할 것은 자명한 일. 관으로서도 개입하지 않을 도리가 없게 될 것이오. 결국 그것은 공멸(共滅)을 의미하는 것이 아니겠소? 그래서 본 가에서는 그런 최악의 경우만은 막아보고자 청영이란 저자를 몰래 이리로 데려왔던 것이오. 또한 소림에 보낸 서한과 같은 내용을 묵련에도 보냈던 것이고."

"……!"

"한 걸음만 양보를 해주시오."

이채를 드러내며 곤이 무어라 입을 열려 했지만 사밀우가 빨랐다. 그가 양한생의 말을 부연하듯 재빨리 입을 열었던 것이다.

"이 일의 전모가 완전히 밝혀질 때까지만 기다려 주시고, 또 그것을 위해 이 시신들을 묵련으로 가져가 사인을 파헤치는 것을 허락해 주시오. 그렇게만 해주면 사건의 전모를 밝힌 다음 반드시 그것을 곤 형께 즉시 알려 드림과 아울러서 또한 적절한 조치를 취하겠다고 곤 형께 약속드리겠소."

"안 될 말!"

곤이 무어라 하기 전에 명심 대사가 먼저 사밀우의 말꼬리를 잡고 끼어들었다.

"아무리 이미 알려진 증거물이라고 하나, 그렇다고 그것을 흉수로 지목되고 있는 자들에게 넘기다니! 있을 수 없는 일이오! 게다가 그만한 위치에 있지도 않은 시주를 어떻게 믿고? 아니, 그에 앞서 시주는 묵련의 사람도 아니지 않소?"

"그렇지 않습니다."

대꾸는 양한생이 했다.

"묵련은 서로 간의 곤란한 입장을 감안해서 우선 사 사부를 내세운 것입니다, 대사님."

"……!"

명심의 시선이 흠칫 그에게로 돌아갔다.

"그럼, 묵련에서도 벌써……?"

"예. 이미 본 가에 와 있습니다."

양한생이 머리를 끄덕였다.

"그들도 사 사부처럼 이번 일을 매우 곤혹스러워하고 있으며, 어떻게든 음모를 밝히려는 데에 주안점을 두고 있습니다. 그래서 저희가 이런 번거로움을 마다 않는 것이고요. 그들에 대해 미리 말씀드리지 않은 것은 혹시 모를 서로 간의 불필요한 충돌을 막기 위해서입니다. 먼저 두 분께 시신을 보여주고 정황을 설명드리는 것이 순서이기도 하고요. 그리하여 여기서 어느 정도 이야기가 진척된 다음에 그들과 만나게 해드릴 생각이었습니다."

"아미타불……!"

양한생의 대답에 명심은 침중한 음성으로 불호를 발하더니 곤을 돌아보았다. 곤도 그에게로 시선을 돌리던 참이었고, 둘은 잠시 시선을 교환했다. 그러다 명심 대사는 이내 시선을 다시 양한생에게로 돌리더니 말했다.

"그렇다면 일단 그들을 만나보도록 하지요."

"알겠습니다."

양한생이 선선히 응낙하며 포권을 취했다.

"제가 가서 데려오겠습니다."

그리고는 누가 무어라 할 틈도 없이 성큼 걸음을 내딛더니 석실을 빠져나가는 것이었다. 그리고는 그리 오래지 않아 되돌아왔다. 그런 그의 뒤를 따라 들어온 사람은 바로 천현필과 마달이었다. 그런데 그들이 들어오자 아는 안면으로 인한 가벼운 목례와 합장을 교환하는 속에서도 장내에는 대번에 미묘한 기운이 흐르기 시작했다. 당연하다고 할 수 있는 현상이었다. 그들과 곤은 이전에도 별로 좋은 사이가 아니었지만, 청영의 시신을 본 이상 이제는 정말 되돌아올 수 없는 강을 건넜다고 말할 수 있었으니. 물론 명심 대사는 조금 달랐지만 그렇다고 환대할 입장은 역시 아니었고.

하지만 그렇게 서로 마주 보는 속에 형성된 어색하고 미묘한 침묵은 그리 오래가지 않았다.

다른 이유가 아니었다.

그들의 뒤를 이어 또 한 사람이 들어온 데다, 그가 의외의 인물인 까닭이었다. 구부정한 허리를 단장에 의지한 백발의 노인. 다름 아닌 백설행노였다. 그는 들어서자마자 명심 대사를 향해 짐짓 혀를 차더니 웃음기 어린 농지거리부터 던졌다.

"쯧쯧, 소림에도 어지간히 인재가 없는 모양이구나. 너 같은 미친 땡추를 여기까지 보낸 것을 보면."

"그래도 너만큼이야 하겠느냐."

가만히 당하고 있을 명심이 아니었다.

"벌써 지옥으로 떨어져도 골백번은 더 떨어졌을 그 패악스러운 주둥이를 가지고도 여전히 살아 있는 것이 다 부처님의 은덕인 줄은 모르고. 아미타불."

그런데 다음 순간이었다. 불호를 발하던 명심이 문득 마달 등을 눈짓하며 의아한 기색을 드러냈다.

"그나저나 네가 왜 저들과 같이 와?"

"난 대리인이야."

빙글빙글 웃으며 하는 백설행노의 대꾸에 명심 대사는 어리둥절한 모습으로 눈을 끔뻑였다.

"대리인이라니?"

"일종의 참관인이랄 수도 있고."

이제 명심 대사의 미간이 슬쩍 찌푸려졌다.

"갈수록 모를 소리만 하지 말고!"

"말 그대로야."

백설행노가 재미있다는 듯이 웃음기를 거두지 않은 채 말했다.

"이번 일은 장군부에서도 심각하게 받아들이고 있고, 따지자면 이미 개입을 한 상태라고 볼 수 있거든. 천마표국을 각별히 생각하는 노태부인 때문에도 그러지 않을 수가 없고, 아울러 방치하다 큰 환란으로 번질 만약의 경우를 염려해서이기도 하고. 그래서 천마표국을 해한 흉적들은 모두 잡아들여 엄벌에 처하되 일이 그 이상 번지게 해서는 안 된다는 것이 장군부의 입장이야. 그러므로 강호의 안녕을 위해서라도 오늘의 회동에서 적절한 결과가 나오기를 원하고 있고. 그런데 그런 결과가 나오게 하기 위해서는 누군가 공신력있는 사람의 확인과 중재가 필요한데, 장군부로선 내놓고 직접 개입할 수가 없는 노릇인지라 나로 하여금 대신하게 하는 것이란 말이지. 사실 명망으로 보나 사람됨으로 보나 어디 나만한 사람이 있겠어? 안 그래?"

"아미타불."

짐짓 거드름까지 피우며 얼른 동조하라는 듯이 말을 마무리하는 백설행노와는 달리 명심 대사는 불호를 욀 뿐 조금도 그에 동요를 보이지 않았다. 아니, 그런 정도가 아니라 무표정한 얼굴로 물끄러미 그를 바라보기만 하는 것이 아닌가. 마치 생경한 사람이라도 보듯이. 그러자 의아해진 것은 백설행노였다.

"왜 그러는 거야? 설마 무슨 소린지 모르겠단 것은 아니겠지?"

"한 가지는 알겠군."

그제야 명심 대사가 입을 열었다.

"이번 일에 대해 너나 장군부는 이미 그 내막을 얼마큼 알고 있다는 것을. 그렇지?"

"그럴 리가 있나."

백설행노가 조금은 뜨끔한 표정을 짓는 가운데서도 머리를 홰홰 내저었다. 그러다 여전히 자신을 바라보고 있는 명심 대사의 시선에 쩝, 하고 빈 입맛을 다시더니 말했다.

"알고 있다기보다는 사건 시초부터 함께한 용무전하 예하의 사 사부와 너희들보다 한나절 일찍 당도한 묵련의 두 사람으로부터 이 사건에 관한 여러 가지 가능성있는 추측과 더불어 그들의 입장과 견해를 조금 들었을 뿐이야. 그러다 보니 어느 정도 짐작이 가는 바가 없는 것은 아니고. 그렇지만 그에 대해서는 아직 말해 줄 수가 없어. 확실하지도 구체적이지도 않은 데다 저들과 그러기로 약속을 했거든. 어떻든, 그리고 그 와중에 내비치는 저들의 생각과 제의가 우리가 생각하는 것과 그리 동떨어지지 않고 현실적이고 합리적인지라 얼마간 수긍을 한 정도야. 그게 전부야."

"그 말인즉슨."

명심 대사가 말꼬리를 잡았다.

"오늘 회동의 결론에 대해 일종의 묵계가 되어 있다는 것이 아니냐? 그리하여 장군부와 네가 공증하고 보증할 테니 모든 것을 맡기고 따르라는 뜻이고?"

"그렇지는 않아."

백설행노가 정색을 하며 머리를 저었다.

"묵계라니! 그런 것은 없어. 강요는 더 더욱 아니고. 우리가 어느 편을 들겠어? 소림이나 묵련이나 어느 한쪽도 소홀히 대할 수 없는 것이 현재의 실정인데. 다만 서로 한 발씩 양보해서 우리로 하여금 조정하고 중재를 할 수 있는 틈을 주는 것이 어떻겠느냐는 이야기일 따름이야. 그리하여 우리가 원하는 바대로 결론이 나면 더할 나위 없이 좋겠지만, 그렇지 않다 해도 어찌할 수 없는 노릇이고."

"……."

"그렇지만 생각해 봐라."

잠시 침묵하며 생각에 잠긴 명심 대사를 설득하듯 백설행노가 다시 말을 이었다.

"아직 아무것도 분명히 밝혀지지 않은 이런 상태에서, 만약 지금까지의 사실이 이대로 외부로 알려진다면 어떻게 되겠어? 일의 전후나, 정확한 전모나, 확실한 흉수 같은 것을 가릴 겨를이 있을 것 같아? 설사 소림은 아무리 그럴 마음이 있다손 쳐도 광룡은? 천하제일오라 불리는 그가 그런 것에 연연할 것 같아? 아마 지금까지보다 더욱 앞뒤 안 가릴 것이 분명하고, 결국은 당장 피바람부터 일으키려고 들걸? 그렇게 되면 당사자들뿐만 아니라 온 강호가 그 소용돌이에 휘말리게 될 것은 불을 보듯 뻔하고. 그러니."

"그런 말씀은 하실 것 없어요."

백설행노의 말을 자르며 나선 사람은 뜻밖에도 이제껏 가만히 듣고만 있던 곤이었다.

"형님은 형님 나름대로 확고한 신(信)과 의(義)의 기준(基準)을 가지고 계신 분이에요. 그렇게 추측만으로 매도하지 마세요. 그리고 또 하나 잘못 생각하고 계시는 것은 지금 내 앞에서, 형님에 대한 이야기는 물론 그렇지만 그 외의 강호의 안녕이니 하는 다른 여러 가지 이야기 역시 해봐야 별로 소용이 없다는 거예요."

"그건 또 무슨 소린가?"

"하시는 말씀이 무슨 뜻인지 모르는 바는 아니지만."

잠시 멀뚱거리던 백설행노가 의아함을 담고 눈을 크게 떴지만 곤은 어디까지나 침착한 음성으로 말을 이었다.

"또 무엇을 위함인지도 알지만, 하지만 그에 관해서는 거의가 내가 상관할 수 있는 문제들이 아니라는 거예요. 이번 표국의 일은, 특히나 복수에 직접 관련된 것들은 그것이 아무리 작은 부분이라 할지라도 오직 위지 소저나 상두만이 결정할 수 있는 일이니까요. 나는 다만 그분들이 하자는 대로 해드릴 뿐이에요."

"만약 그들이 누가 봐도 옳지 못한 결정을 내린다면?"

"상관없어요."

백설행노의 질문에 곤은 서슴없이 대답했다.

"그분들의 결정이 옳든, 그르든, 혹은 과하든, 과하지 않든 간에 그런 것은 내게 중요하지 않으니까요. 내게 중요한 일은 그분들이 원하는 일을 어떻게 하면 빨리, 그리고 완벽하게 해낼 수 있을 것이냐 하는 것뿐이에요. 그러니 여러 말 하실 필요도, 헛되이 심기를 쓰실 필요도 없어요. 여러분들이 원하는 바가 무엇인지 결론만 이야기해 주세요. 들어보고 제가 결정할 수 있는 일이라면 하고, 그렇지 않으면 돌아가서 두 분께 전해 드리겠어요. 제가 이 자리에서 할 수 있는 일은 그 정도에 불과하니까요."

"……!"

백설행노는 뒤통수라도 한 대 얻어맞은 사람마냥 멍하니 곤을 쳐다볼 뿐 말을 못했다. 그로서는 전혀 예상 못한 대답이었던 것이다. 그러나 그것은 잠시.

"이보게."

그는 이내 안색을 바로 했고 짐짓 한숨을 불어내더니 말을 꺼냈다.

"자네의 입장과 마음을 이해 못하는 것은 아니네만, 그렇다고 그렇게까지 말을 하는 것은 너무 심한 처사가 아닌가. 그 두 사람은 이제 믿고 의지할 사람이라야 자네뿐이고, 그러므로 당연히 자네가 하자는 대로 할 것이 분명할 텐데 말일세. 그러니 너무 그렇게 지금의 격앙된 감정만 앞세울 것이 아니라 차분히 마음을 가라앉히고 대의를 한번 생각해 보게. 또한 무엇이 현명하고 합리적인지도 말일세. 내게 아픔이 있다고 해서 아무에게나 그것을 되돌려 줄 수는 없는 노릇이네. 벌은 죄를 지은 자들만 받아야 옳네. 설마 하니 자네는 그 두 사람이 원하기만 하면 이번 일에 아무 상관이 없는 사람들일지라도 손을 쓰겠단 말인가? 그렇지는 않을 것이 아닌가?"

"아니에요."

곤은 백설행노를 똑바로 쳐다보며 서슴없이 대꾸했다.

"나는 합니다. 옳지 않은 선택을 할 두 분도 아니지만, 설사 그렇지 않다 해도 나는 그분들이 원하는 것이라면 그 이상의 어떤 일이라도 할 수 있습니다."

"허……!"

"그럴 수밖에 없어요."

기가 막힌다는 백설행노의 탄식에는 아랑곳하지 않고 곤은 표정 하나 바꾸지 않은 채 말을 이었다.

"내가 강호로 나온 것은 위지 국주님과 상두의 은혜를 갚기 위함이었어요. 그런데 내 불찰로 지금 그분들 중 한 분은 유명을 달리했고 한 분은 수족을 잃었어요. 이런 상황에서 지금 내가 무엇인들 못하겠어요. 마음 같선 당장 흉수들을 찾아가 그분들과 똑같이 만들어준 다음 내 죄를 청하고 싶지만, 우선은 살아 있는 분들의 상처부터 돌보아야 하기에, 그리고 또 돌아가신 분의 장례도 그 못지않게 중요하기에 잠자코 있을 따름이에요."

"물론 자네의 그 뜻은 모르는 바 아니네만."

"그만 하시지요."

그래도 포기하지 않고 다시 말꼬리를 잡으며 무어라 말하려는 백설행노의 말을 가로막고 나선 사람은 사 사부였다.

"어쨌든 곤 형은 저희들의 제의를 들어보겠다고 했고, 그것으로 됐습니다. 다른 이야기는 그 가부(可否)를 듣고 난 뒤에, 그리고 일이 분명해졌을 때 해도 충분하지 않겠습니까?"

이어 그는 불현듯 뒤통수라도 한 대 얻어맞은 사람마냥 멍하니 자신을 바라보고 있는 백설행노를 향해 가볍게 목례를 해 보였다. 그리고는 얼른 곤에게로 시선을 돌리더니 말했다.

"간단하게 말하겠소."

"……."

"우리의 부탁이자 제의는 두 가지요. 하나는 내가 조금 전에 말했다시피 시신을 가져가 사인(死因)을 조사할 수 있게 해주는 것이고, 다른 하나는 우리가 사건의 전모를 밝힐 때까지만이라도 오늘 이곳에서 보고 들은 모든 일을 함구해 달라는 것이오. 아무리 늦어도 닷새를 넘기지 않겠소. 만약 그때까지 아무것도 알아내지 못한다면 그땐 곤 형 마음대로 해도 좋소. 부탁하오, 곤 형."

"시신을 가져가는 것은 나는 문제가 아니라고 생각해요. 이미 내 눈으로 그가 누군지 확인을 한 다음이니."

대답하며 곤은 슬쩍 명심 대사를 일별했다.

조금 전 그가 그것에 반대하는 것을 보았기 때문이었다. 그러나 명심 대사는 이번에는 어떤 반대의 말도 하지 않았고 그런 표정도 짓지 않았다. 오히려 그에 대한 결정은 마음대로 해도 좋다는 듯이 부드럽게 미소를 지어 보이는 것이었다.

"그렇지만 오 일이나 입을 열지 말라는 것은 곤란해요."

곤이 말을 이었다.

"상두나 위지 소저가 묻는다면 나는 사실대로 대답하지 않을 도리가 없어요. 다만 장례를 다 치르는 날까지는 어차피 이런 사실을 알아봐야 마음만 상할 뿐 달리 방법이 없는 터이니, 그때까지만이라면 어떻게 해보겠지만." ·

"장례가 언제 끝나오?"

사 사부가 얼른 물었다. 곤도 바로 대답했다.

"사흘 후예요."

"아……!"

사 사부가 낮은 탄성을 발했다.

곤이 의외로 수월하게 대답해 주는 것에도 그랬지만, 그보다는 마지막의 사흘이란 기간에 그러할 수밖에 없었다. 사흘이면 맨 몸뚱이로 묵련에 급하게 다녀오는 것만으로도 빠듯할 시간이었던 것이다. 거기다 시신까지 운반을 해야 했으니.

"말미를 조금 더 줄 수는 없겠소?"

사 사부의 말에 곤이 머리를 흔들며 막 무어라 대꾸를 하려는 순간이었다.

"굳이 그럴 것 없소, 사 공자."

불쑥 한 사람이 끼어들었다.

"다른 곳도 아닌 본 련이오. 시간은 그 정도면 충분하오."

천현필이었다.

말과 함께 가볍게 사밀우에게 포권을 해 보인 그가 두 걸음 걸어나왔다. 사 사부는 그런 그를 보며 처음엔 어리둥절하고 곤혹스런 빛을 떠올렸지만 이내 눈 깊숙이 이채를 발했다. 아무리 묵련이라도 사흘 만에 사인을 알아내고 다시 여기로 와서 그것을 알려준다는 것은 불가능하다는 생각이었고, 그런데도 신중하기로 소문난 천현필이 이토록 쉽게 자신하며 나선다는 것은 무언가 다른 사실이 있을 수도 있다는 의심이 더럭 들었던 탓이다.

그러나 천현필은 이미 그를 보고 있지 않았다. 그의 시선은 곤에게로 건너온 상태였고, 다음 순간 사 사부에게 했던 것과 똑같은 포권을 취하더니 말했다.

"현명한 판단을 해준 공자께 감사드리오."

"······!"

곤은 눈을 멀뚱거리며 그를 쳐다보았다.

적으로 만났든 어떻든 과거 한참이나 말을 섞어본 적이 있음에도 마치 처음 보는 사람마냥 대해 오는 데다, 그때와는 달리 순순하게 받아들이고, 또 공대하는 그 태도 때문이었다.

"그리고 약속하겠소."

곤의 그런 모습에 개의치 않고 천현필이 말을 이었다.

"무슨 일이 있어도 표국의 장례가 끝날 때까지는 정확한 사실을 파악해 알려줄 것이며, 또 본 련의 입장과 처신도 분명히 밝힐 것이란 것을 말이오."

그리고는 다시 한 번 곤에게 포권을 취하는 것이 아닌가.

예의상 곤도 엉겁결에 마주 예를 취하지 않을 수 없었다. 하지만 곤은 채 포권을 끝내지도 못하고 엉거주춤 동작을 정지해야 했다. 제 혼자 성급하게 예를 끝낸 천현필이 이미 몸을 돌려서는 백설행노에게 말을 건네고 있었던 탓이다.

"본 련의 입장을 이해해 주시고 도움을 주려 애쓰신 점 정말 감사드립니다만."

"무슨 소리!"

백설행노가 펄쩍 뛰며 말을 잘랐다.

"당신들을 돕다니! 내가 왜 당신들을 도와? 난 단지 강호가 평화롭기를 바라는 마음에서일 뿐."

"어떻든."

이번엔 천현필이 말을 가로챘다.

"오늘은 이 정도면 소기의 목적을 거둔 듯하니 우린 이만 물러가겠습니다. 시신도 운반해야 하고 또 삼 일 만에 결과를 가져오려면 서두르지 않을 수 없으니 해량하시기 바랍니다."

그리고는 백설행노가 무어라 말꼬리를 잡을세라 재빨리 양한생에게로 몸을 돌려 그에게도 포권을 하더니, 양한생이 미처 반응을 하기도 전에 그대로 바깥을 향해 소리치는 것이었다.

"들어들 오너라!"

그러자 그리 오래지 않아 십여 명의 사람들이 우르르 들이닥쳤다. 이미 건물 바깥에서 대기하고 있었던 모양이다. 그들은 시신의 숫자에 꼭 맞게 관과 비슷하게 만들어진 것을 들고 들어왔는데, 거기에 순식간에 시신을 갈무리하더니 들어올 때처럼 사라져 버렸다. 그리고 그들의 뒤를 이어 천현필도 마달과 더불어 급히 좌중의 사람들에게 포권을 취하며 작별의 인사를 건네고는 그대로 그들의 뒤를 따라 방을 나가는 것이었고.

"……."

너무도 빠르게 전개된 상황에 사람들은 그저 멍하니 그들을 바라보고만 있을 뿐이었고, 그리하여 그들이 사라진 뒤에도 얼마큼 문에서 눈을 떼지 못했다.

그런데 그것으로 끝이 아니었다.

다른 사람들과 달리 슬쩍 미간을 찌푸리고는 시종 무언가 생각에 잠겨 있는 듯하던 사밀우가 천현필 등이 사라지자마자 돌연 사람들 앞으로 나서더니 빠르게 포권을 취하는 것이 아닌가.

"저도 이만 가봐야겠습니다."

이어 곤에게 시선을 맞추더니 말했다.

"곤 형이 베푼 호의는 잊지 않겠소. 후일 봅시다."

그리고는 곤이나 다른 사람들이 무어라 말을 꺼내거나 답례를 하기도 전에 부랴부랴 나가 버리는 것이었으니. 아마도 얼른 나가서 천현필 등을 따라잡으려는 것일 터였다. 갑자기 무언가 할 말이나 묻고 싶은 것이 생각났든지, 아니면 그들을 따라가 자기 눈으로 모든 것을 확인하려는 것이든지 간에.

"……."

사람들은 다시 멀뚱한 눈을 하고 그가 사라진 문으로 시선을 모았다.

하지만 그것은 잠시였다. 명심 대사가 불현듯 불호를 외더니 백설행노를 직시하며 말했다.

"척가야, 이제 시작해 볼까?"

"응?"

백설행노가 눈을 둥그렇게 떴다.

"뭘 시작해?"

"시치미를 뗄 참이냐?"

명심 대사가 정광을 발했다.

"설마 아직도 묵련에서 온 자들로부터 별반 들은 게 없다는 네 말을 믿어달란 이야기는 아니겠지? 조금 전 그처럼 장황하고 뜬금없는 소리를 곤 시주에게 지껄여 놓고?"

"……!"

"말해 봐."

백설행노가 흠칫하는 기색을 보일 때, 조금도 여유를 주지 않고 명심 대사가 바로 말을 이으며 다그쳤다.

"대체 무슨 소리들이 오고 간 게야?"

"그에 대해서는 우선 제 말을 들어주십시오, 대사님."

백설행노에 앞서 나선 사람은 양한생이었다. 이어 그는 명심 대사와 곤에게 차례로 포권을 취해 보이더니, 먼저 두 분께 용서를 구한다는 말로 서두를 열고는 말을 이었다.

"지금의 상황에 의문이 들고 궁금해하는 것이 당연한 줄 아오나 저희로서는 잠시만 참고 기다려 주십사 부탁드리는 수밖에 없다는 것입니다. 며칠, 아니, 저들이 약조한 삼 일이면 됩니다. 그때가 되면 저절로 알게 될 것입니다."

"……!"

곤과 명심 대사의 얼굴에 곤혹이 자리했다. 하지만 그들이 무어라 입을 열기 전에 양한생이 곧바로 말을 이었다.

"사실대로 말씀드리자면, 이렇게 말하고 있는 저나, 그리고 축 어르신도 그에 대한 자세한 사항을 모르기는 두 분과 매한가지입니다. 그래서 또한 묵련 사람들이 돌아올 때를 기다려야 하는 것도 똑같고요. 그럼에도 두 분께 오늘 이렇게 심기 어지럽히는 번잡한 여러 말을 할 수밖에 없었던 것은 한 분의 부탁과 당부가 있었기 때문입니다. 바로 아버님이십니다."

"……!"

곤과 명심 대사의 눈에 이번엔 이채가 떠올랐다.

충분히 놀랄 만한 일이었던 것이다. 양 대장군이 강호의 일에 직접적으로 개입한 것이었고, 더불어 이번 사건을 그가 어떻게 받아들이고 있는지에 대해서도 실감할 수 있는 일이었으니.

양한생은 자신의 말이 틀림없다는 것을 확인이라도 해주겠다는 듯이 머리를 끄덕여 보이더니 말을 계속했다.

"아버님이 아니셨다면 저나 척 어르신이 내용도 잘 모르면서 이렇게 저들을 도와주는 듯한 오해를 받을 수도 있는 이야기들을 할 리가 있겠습니까. 사실 묵련에서 온 자들이 원해서 그럴 수밖에 없기도 했지만, 어떻든 저들의 이야기와 제의를 듣고 담판을 지으신 분은 아버님 혼자이셨습니다. 저희는 다만 그 후에 약간의 언질만 받았을 뿐입니다. 그렇지만 아버님이 경우에 어긋나거나 저들에게 속거나 현명하지 못한 생각을 하실 분이 결코 아님을 믿고 있기에, 그리고 아버님 말씀에 의하면 그들과 많은 이야기를 주고받았고 일정 부분 서로가 동의를 했지만 그들이 다시 돌아오면서 가져올 결과가 그들이 말한 대로가 아니면 아무 소용이 없는 일이라는 데다, 또 그들이 강력하게 그때까지는 함구하기를 원했다고 하는지라 저나 척 어르신으로서도 더 이상 정확한 내용을 물어볼 수가 없었습니다."

한 호흡 건너뛴 양한생이 다시 입을 열었다.

"그리고 덧붙여 말씀하시기를 그때 가서 저들이 가져온 결과와 제의가 만족할 만한 것이 아니라면 얼마든지 거절하셔도 좋다고 분명히 말씀하셨습니다. 아울러 결과가 어떻든 장군부는 표국과 소림의 편이라는 것도 말입니다. 그러니 아버님을 믿고 그때까지만 기다려 주시기를 부탁드립니다."

"아미타불……."

명심 대사가 나직한 불호를 외었다. 그리고 말했다.

"그렇다면야 할 수 없는 일이지요. 영존께서 나서신 일에 누가 어떻게 간섭할 수 있겠습니까. 의심할 일도 없는 일이고요."

그의 말에 이어 곤도 양한생을 향해 머리를 끄덕여 보였다. 꼭 양 대장군이 개입했다는 이야기를 들은 때문이 아니었다. 지금까지 일의 진행이 자신의 생각과 크게 상충되는 점도 없었고, 또 그런 이상 그로서는 어떻든 하등 상관이 없었던 것이다.

"이해해 주셔서 감사합니다."

말과 함께 양한생은 두 사람에게 차례로 포권을 취했다.

이어 그는 서둘러 다시 입을 열어 노태부인이 송향원의 거처에서 두 사람을 만나보기 위해 기다리고 있음을 알렸다. 덧붙여 그녀는 묵련과의 오늘 일은 알지 못하니 그에 대해서는 언급하지 말아줄 것과 더불어 얼마 전 만조가 제 본연의 선 수련을 위해 장군부를 떠난 관계로 노태부인의 심사가 곱지 못하니 그에 대해서도 입에 올리지 말아줄 것을 부탁했다.

그리고 곧 그를 선두로 사람들은 방을 빠져나가기 시작했다.

*   *   *

'어째서……?'

치밀어 오르는 갑갑증과 곤혹을 누르며 혈귀랑은 내심 부르짖었다.

'어째서 이럴 수가 있단 말인가? 그동안 너무 오래 쉰 탓에 감각에 이상이라도 생긴 것인가……?'

지금 그는 한 건물의 천장 위에 어둠의 한 부분으로 자리하고 있는 상태였다. 그가 머리에서 발끝까지 검은 야행복을 착용하고는 칠흑 같은 한밤을 틈타 이런 협소하고도 은밀한 장소에 숨어든 이유는 오직 하나였다. 이 건물의 한곳에 상관세유가 감금당하다시피 기거하고 있는 방이 있다는 그것이었다. 그는 손 책사의 만류에도 불구하고 한시라도 그를 빨리 제거하고 싶다는 강렬한 유혹을 이기지 못했다. 그리하여 결국 손 책사조차도 모르게 은밀히 일을 처리하기 위해 자신이 직접 나선 것이다. 더불어 더욱 안전하고 완벽하게 일을 처리하기 위해서라도 스스로 결행하는 것이 좋다는 판단이었고. 왜냐하면 지난 몇 년 동안 직접 나서서 살업을 행할 일이 없었을 뿐, 기실 그는 한때 묵련에서 둘째가라면 서러워할 정도로 많은 피를 묻힌 자타가 공인하는 특급 살수였던 것이다.

그리고 또 있었다.

아직 몸도 완전한 상태가 아닌 상관세유 하나 정도 자살로 위장해 죽이기는 누가 나서도 여반장이나 마찬가지라는 생각이었지만, 어떻든 수년간 자신의 밤잠을 설치게 만든 껄끄러운 상대임에는 틀림없고, 따라서 그 마지막만큼은 자신의 손으로 장식하며 그 희열을 만끽하고픈 욕구도 뿌리치기 힘들었던 것이다. 아니, 어쩌면 이것이 그가 이렇게 몸소 나선 가장 큰 이유인지도 몰랐다.

어떻든 그리하여 며칠을 노린 끝에 오늘을 잡았고, 아무도 몰래 침소를 빠져나오는 데 성공했으며, 지붕 귀퉁이를 통해 은밀하고도 간단히 이 건물에 스며들었다.

그러나 그것이 다였다.

그때부터 이 일은 더 이상 그에게 즐거운 여흥이 될 수 없었다. 천장에 스며든 다음 순간 그는 불현듯 알 수 없는 어떤 전율과 오한을 느껴야 했던 때문이다. 오랜 살업에서의 경험으로 그는 단번에 그것이 무엇인지 알았다. 오감으로는 전혀 감지되지 않고 육감에 의해서만 끊임없이 전해지는 그것은 바로 위험 신호였고, 무언가 알 수 없는 또 다른 강력한 존재가 근방에 없다면 결코 파생될 수 있는 것이 아니었다. 하지만 그로서는 그것을 선뜻 믿을 수가 없었다. 이미 평소 상관세유 주변에는 일반적인 시중꾼들을 제외하고는 특별히 그를 지키는 사람이 없다는 것을 몇 번이나 확인했고, 또 천장으로 잠입하기 전에도 그 안에 다른 아무도 없다는 확신이 들 때까지 깊이 주의를 기울인 후였기에 그럴 수밖에 없었다.

그렇지만 불신은 잠시였다.

'아니야……!'

혈귀랑은 이내 내심 머리를 내저었다.

'무언가 잘못되기는 했지만, 어찌 됐든 이건 분명히 누군가 나 못지 않은 자가 있다는 표시야. 사람이 아닌 무엇일 수도 있겠지만, 어떻든 감각이 거짓을 알려줄 리는 없으니까……!'

그런데 그렇게 확신하고 나자 그 다음에 자신도 모르게 내심에서 터져 나오는 소리는 젠장할! 이었다.

그럴 수밖에 없었다.

그는 상대가 자신을 발견했는지 아닌지, 아니, 그전에 상대가 사람이기나 한 것인지조차 몰랐고, 또 그러므로 해서 상대가 먼저 움직여 그 실체를 보여주기 전까지는 언제까지고 손가락 하나 꼼짝하지 못하고 죽은 듯이 있을 수밖에 없기에 그러했다. 이런 상태에서 섣불리 움직인다는 것은 아예 날 죽여주시오! 하고 시퍼런 작둣날 안으로 목을 들이미는 것과 다름없었다. 물론 상대가 사람이고, 그래서 자신의 정체를 알아본다면 함부로 살수를 쓰지는 않으리란 일말의 믿음도 있었지만, 그것을 믿고 먼저 나서기에는 위험 부담이 너무 컸다. 다른 가정은 다 두고 모든 것이 뜻대로 풀려 설령 상대가 사람이고, 또 자신을 알아보고 물러서 준다 해도 그것으로 끝이 아니었다. 그 후에는 정말로 상대를 완전히 제거하지 않으면 안 되는 상황인데, 과연 이 정도 살수가 순순히 죽어주겠느냐는 문제가 있었다.

그리하여 혈귀랑은 움직이는 것은 고사하고 호흡조차 완전히 감춘 채 잠입한 자세 그대로 화석처럼 굳어 있을 수밖에 달리 도리가 없었다. 오직 상대가 어떤 식으로든 먼저 기척을 보여 이 지루한 줄다리기를 얼른 끝낼 수 있기를 바라고 또 바라면서.

그런데 얼마나 지났을까.

"······!"

납작 엎드린 채 미동도 않던 혈귀랑이 문득 머리를 들며 이채를 발하는 것이 아닌가.

이유는 하나였다.

그토록 사람을 꼼짝도 못하게 긴장 속으로 몰아붙이던 끈적끈적한 미지의 기운이 돌연 감쪽같이 사라진 때문이었다. 아무런 징조나 기척도 없이 마치 애초부터 아무 일도 없었던 것처럼. 그래서 혈귀랑조차 다시 한 번 자신의 감각이 이상해진 것은 아닌가 하고 스스로에 대해 회의하면서 고개를 갸웃거릴 정도였고. 그리고 그 결과 두 번 세 번 모든 감각을 동원해 주변을 샅샅이 훑어본 연후 이제 그 정체 불명의 무언가가 완전히 사라졌다는 것을 확인하고서도 그는 도무지 쉽게 움직일 생각을 하지 못했다.

그럴 수밖에 없는 일이었다.

상대가 실체를 지니고 있는 것인지 아닌지도 감이 잡히지 않을 정도로 신출귀몰 그 자체였으니.

'정말 사라진 것인가······?'

혈귀랑은 내심 중얼거렸다.

'아니야. 움직이기 전에 일단 시험부터 해보자!'

이어 그는 진작부터 보아두었던 바닥에 떨어져 있는 대팻밥 같은 작은 물체를 소리없이 집어 들었고 조용히 퉁겼다. 그러자 그것은 느리지만 아무런 기척 없이 날아가 한쪽 벽면에 부딪쳤다. 틱, 하고 이목을 집중하고 있지 않으면 결코 듣기가 쉽지 않은 작은 소리가 났다. 그런데 보통이라면 그것은 그 다음 순간 그대로 바닥으로 떨어져야 정상일 터였다. 하지만 아니었다. 도리어 그것으로 반탄력이라도 받은 듯 미약하지만 파공성까지 일으키며 또 다른 벽면으로 날아갔고, 조금 전보다 큰 소리를 내면서 다시 벽면에 부딪치는 것이 아닌가. 그런 다음에야 그것은 힘을 잃고 바닥으로 떨어져 내렸다. 지금 같은 상황이나 공간에서 절정의 살수나 고수들이 남의 이목을 흐리거나 동정을 살필 필요가 있을 때 종종 사용하는 고단수의 수법이었다. 혈귀랑의 우려대로 만약 무언가가 있다면 이런 수법에는 아무리 대단한 무엇이라도 틀림없이 어떤 식으로든 반응이나 기척을 보일 터였다. 그렇다면 그것이 설사 미세한 공기의 파동에 불과하다 할지라도 혈귀랑 정도 되는 사람이 감지하지 못할 리가 없었다.

하지만 아무 동정이 없었다.

결국 잠시간 더 인내를 보이던 혈귀랑은 서서히 움직이기 시작했다. 이대로 시간만 지체할 수는 없었다. 이러다 날이라도 밝아오면 큰일이었던 것이다. 예서 돌아갈 수는 더욱 없었고.

그리하여 그는 온 신경을 기울이는 속에 정말이지 어떤 소리는 고사하고 공기의 유동조차 방해하지 않을 정도로 소리없이 조금씩 전진했고, 오래잖아 목표했던 상관세유의 방 천장에 당도할 수 있었다. 그리고 그런 노력의 결과인지는 몰라도 다행히 거기까지 오는 동안 자신을 위협하는 어떤 다른 동정이나 기운은 느낄 수가 없었다.

'휴우……!'

워낙 긴장했던 탓에 자신도 모르게 내심 한숨을 내쉬며 안도하는 속에서도 혈귀랑은 다시 한 번 주변의 동정을 살폈고, 그런 연후에야 이윽고 소매 안에서 준비해 간 물건을 꺼냈다.

뜻밖에도 실 꾸러미였다.

다 펼쳐 봐야 사오 장이나 될까 말까 한 가느다란 은사(銀絲) 꾸러

미. 그러나 그것은 일반의 실과 별달라 보이지 않는 그 외관과는 달리
아주 특별한 것이었다. 묘강(苗疆)에서만 나는, 그리고 그곳 사람들조
차도 평생 가야 한 번 구경하기조차 힘들다는 천잠(天蠶)으로부터 또
얼마만한 세월과 노력을 들여야만 한 치 길이나마 채집될지 모를 정도
로 귀하기 그지없다는, 세상에서 가장 질기고 강한 실인 천잠사(天蠶
絲)가 바로 이것이었다. 그렇지만 그것은 묵련이 아닐 때의 이야기였
다. 묵련에서는 그것이 아무리 귀하다 한들 그리 구하기 어려울 것도
없는 물건이었고, 따라서 혈귀랑이 그것을 가지고 있다 해서 놀랄 일도
아니었다. 실지 묵련의 살수들에게 있어 이것은 중요한 하나의 병기였
고, 뿐만 아니라 일반 요직에 있는 인물들조차 여럿 소지하고 있는 물
품이었으니까.

천잠사를 꺼내 든 혈귀랑은 우선 실의 끝에 공력을 주입하고는 천장
바닥에 작은 구멍부터 냈다. 물론 그 와중에 작은 소리라도 날가 해서
극도로 주의를 기울인 것은 말할 것이 없고. 그리고 그는 가만히 그 구
멍에 눈을 대고는 아래를 내려다보았다. 자신이 정확히 자리했는지 알
기 위함이고, 또한 표적의 위치를 확인하기 위함이었다.

'좋아······!'

혈귀랑은 내심 쾌재를 불렀다.

비록 불이 꺼져 있었지만 그에게 그것은 문제가 아니었고, 그리하여
상관세유가 잠을 자는 것이 아니라 공교롭게도 자신이 위치한 바로 아
래에서 조식에 취해 있음을 본 때문이었다. 혈귀랑으로서는 바라 마지
않는 상황이라고 할 수 있었다.

일단 구멍에서 눈을 뗀 그는 위치를 감안해 다시 하나의 구멍을 만
들었다. 그 다음 재차 처음의 구멍에 눈을 대고는 알맞은 길이에서 손

아귀에 말아 쥐고 있던 천잠사를 새로 만든 구멍으로 천천히 내려 보내기 시작했다.

그의 생각은 간단했다.

안 그래도 천잠사의 접근을 알 리 없을 상관세유가 눈을 감고 조식을 취하고 있는 상태였다. 그것은 곧 다른 행동을 할 필요 없이 천잠사를 백회(百會) 같은 중요 사혈(死穴)에 완벽하게 근접시킨 후 그 상태로 공력을 천잠사에 주입해서는 조금만 타격을 주면 된다는 말이었다. 굳이 많은 힘을 들여 혈도를 제압하거나 큰 충격을 주려 할 필요가 없었다. 조식 중인 관계로 깃털 같은 타격에도 대번에 생명을 잃고 쓰러질 것이 보나마나였다. 설사 요행히 그렇게까지 되는 것은 피한다 하더라도 최소한 주화입마의 수렁에 빠져 헤어 나오지 못할 것은 틀림없었고. 그리고 그것은 종내 혈귀랑이 진정 원하는 바인 누구도 타살로 의심하지는 않는다! 로 귀결될 터였고.

'흐흐흐.'

천잠사의 끝이 거의 상관세유의 정수리에 닿을 듯 말 듯 이르는 것을 보며 혈귀랑은 회심의 미소를 떠올렸다.

'얼굴이나마 보면서 마지막 인사라도 건네고 싶은 마음 간절하다만 어쩔 수가 없구나. 잘 가거라, 상관세유……!'

그리고 그 생각의 끝자락과 동시에 그는 천잠사에 공력을 주입하며 정확히 상관세유의 백회혈을 겨누었다.

그런데 다음 순간이었다.

"헛!"

자신이 무얼 하고 있었는지도 잊고 혈귀랑은 한소리 급박한 경악성을 뱉어내야 했다.

다른 이유가 아니었다.

갑자기 어디에 있었는지도 모를 손 하나가 불쑥 튀어나오더니 그대로 상관세유의 머리 한참 위에서 천잠사를 거머쥐는 것을 본 때문이었다. 그것은 전혀 예상치 못했던 기절초풍할 일이 아닐 수 없었다. 놀랍게도 상관세유의 곁에는 다른 사람이 있었던 것이다. 구멍이 너무 작은 것도 그랬지만, 구멍을 뚫자마자 바로 아래에 상관세유가 있었던 탓에 방의 다른 곳은 미처 살피지 못한 것이 실수라면 실수였다. 더불어 방엔 상관세유 하나뿐이란 지레짐작과 스스로에 대한 과신도 한몫 단단히 했음은 말할 필요가 없고.

더구나 그것만이 아니었다.

그와 동시에 감아쥔 천잠사를 손에서 벗겨내려 해도 그럴 수 없을 만큼 막대한 공력이 천잠사를 제압하며 밀려오는 것이 아닌가. 그러나 그를 놀라게 하는 일은 그 정도에서 그치는 것이 아니었다. 아니, 차라리 이제까지는 약과였다.

"내려오너라."

바로 이어진 한소리 음성이 들린다 싶은 순간, 혈귀랑은 어떻게 반항하거나 다른 생각을 할 겨를도 없이 그대로 천장을 부수며 떨어져 내리지 않을 수 없었다. 참으로 무지막지한 상대의 공력 탓이 아니면 무엇 때문이겠는가. 하지만 혈귀랑은 그런 것에 놀라거나 또는 달리 도망칠 궁리를 하거나 할 경황조차 가질 수가 없었다. 천장이 부서지는 순간 그의 경악이 정점에 이르러 아무 다른 생각을 할 수가 없었다. 왜냐하면 그 순간 그는 상대가 누군지를 보았고, 그리하여 채 몸이 바닥에 닿기도 전에 무릎부터 꿇고는 착지하자마자 그대로 머리를 바닥에 대며 부복하기에도 바빴으니까.

그리고 그는 떨리는 음성을 토해냈다.

"려, 련주님……!"

그랬다. 놀랍게도 상대는 련주였던 것이다.

하기야 그가 아니라면 누가 있어 모습을 드러내는 것만으로 아무리 궁지에 몰렸다고는 해도 혈귀랑을 이렇게까지 고양이 앞의 쥐 꼴로 만들 수 있겠는가. 그것도 도저히 그럴 수 없는 상황에서 기다렸다는 듯이 출현한 것이었으니. 혈귀랑은 바보가 아니었고, 그리하여 련주의 얼굴을 대하는 순간 직감적으로 단순히 오늘의 행동만이 아니라 어쩌면 지금까지 자신이 저지른 일들이 모두 련주의 눈을 벗어나지 못한 것은 아닐까 하는 의구심이 거의 확신에 가깝게 다가들었기에 더욱 그럴 수밖에 없었던 것이다.

그렇지만 그의 그런 직감도 오히려 많이 모자라는 것이라고 할 수 있었다.

묵련주가 이 시각 이곳에 나타난 것은 그가 생각하는 이상의 필연이었다. 이미 천마표국의 일이 혈귀랑의 소행이며, 그것으로 상관세유를 함정에 빠뜨리려 했다는 것까지 알고 있는 그였기에 벌써부터 은밀하게 혈귀랑의 주변에 사람을 붙여두고 있었으니까 말이다. 그렇기 때문에 혈귀랑의 수상한 동태를 보고받는 즉시 이곳으로 먼저 와서 기다릴 수 있었던 것이고.

하나 비록 그렇다고는 해도 대묵련의 련주인 그가 이런 일에 몸소 움직인다는 것은 누가 봐도 의외라고 할 수 있었다. 이런 일 정도는 가볍게 처리하고도 남을 무수한 수하들을 거느린 그였으니. 그럼에도 그가 직접 이렇게 움직일 수밖에 없었던 이유는 오직 하나, 상대가 바로 혈귀랑인 때문이었다.

비록 한 치의 오차도 없는 계산과 이익과 자신이 세운 묵련의 법(法) 밖에 모른다고 알려져 있고, 또 실제가 그런 묵련주였지만 혈귀랑에게만은 그럴 수가 없었다. 그는 다름 아닌 자신의 가장 오래된 수하임과 동시에 또한 가장 절친한 친구이자 의제이며 더불어 동반자인 상단(商團) 단주의 늘그막에 얻은 하나뿐인 자식이었으므로.

그래서였다.

지금 이 자리에 아무에게도 알리지 않고 다만 수신호위만 대동한 채 나타난 것도. 그리고 혈귀랑이 처음 천장에 나타났을 때 수신호위로 하여금 지붕 위에서 은근한 압력을 가하게 하여 그가 물러설 기회를 주었던 것도, 또한 시간을 거슬러 올라가 만통전주로부터 모든 것을 듣고 그에 따른 여러 가지 대비책을 당장 진척시키도록 했으면서도 그것을 곧장 다른 묵련의 주요 인사들에게 알리지 않은 것도. 또 그 대신에 무엇보다 앞서 상행(商行) 중인 상단주부터 급하게 소환하라고 한 것도. 더불어 지금 묵묵히 혈귀랑을 내려다보는 그의 눈 깊숙이 언뜻언뜻 연민이 스쳐 가는 것도 모두 그래서였다.

그렇게 한 사람은 서 있고, 한 사람은 부복해 있고, 또 한 사람은 조식에 들어 깨어날 줄 모르는 가운데 한동안 이어지던 침묵은 그들 중 누구도 아닌 의외의 곳에서 불쑥 들려온 음성에 의해 깨어졌다.

"손가 놈도 잡아들일까요, 련주님?"

허공이었다.

아니, 정확히 말하자면 지붕 위였다. 그리고 그렇게 천장을 격하고 들려온 음성은 다름 아닌 련주의 수신호위 것이었고, 그는 그때까지도 지붕 위에서 대기하고 있었던 것이다.

그런데 그의 말에 누구보다 앞서 반응을 보인 사람은 혈귀랑이었다.

그는 엎드린 자세 그대로 마치 갑자기 풍이라도 맞은 사람마냥 부르르 몸을 떨었다. 수신호위가 말한 손가가 바로 손 책사임을 직감할 수 있었기에 그러했고, 또 그것으로 가장 두렵고 조마조마하던 내심의 추측이 사실로 확인되었기에 그러했다. 련주는 이미 모든 사실을 알고 있었던 것이다.

"……."

여전히 엎드려 있는 혈귀랑의 뒤통수에 시선을 둔 채 잠시 생각에 잠기는 듯하던 련주가 이윽고 대답했다.

"데려올 것까지는 없다."

"하오시면……?"

"상단주는 어디쯤 왔다더냐?"

"곧 당도할 것입니다."

수신호위는 조금도 지체하지 않고 대답했다.

"한 시진 전에 황하에서 대묵평으로 들어서는 물길로 접어들었다고 들었사오니, 다른 일이 없다면 일이 각이면 선착장에 도착할 수 있을 것입니다."

"그럼 됐다."

머리를 끄덕이며 련주가 말했다.

"지금 즉시 그자를 붙잡아 선착장으로 데려가라. 그리고 상단주가 당도하는 즉시 그의 앞에서 천천히 그자의 사지를 모조리 부러뜨린 다음 물어보아라. 이자를 죽여도 좋으냐고!"

"……!"

"죽여도 좋다고 하거든 단칼에 손가의 목을 쳐라. 그리고 상단주를 만통전주에게 데려다 주어라. 그러나 만약 그 반대라고 한다면, 역시 그자의 목을 치되 상단주를 바로 묵풍전으로 데려가도록. 그리고 그 경우에만 내게 보고를 하고."

"존명!"

무슨 이유로 그렇게 명령을 하는지 한 번쯤 의문을 가질 법도 하건만 수신호위에게는 두말이 필요없었다. 복명 소리가 끝나자마자 그의 기척은 순식간에 지붕 위에서 사라졌고, 그러자 장내에 다시 침묵이 찾아들었다.

그러나 이번에도 침묵은 오래가지 않았다.

두 사람의 말에서 처음엔 일말의 안도를 느끼다가 곧 가없는 공포와 전율을 느낀 사람이 있었던 탓이다. 혈귀랑이었다. 그는 제 아비가 온다는 말에 처음 얼마간은 안도했지만 곧 그것이 아님을 알았던 것이다. 뜻을 알 수 없는 련주의 음성에서 갑자기 어떤 오한을 느꼈고, 그리하여 그는 얼른 머리를 더욱 바닥으로 조아리며 애원과 통한이 뒤섞인 음성을 토해냈다.

"서, 설마 아버님까지 죄를 물으시려는 것은 아니겠지요, 련주님? 아버님은 아무 잘못이 없습니다! 이번 일과 아무 상관도 없으십니다! 모두 저 혼자 결정하고 결행한 일입니다! 죄는 저에게 있으니 저를 죽여주십시오, 련주님!"

"……."

련주는 아무 대꾸를 않았다.

그를 쳐다보지도 않았다. 마치 아무 소리도 못 들은 사람마냥, 혹은 대답할 가치가 없다는 것마냥 그저 허공에 시선을 둔 채 미동도 없이 정물처럼 서 있을 뿐이었다.

그에 따라 혈귀랑도 이제 더 이상 입을 열 생각을 하지 못했고, 다만 처분만 기다린다는 듯이 부복한 자세에서 더욱 머리를 조아리고는 움직일 줄 몰랐다. 그리고 그것은 그만이 아니었다. 그제야 조식에서 깨어난 상관세유도 마찬가지였다. 그는 다만 한순간 눈빛이 흔들리는 속에 두 사람을 일별했을 뿐이었다. 그리고는 다른 사람이라면 앞뒤 안 가리고 그대로 쏟아내고 말았을 법한 무수한 의문과 질문들을 가슴에 묻어두고 묵묵히 그대로 련주를 향해 무릎을 꿇고 엎드리더니 역시 정물로 화해 버렸다.

그리하여 이제 방 안은 더욱 기승을 부리는 어둠과 더불어 완벽한 정적에 휩싸였고, 그렇게 형성된 어딘가 전율스럽고 기괴하며 무거울 수밖에 없는 정적은 시간이 흘러도 쉬이 깨어지지 않았다. 그러다 무려 반 시진이 지난 다음에야 변화가 생겼다. 그것도 외부로부터였다. 불현듯 들려오기 시작한 발자국 소리가 있었던 것이다.

그러나 방 안의 사람들은 여전히 미동도 않았다.

그런 가운데 점점 가까워지던 발자국 소리가 문 앞에서 멎더니 이내 문이 열렸고, 두 사람이 들어섰다. 만통전주와 다른 한 사람, 백발이 성성한 금포노인이었다. 그들이 들어서자 그때서야 련주는 몸을 돌렸고, 그들을 응시했다. 마치 지금껏 그들을 기다리고나 있었다는 듯이. 그런 그를 향해 만통전주는 깊이 허리를 숙이며 예를 취했다.

그렇지만 금포노인은 조금 달랐다.

들어설 때부터 착잡한 표정을 감추지 못하고 있던 그는 잠시 련주를 응시하더니 이내 극진한 예를 갖추며 큰 절을 올리는 것이 아닌가. 그리고는 일어서지도 않고 무릎을 꿇은 자세 그대로 련주를 올려다보는 것이었다. 련주도 그를 보고 있는 중이었고, 둘은 그렇게 잠시 동안 말없이 서로를 응시했다.

먼저 입을 뗀 것은 련주였다.

"현제(賢弟)……."

하지만 그것이 끝이었다. 련주는 더 말을 잇지 못했다. 그러자 잠시 기다리던 금포노인이 머리를 조아리며 입을 열었다.

"이제 그 호칭은 거두어주십시오, 련주님."

"……!"

"어리석고 못나기 한량없는 자식이 련주님과 련에 이토록 큰 누를 끼쳤는데, 그 애비인 제가 무슨 염치로 그런 과분한 호칭을 계속 들을 수 있겠습니까. 지금부터 소신은 다만 련주님의 하해와 같은 은혜를 입은 수하일 따름이니, 그렇게 부르고 취급해 주십시오."

금포노인은 바로 상단주였던 것이다.

아무것도 모르고 있던 그는 그사이 만통전주로부터 일의 전말을 모두 들었고, 그리하여 무슨 연유로 련주의 수신호위가 자기 앞에서 손책사의 사지를 부러뜨렸으며 또 자신에게 죽여도 좋으냐고 물었는지에 대해서도 이미 확연히 깨달은 상태였다. 사실 그것은 그가 아니면 이해 못할 것으로, 련주가 그에게 내놓은 일종의 시험이자, 선택의 강요였으며, 또한 그 의중을 전하는 전언이었던 것이다. 따라서 그로서는 최선의 선택을 한 결과가 지금의 이 자리인 셈이었고.

"그런 소리 말게."

련주가 정광을 발하며 말했다.

"자네가 없었으면 지금의 나도, 묵련도 없었어. 그럼에도 이렇게밖에 할 수 없는 우형(愚兄)을 이해해 주기를 바랄 뿐이네."

"천부당만부당한 말씀이십니다."

상단주가 더욱 머리를 조아리며 말을 받았다.

"소신이 어찌 모르겠습니까. 신의 자식이 아니었다면 이미 목을 쳐도 몇 번은 치셨을 일이며, 또 이렇게나마 저놈의 살길을 열어주실 일도 결코 없었을 것임을. 그러니 오히려 그것을 잘 알고 있음에도 사사로운 정으로 하여 일벌백계 당장 저놈의 목을 쳐버리지 못하는 소신이 엎드려 용서를 구해야 마땅한 일일 것입니다."

이어 그는 정말 제 말대로 용서를 구하기라도 하겠다는 듯이 다시한 번 엎드려 절을 올리는 것이 아닌가. 그러나 그는 그것을 끝까지 행할 수는 없었다. 련주 때문이었다. 어느새 다가온 그가 상단주의 어깨를 잡아 일으키며 말했다.

"이럴 필요 없네. 자식의 일은 자식의 일일 뿐, 자네가 내 아우라는 사실은 언제까지나 변함이 없을 것일세."

"련주님……!"

치밀어 오르는 감격을 얼굴에 고스란히 드러내며 상단주는 말을 잇지 못했다. 그러다 무어라 입을 열려 했을 때는 련주는 이미 그를 보고 있지 않았다. 련주는 그때까지도 머리조차 들지 못하고 부복한 채 있는 두 사람에게로 시선을 돌렸고, 말했다.

"일어나라."

"……!"

흠칫 고개를 들던 두 사람은 련주의 시선이 자신들에게 머물러 있는 것을 보고는 이내 벌떡 몸을 일으켰고, 부동 자세를 취했다. 그사이 련주의 시선은 다시 상단주에게로 향했다.

"데려가게."

련주의 말에 대답 대신 깊이 포권해 보인 상단주가 그제야 처음으로 혈귀랑과 시선을 마주했고, 그에게로 다가갔다. 혈귀랑은 하얗게 탈색

된 얼굴로 그를 바라보다가 이내 머리를 떨구며 기어들어 가는 듯한 음성을 떠듬떠듬 발했다.

"아, 아버지……!"

"어리석은 놈."

머리를 맞댈 듯이 혈귀랑의 바로 앞에서 멈춘 상단주가 낮게 말했다.

"수분자족(守分自足)하지 않으면 안 된다고 내 그토록 누누이 일렀거늘! 이제 와 누구를 탓하겠는가."

그리고 다음 순간이었다.

무어라 대꾸라도 하려는 듯 입술을 우물거리며 고개를 쳐들고 있던 혈귀랑의 입에서 돌연 말 대신 짧게 억눌린 비명이 흘러나오는 것이 아닌가.

"컥!"

그뿐이 아니었다.

뒤이어 울컥, 하고 한 움큼은 족히 될 진홍색의 선혈을 토해내며 배를 감싸 쥐고는 주저앉는 것이었으니. 달리 그런 것이 아니었다. 상단주가 어느새 손을 써 혈귀랑의 단전을 파괴한 때문이었다. 그것도 현재의 무공을 잃는 정도에서 그치는 것이 아니라 다시는 무공을 익힐 생각도 못 할 정도로 완전히 부숴 버린 때문이었고.

제5장

불청객(不請客)

불청객(不請客)

　그런데 이상한 일이 있었다.

　뜻밖에도 혈귀랑이 그런 상황 속에서도 어떤 의문이나 원망의 말도 않는다는 것이었다. 심지어 눈빛도 그랬다. 그는 다만 단전이 파괴된 데서 오는 육신의 고통과 충격을 감추지 못하는 얼굴로 망연히 제 아비를 바라볼 뿐이었다.

　달리 그런 것이 아니었다.

　그도 정확한 속사정은 모르지만 느낌으로 감지하고 있는 것이다. 이렇게 하지 않으면 자신이 살 수 없기에 제 아비가 이런다는 것을. 하기야 기다리는 것은 오직 죽음뿐이라고 생각했던 그였다. 그런데 천만뜻밖으로 살길이 열린 셈이었으니 이 정도는 얼마든지 감수할 수 있었다. 물론 마음속 한편으로야 무공을 잃으니 차라리 죽는 게 낫다는 생각이 머리를 쳐들지 않는 것은 아니었지만, 적어도 지금 이 자리에서 그것을 입 밖으로 낼 정도로 어리석지는 않았다.

하지만 그가 잘못 생각하고 있는 것이 있었다.

그것으로 끝이 아니라는 것이었다. 돌덩이처럼 굳은 얼굴을 한 상단주가 이내 다시 그에게로 손을 뻗었고, 그의 한 팔을 잡더니 그대로 팔꿈치의 관절을 꺾어버리는 것이었으니.

"아악!"

혈귀랑은 길게 비명을 지르지 않을 수 없었다.

생각도 못하고 있던 터에 당한 것인데, 실제적인 고통도 단전이 파괴되는 것과는 비할 바가 아닐 정도로 지독했던 탓이다. 한순간 머리가 하얗게 비며 아무것도 보이지 않았고, 아무 생각도 나지 않을 정도였다.

더욱이 거기다 더해 상단주가 다시 자신의 남은 팔을 잡아오는 것을 보고는, 이제껏 련주의 동정심에 실낱같은 희망을 걸면서 어떤 상황이 오든 순순히 받아들이겠다고 다짐했던 결심은 온데간데없이 사라지고, 그가 지닌 본래의 독기와 적개심이 치솟아오르지 않을 수 없었다. 그리하여 본색을 드러낸 그는 원독에 찬 눈빛으로 제 아비를 노려보며 곧 '차라리 날 죽여라!' 고 고함을 지를 지경에 이르렀다.

그렇지만 다행히 거기까지 가지는 않았다.

그가 막 소리를 지르려는 찰나. 그에 앞선 다른 사람의 말이 그것을 가로막았던 것이다.

"그만 하게."

련주였다.

"내가 자네 앞에서 손가란 아이의 사지를 모두 부러뜨리도록 한 것은 자네 아이를 꼭 그렇게 하란 뜻은 아니었네. 그만 하면 되었으니,

얼른 데려가서 치료해 주도록 하게."

그랬다. 련주가 수신호위에게 시킨 일들은 그런 뜻을 담고 있었던 것이다. 그래서 상단주가 그토록 가혹하게 제 자식을 다룰 수밖에 없었던 것이고. 그러니 련주의 만류는 상단주에게 불감청이나 고소원인 일이 아닐 수 없었고, 그리하여 그는 마치 기다렸다는 듯이 제꺽 그를 향해 돌아서며 깊이 예를 취했다.

"감사합니다, 련주님!"

이어 그는 갑작스런 변화에 눈만 멀뚱거리며 널브러지다시피 주저앉아 있는 혈귀랑의 뒷덜미를 잡아 일으키더니, 그와 함께 다시 한 번 련주를 향해 포권하며 말했다.

"이만 물러가겠습니다."

그리고 그들 부자는 련주가 머리를 끄덕여 보이자마자 누가 잡기라도 할세라 순식간에 방에서 사라졌다. 그리고 나자 갑자기 장내가 조용해졌다. 그렇게 찾아온 침묵을 먼저 깬 사람은 만통전주였다. 그가 련주를 향해 조심스럽게 말문을 열었던 것이다.

"분신(分身)이라도 준비해 두어야 하지 않을까요?"

"그건 왜?"

그제야 문에서 시선을 떼며 련주가 반문했다.

"우리가 질 일이 없는데 그런 게 왜 필요하지?"

"승패의 결과가 어떻게 나타나든 간에, 본 련에서 이번 일을 어떻게 처리하는지 강호와 그들에게 보여주기 위해서라도 필요하지 않겠습니까? 따라서 그날 그 장소로 다른 자들과 함께 데려가기도 해야 할 터이고요."

"그렇군."

그제야 알겠다는 듯이 련주가 머리를 끄덕였다.

"그건 네가 알아서 해."

"존명!"

만통전주의 복명 소리가 채 끝나기도 전에 련주가 말을 이었다.

"이제 모든 것을 밝히고 준비할 때가 되었으니, 날이 밝는 대로 당주 급 이상은 전부 의사청으로 모이라고 해."

"존명!"

"가봐."

련주의 말에 다시 한 번 복명 소리를 내며 예를 취한 만통전주도 곧 자취를 감추었다. 그러자 방 안엔 이제 두 사람만이 남았다. 그러나 련 주는 그것을 잊은 듯 상관세유 쪽은 쳐다볼 생각도 않고 그 자세 그대 로 묵묵히 서 있을 뿐이었다. 그러다 불쑥 입을 열었다. 하지만 그 상 대도 상관세유가 아니었다.

"흑수(黑手)."

"말씀하십시오, 련주님!"

기다렸다는 듯이 지붕 위에서 예의 수신호위가 대답했다. 련주의 명 을 이행한 다음 그는 곧장 돌아왔고, 계속 그 자리를 고수하고 있었던 것이다.

"네가 직접 나서야겠다."

"알겠습니다."

"어떻게 손을 써야 할지는 말하지 않아도 알겠지?"

"물론입니다."

언제나 명쾌하게 대답하는 흑수였다.

"아들은 아비가 과하게 손을 쓴 탓인지 며칠간 발작 증상을 보이다가 쓰러져 결국 숨만 겨우 내쉴 뿐인 산송장이 될 것이고, 또 그 아비는 원인 모를 병에 걸려 점점 기력이 쇠잔해지다 일 년 안에 숨을 놓을 것입니다.”

“당장 조치해 놓아라.”

“존명!”

그리고 다시 정적이 찾아왔다.

그제야 련주는 몸을 돌려 상관세유를 응시했다. 상관세유도 그를 보고 있던 중이었다. 그런데 그의 눈에 어린 것은 어떤 아픔이었고, 슬픔이었다. 그것을 바라보던 련주의 눈에도 어느덧 그와 비슷한 빛이 어렸다. 하지만 그것은 잠시. 련주가 정광을 발하며 물었다.

“내가 잘못 판단한 걸까?”

“아닐 것입니다.”

더욱 애잔한 눈을 하고 상관세유가 대답했다.

“상단주님이 정말 아무것도 몰랐으리라고는 저 역시 믿지 않습니다. 그리고 정말 몰랐다면 오늘 그에게 낸 련주님의 시험을 제대로 이해하지 못하고 잘못된 선택을 하는 우를 범하지는 않았을 것입니다. 그랬다면 마지막까지 포기하지 않고 고심을 거듭하던 련주님께서 흑수에게 그런 명령을 내리는 사태까지 가지도 않았을 테고요.”

“과연……!”

역시 너만은 제대로 알고 있구나! 하는 얼굴로 련주가 머리를 주억거렸다. 그러다 다시 물었다.

“그럼 나를 무정하다고 생각하느냐?”

“제가 어찌!”

“너는 알아야 한다.”

런주가 문득 한숨을 내쉬며 말했다.

"오랜 동반자였던 상단주에 대해 그런 결정을 내린 것도, 그리고 그동안 뻔히 알면서도 너를 지금까지 고생시킬 수밖에 없었던 것도 모두 런을 지키기 위함임. 조직을, 그것도 이처럼 큰 조직을 영위하고 존속시키기 위해서는 냉정하고 무정해지지 않으면 안 된다. 나라고 속으로 피눈물이 흐르는 일이 왜 없었겠느냐. 하지만 조직의 수장은 사사로운 정보다는 조직을 우선할 수밖에 없는 법. 어쩔 수가 없는 일이다. 그리고 그것을 굳이 후회하지도 않고. 이제 너도 마음 단단히 먹고 그렇게 되지 않으면 안 될 것이다."

"려, 련주님……!"

상관세유의 눈이 휘둥그레졌다.

어찌 그렇지 않겠는가. 련주의 끝말은 그를 완전히 다음 대의 련주로 인정하지 않으면 나올 수 없는 말이었으니.

그러나 그의 그런 반응에 아랑곳하지 않고 련주는 말을 계속했다.

"조치해 둘 테니 우선 상단주 밑으로 가도록 해라. 어차피 몇 달 지나지 않아 그는 상단에서 손을 떼지 않을 수 없을 테고, 그러면 바로 네가 그 자리를 이어야 한다."

"그, 그것은."

"머뭇거릴 시간이 없다."

련주는 상관세유가 무어라 말할 시간을 주지 않았다.

"언제 또 이런 일이 벌어질지 모르는 일이다. 또한 내가 업무에서 손을 떼야 하는 시간이 언제 갑자기 올지도 모르는 일이고. 그럴 경우를 대비해서라도 그전에 련의 모든 것을 알아두고 장악해 두어야 한다. 그리고 이번 일이 수습되는 대로 네가 차기 련주임을 정식으로 공표할 것이니 그에 대한 마음의 준비도 해두고."

"……."

절로 벌어진 입을 하고도 상관세유는 한동안 아무 소리도 낼 수가 없었다. 비록 아주 예상 못할 바는 아니었지만, 그래 봐야 멀고도 막연한 이야기일 뿐이었던 탓에 막상 눈앞에 닥치니 너무도 큰 충격으로 다가왔던 것이다. 그것도 다름 아닌 하늘 같은 련주의 입에서 직접 나온 이야기였으니.

"그렇지만 련주님."

겨우 정신을 수습한 그가 입을 열었다.

그러나 말을 이을 수가 없었다. 련주가 불현듯 머리를 내젓는 것을 본 탓이다. 그리하여 뒷말을 꿀꺽 삼킬 때 련주가 말했다.

"이제부터 공석이 아니면 그렇게 부르지 마라."

"예?"

어리둥절한 얼굴로 상관세유가 눈을 끔뻑였다.

"그럼 어떻게……?"

"나는 네 아비다."

련주가 짐짓 정색을 하고 말했다.

"너는 내 아들이고."

"……!"

"그것도 어디 보통 아들이냐. 불사라는 별호를 얻는 대신 아이를 가질 수 없는 몸이 된 내게 있어 유일한, 그리고 설사 내가 몸이 정상이라 아이를 낳을 수 있었다 한들 그럴 수 있을까 싶을 정도로 내 마음에 쏙 드는 그런 아들이 아니겠느냐. 그런데 내가 왜 꼬박꼬박 네게서 련주란 소리를 들어야 한단 말이냐?"

"아······!"

상관세유의 입에서 자신도 모르게 탄성이 새어 나올 때. 잠시 말을 멈춘 련주의 입가에 참으로 드물게도 자애로운 미소가 걸리더니 다시 입을 열었다.

"무엇을 망설이느냐. 어서 불러보아라."

그러나 상관세유는 선뜻 입을 떼지 못했다.

싫어서가 아니었다. 오히려 그 반대로 가슴을 가득 메우며 치솟아오르는 어떤 격정 때문이었고, 또 입을 열면 주체하지 못하고 그것을 그대로 쏟아낼까 해서였다. 사실 말이 좋아 묵련주의 양자지 그렇게 되는 의식을 가진 첫 대면을 제외하고는 항상 련주였을 뿐 단 한 번도 아버지라고 불러보지 못했던 그가 아니던가.

하지만 그는 이내 입을 열지 않을 수 없었다. 련주의 연이은 재촉도 재촉이지만 불현듯 솟구치는 자신도 얼른 불러보고 싶은 마음을 견딜 수가 없었던 것이다.

"아버님······!"

"오냐."

대답과 함께 뜻밖에도 묵련주는 양팔을 벌리고 다가서서는 그대로 상관세유를 껴안는 것이 아닌가. 이어 가슴 깊이 끌어들이는 것이었고. 그도 상관세유 못지않은 마음이라는 증거이자 그 표현이 아니고 무엇이겠는가. 다만 그 모습이 어딘가 모르게 조금은 어색하고 엉거주춤하다는 것이 흠이라면 흠이었다. 그러나 그것은 어쩔 수가 없는 일이었다. 왜냐하면 상관세유는 그보다 훨씬 덩치가 컸고, 거기다 더해 그로서는 평생 처음 해보는 몸짓이자 행동이었으니까.

하기야 상관세유라고 크게 다르지는 않았다.

그도 이런 경우는 난생처음이었으니. 더구나 전혀 그럴 수 없다고 생각했던 사람의 예기치 못한 행동이었는지라, 자신이 지금 어떻게 반응하고 있는지도 제대로 분간이 가지 않을 정도로 무어라 형언키 힘든 감정의 파도 속이었으니, 설사 처음이 아니라 해도 그럴 수밖에 없었을 터였다.

어떻든 둘은 그렇게 어둠 속에서 처음으로 진한 부자의 정을 나누었고, 어둠은 또 그런 그들을 감싸고돌았다.

*   *   *

머잖아 새벽이 밝아올 시각.

상충의 거소(居所)엔 불이 환했고, 방이 비좁아 보일 정도로 많은 사람들이 자리하고 있었다. 곧, 매상, 종잠 일행, 기혜와 묵위현 부부, 명심과 명징, 그리고 장군부의 양한생과 백설행노, 또 상충과 더불어 그의 침대에 나란히 앉아 있는 위지상아까지.

그들이 이 시각까지 잠도 자지 않고 이렇게 모여 앉아 침묵 속에 서로를 쳐다보고 있는 것은 물론 그럴 만한 이유가 있었다.

다름 아닌 어제가 장례 날이었던 데다, 근 백여 명에 이르는 망자들의 장례를 마치고 장지에서 돌아온 곤 등이 파김치가 된 몸을 조금 쉬게 해주려는 저녁 무렵, 장례에 참석했다가 일찌감치 돌아갔던 양한생과 백설행노가 며칠 전 자신들의 약속한 대로 날짜에 맞춰 장군부를 찾아온 사밀우와 묵련의 인사들을 데리고 다시 찾아온 때문이었다. 그리하여 사람들은 그들이 가져온 결과와 해결 방법을 놓고 긴 시간 설전(舌戰)과 격론(激論)을 벌이지 않으면 안 되었다.

사실 그렇게 된 데는 위지상아의 결정적인 역할이 있었다.

그녀는 원흉만이 원수는 아니라고 주장했고, 따라서 원흉들을 무조건 표국에 양도할 것과 거기에 더해 묵련주의 직접적인 사과와 적절한 보상을 고집했다. 그녀 주장이 아주 틀린 것은 아니었지만, 그렇다고 성사될 가능성이 있는 요구가 아니었다. 그럴 양이면 묵련이 이렇게 협상을 하려 들 일이 없었다. 하지만 사람들은 그녀의 말을 그냥 묵살할 수도 없었다. 곤이 있었던 것이다. 그는 제가 선언했던 대로 무조건 그녀의 편이었고, 그리하여 사람들은 위지상아를 달래고 설득하는 데 긴 시간을 보내며 진땀을 흘리지 않으면 안 되었다. 결국 나중에는 보다 못한 상충이 나섰고, 그 다음에야 그녀는 억울해하면서도 겨우 진정을 하고 다른 사람들의 권고를 받아들였다. 그 결과 조금 전에야 간신히 타협점을 찾아 결론을 낼 수 있었고, 그래서 사밀우와 묵련의 인사들도 방금 떠난 참이었던 것이다. 그리고 협상의 결과에 대해 모두가 얼마간은 할 말이 있었고, 그보다 더욱 중요한 앞으로의 일에 대해서도 논의하지 않을 수 없기에 자리를 뜨지 못하는 것이었고. 더불어 그럼에도 모두가 선뜻 먼저 말을 꺼내지 못하고 서로의 눈치를 살피고 있는 탓에 본의 아니게 침묵이 잠시간 찾아든 것이었다.

그러나 그것은 오래가지 않았다.

"왜 그래?"

의아함을 떠올리며 기혜가 불쑥 묵위현을 향해 물었다. 그가 잔뜩 볼멘 표정으로 앉아 있는 것을 본 때문이었다.

"뭐가 그리 못마땅해? 불만있어?"

"있지!"

묵위현이 기다렸다는 듯이 대받았다.

"궁주님께서 가만히 계셔서 나도 잠자코 있으려고 했는데 안 되겠어! 도무지 하나도 마음에 안 들어! 무슨 얼어죽을 무림대공회고, 무슨 놈의 열 명씩 나서서 이긴 사람이 계속 싸우는 승발전(勝拔戰)이야? 피 값을 받아내는데 사람들 모아놓고 비무대회 열어서 받아낼 일 있어? 아니, 그전에 놈들이 늘어놓는 주모자니 사건의 결과니 하는 소리도 난 못 믿겠어! 그놈들이 하는 말을 어떻게 곧이곧대로 믿는단 말이야? 아랫놈이 하는 짓을 위의 놈들이 전혀 몰랐다는 것부터 말이나 되는 소리야?"

"그렇게만 생각할 것은 아니야."

기혜가 머리를 흔들며 반박하고 나섰다.

"아무리 묵련이 안하무인이라도 소림과 장군부 앞에서까지 그러지는 못해. 아마 그들이 말한 것은 십분 사실일 거야. 거짓으로 임시 변통을 하려 들었다가 나중에 드러날 경우 후환이 어떨지 모르지는 않을 테니 말이야. 그리고 그렇기 때문에 대공회를 열어 결판을 내자는 것일 테고, 또 그 결과가 어떻든 간에 범인들을 처벌을 하는 것만큼은 분명히 하겠다고 나서는 것이고."

"난 그렇게 안 봐!"

말이 채 끝나기도 전에 묵위현이 소리쳤다.

"다 놈들의 간교한 술책일 뿐이야! 틀림없이 흑막이 있을 거야!"

"그렇지 않아."

기혜는 여전히 침착하게 반박했다.

"오히려 그것은 어떻게 보면 자신들의 잘못을 인정한다는 말과 다름 아니거든. 다만 그 잘못에 대한 처벌의 주체까지 넘겨주어 명분과 체면마저 잃을 수는 없으니 무림대공회를 열어 그것을 결정하자는 말이고. 모르겠어? 그들이 내건 조건도 그렇고, 대공회도 그렇고 그 자신들에게 하등 유리할 것이 없다는 것을. 우리는 져봐야 범인들에 대한 처벌 권한을 포기하는 것뿐이지만, 반면에 놈들은 지면 범인들을 모두 양도하는 것은 물론이고 당장 련주 이하 그에 책임이 있는 자들이 모두 강호를 은퇴해야 하는 최악의 경우에 몰린다는 이야기잖아. 물론 제놈들은 또 제놈들 나름대로 복안을 가지고 필승을 자신하니까 그렇게 제안했겠지만 말야."

"그렇지만……!"

다시 무어라 소리 지르려던 묵위현은, 그러나 이내 찔끔한 표정을 지으며 입을 다물었고, 슬그머니 고개를 돌리더니 제 곁에 앉아 있는 화연을 쳐다보았다. 화연이 보다 못해 슬며시 그의 옆구리를 쥐어박으며 전음을 발했던 것이다.

'나서지 말고 가만히 앉아 있어! 기가가 하는 말은 하나도 틀린 것이 없어! 더구나 궁주님 면전이야!'

그때였다.

"네가 제대로 꿰뚫고 있구나."

두 사람의 언쟁을 보고 있던 백설행노가 기혜를 향해 머리를 끄덕여 보이며 끼어들었다.

"단지 한 가지 빠진 것이 있는데, 그것이 모두 나와 장군부의 노고에 의해서라는 것이야. 우리가 은근히 압력을 행사했기에 그들이 지레 겁먹고 이렇게 나온 것이지, 그렇지 않다면 어림도 없는 일이지. 또한 그런 이유로 그들이 이번 무림대공회에 장군부가 개입해서는 안 된다는 조건을 내건 것이고 말야."

"아미타불!"

평소의 버릇을 못 버리고 줄줄이 이어지는 백설행노의 자화자찬을 명심 대사가 불호로 자르고는 말했다.

"호가호위(狐假虎威)도 유분수지. 장군부의 공은 그렇다 쳐도 거기에 왜 네가 같이 들어가? 네가 장군부 사람이냐? 그저 틈만 나면 제 얼굴에 금칠할 생각밖에 않는 한심한 중생 같으니."

"아니! 이 땡추가!"

"쓸데없는 소리는 그쯤 하고."

눈을 부라리며 소리치는 백설행노의 말을 이번에도 싹둑 자르며 명심 대사도 한 음절 언성을 높였다.

"그날 어떻게 할 것인지나 말해 봐! 네놈도 한자리 차지할 거야? 말 거야?"

"엥? 그게 무슨 소리야?"

백설행노가 눈을 둥그렇게 떴다.

"설마 지금 나에게 그날 나서서 싸우겠느냐고 묻는 거야?"

"싫어?"

"무슨 소리!"

백설행노가 세차게 머리를 흔들었다.

"그런 일에 내가 왜 빠져? 그리고 내가 아니면 누가 나가? 고수가 부지기수인 묵련에서도 골라 뽑은 자들을 나 없이 막아낼 수 있을 것 같아? 어림도 없는 일이지!"

그런데 그때였다.

"저도 출전합니다, 사형!"

한 사람이 불쑥 소리치며 끼어들었다.

다름 아닌 표국에 온 이래로 낮은 불호 외에는 이제껏 단 한 마디도 않던 명징 대사였다. 갑자기 그가 나선 것은 단순하고, 거기다 싸움이라면 자다가도 벌떡 일어나는 그의 성격에 기인했다. 두 사람의 말을 듣다 보니 행여 자신이 제외되는 일이 있을까 걱정이 되었고, 그래서 스스로도 제대로 인지하지 못하는 사이 부지불식간에 소리치며 나서고 말았던 것이다.

그러나 문제는 그것이 아니었다.

평상시의 음성이 보통 사람 고함 소리보다 더 큰 그가 갑자기 나서며 소리를 질렀으니 그 여파가 어떠했겠는가. 모두가 눈이 휘둥그레진 채 그를 쳐다보는 것은 당연한 일이었고, 공력이 약한 데다 아무 생각 없이 앉아 있던 상충과 위지상아 등 사람들의 얼굴이 대번에 하얗게 질릴 정도였다.

"아, 아미타불……!"

그제야 자신의 실수를 깨달은 명징은 상기된 얼굴로 얼른 합장을 하며 불호를 외웠다. 그렇지만 그것으로 그에게 향한 사람들의 시선을 가시게 하기에는 무리였다. 더구나 그를 잘 알고 있는 백설행노가 있었다. 그냥 넘어갈 위인이 아니었다.

"과연 소림의 자랑, 삼절대사야! 대단해!"

"……!"

삼절이란 소리에 아래로 떨어뜨리고 있던 명징의 고개가 확 들려졌지만 한순간이었다. 여전히 자신을 바라보는 사람들의 시선에는 황급히 다시 시선을 떨어뜨리지 않을 수 없었다. 그것은 또한 백설행노에게 호재가 아닐 수 없었고, 그리하여 그가 재차 무어라 입을 열려 했지만 이번엔 그럴 수가 없었다.

그에 앞서 불쑥 또 한 사람이 나선 때문이었다.

"저희도 출전하게 해주십시오, 궁주님!"

묵위현이었다.

그가 바라 마지않는 얼굴을 하고 곤을 바라보았다. 그리고 그만이 아니었다. 바로 뒤이어 그와 똑같은 얼굴을 하고 누가 먼저랄 것도 없이 화연과 기혜도 나섰다.

"선봉은 저희가 서겠습니다, 궁주님!"

"일이 이렇게 된 것은 모두 저희가 어리석었던 탓입니다! 그에 대한 책임을 져야 합니다! 비록 많이 부족한 줄은 알지만, 그래도 상대가 누구든 적어도 한 놈과 같이 죽을 자신은 있습니다! 그러니 나가 싸울 수 있게 해주십시오, 궁주님!"

세 사람은 여전히 자신들의 부주의로 인해 이런 일이 생겼다는 죄의식을 떨치지 못했고, 더불어 그것은 곧 광룡의 명을 제대로 수행하지 못했다는 것과도 직결되는지라 어떻게든 그에 대한 대가를 치르고 싶어하는 것이었다. 설사 그것이 십중팔구는 죽음에 이르는 길이라 할지라도.

"서두를 것 없다."

곤이 무슨 말을 하기도 전에 백설행노가 먼저 참견했다.

"천천히 결정하면 될 일이야. 여러 가지 상황을 봐가며 함께 논의를 통해서 결정해야 될 일이기도 하고 말이야."

"그러기엔 너무 시간이 짧아."

명심이 머리를 흔들며 반박했다.

"겨우 보름 후잖아. 그리고 우리는 이 이야기가 끝나는 대로 당장 돌아가야 할 텐데, 대충이라도 정해져야 돌아가 방장께 고하지. 어차피 여기서 정해지는 인원의 나머지는 본 사에서 채우지 않으면 안 될 테고, 그러자면 장문인의 승인부터 얻어야지."

"당장 떠난다고?"

"당연하지."

눈을 둥그렇게 뜨며 묻는 백설행노를 응시하며 혀라도 찰 듯한 얼굴을 하며 명심 대사가 대꾸했다.

"얼른 가서 방장께 고하고 회의를 열어야 출전할 사람도 정하고, 또 그 장소에 사람도 파견해 두고 하지. 거기다 묵련의 동태도 살피고, 어떤 위인들이 나설지 정보도 수집해야 하지 않겠어?"

"음……!"

자못 심각한 얼굴로 백설행노가 신음을 발했다. 그가 생각해도 할 일은 많고 시간은 없었던 것이다. 그리고 그것은 다른 사람들이라고 다르지 않았고.

그때였다.

"감사합니다, 대사님!"

불편한 몸을 침대와 벽면에 의지해 앉아 있던 상충이 돌연 펄쩍, 몸을 뛰어서는 외다리로 위태롭게 무릎을 꿇고 앉으며 물기 어린 음성으로 말했다.

"아무 연도 없는 저희를 위해 이렇게 애써주시니, 정말 무어라 감사를 드려야 할지 모르겠습니다. 물론 다른 분들도 마찬가지이고요. 정말 감사합니다. 소생 비록 이런 몸이나 앞으로 분골쇄신."

그러나 그는 중도에 말을 멈출 수밖에 없었다.

어느새 그의 곁에 자리한 곤이 그를 안아 다시 원래대로 앉혔던 때문이다. 그리고 곤은 말했다.

"이러지 마세요. 감사를 드려도 제가 드릴 테니까요."

"두 분 다 그런 말 마십시오."

이번엔 오히려 명심 대사가 머리를 흔들며 나섰다.

"강호동도(江湖同道)입니다. 더구나 곤 시주는 본 사를 위해 큰 애를 쓰신 분이고요. 본 사로선 이보다 더한 일이라도 해야 할 일입니다. 그러니 감사니 하는 그런 감당하기 어려운 소리는 다시는 말아주십시오. 아미타불."

"맞아, 맞아."

백설행노도 머리를 끄덕이며 맞장구쳤다.

"소림이야 당연히 나서야 할 일이고말고……!"

그런데 다음 순간이었다. 말하다 말고 백설행노가 이채를 떠올리며 문 쪽으로 시선을 돌리는 것이 아닌가. 하기야 그만이 아니었다. 방 안에 있던 고수들 모두가 그랬다.

이유는 곧 드러났다.

"곤 형!"

한 사람이 곤을 부르며 문을 열고 들어섰던 것이다.

뜻밖에도 조금 전에 묵련 사람들과 함께 떠났던 사밀우였다. 무슨 일인지 어딘가 조급해 보이는 기색을 감추지 못하는 상기된 얼굴을 한 그는 다른 사람은 조금도 신경 쓰지 않은 채 곧장 곤에게로 오더니 포권하며 말했다.

"무례인 줄 알지만, 지금 내게 조금만 시간을 내주시오. 같이 갈 데가 있소. 멀지도 않고 안전도 보장할 테니 부탁드리오."

잠시 의아한 얼굴을 하던 곤은 이내 다른 사람이 무어라 끼어들 새도 없이 머리를 끄덕이더니 몸을 일으켰다. 비록 적으로 손속까지 겨룬 사이지만, 그로 인해 또한 그가 어떤 사람인지 잘 알고 있었던지라

군이 무슨 일인지 물어보거나 달리 의혹을 가질 필요가 없었기에 나온 행동이었다.

그런데 그가 일어서자 거의 동시에 일어서는 사람들이 있었으니. 매상을 비롯한 종잠 일행과 기혜 등이 그들이었다. 그들이 보기에 사밀우는 적이었다. 그것도 결코 방심할 수 없는 실력과 세력을 지닌. 그러므로 설사 그의 말대로 정말 안전하고 아무 일도 아니라 해도 그들로서는 곤을 혼자 보낼 수가 없었던 것이다.

그렇지만 사밀우는 아니었다.

그는 눈을 둥그렇게 뜨며 난처한 빛을 띠었다. 그로서는 곤란하기 그지없는 일이었던 것이다. 그때였다. 그런 그의 마음을 알 듯이 곤이 사람들을 둘러보며 말했다.

"잠시 다녀올 테니 하던 논의들을 계속하고 계세요."

"그렇지만……!"

"궁주님!"

우려를 감추지 못하는 사람들의 이어지는 말들을 손을 흔들어 막은 곤은 아무 염려 말라는 듯이 그들에게 특유의 미소를 지어 보였다. 그리고 사밀우에게 말했다.

"가요."

곧 두 사람은 방문을 나섰고, 사밀우가 앞선 가운데 신법을 전개해 순식간에 사라졌다.

천마표국의 뒷문 쪽으로 야산을 넘다 보면 숲으로 둘러싸인 꽤 넓은 공터가 하나 나오는데, 사밀우는 곤을 그리로 안내했다.

그런데 거기엔 벌써 십여 명의 사람들이 자리하고 있었다.

모두가 특유의 가사를 걸친 라마였다. 그것도 과거 곤이 태행산에서 부딪친 적 있는 밀문의 호문밀법사들과 똑같은 차림이었고, 또 그 기도도 그랬다. 다만 한 사람, 장식도 없고 단색이기는 하지만 척 보아도 고급스럽고 진귀해 보이는 황모(黃帽)를 쓴 한 노라마만은 달랐다. 다른 이들과 격이 다른 차림도 그랬고 기도도 마찬가지였다. 그는 가만히 서 있어도 절로 위엄과 기세가 흘러나왔으며, 그리하여 은연중 무리의 중심을 형성하고 있었다. 그것은 다른 것을 뜻하는 것이 아니었다. 그가 다른 사람들의 우두머리이거나 최소한 그들보다는 지위가 높다는 이야기였다.

아니나 다를까.

공터에 이른 사밀우는 곧장 그에게로 다가갔고, 정중하게 예를 올리며 말하는 것이었다.

"다행히 곤 형이 쉽게 응낙해 주어 명을 어기지 않았습니다, 사부님."

놀랍게도 그가 바로 사밀우의 사부이자 서장의 패자인 밀문 대종사였던 것이다.

그러나 그는 사밀우는 본체만체했다. 오직 사밀우를 뒤이어 그제야 공터에 당도해서는 이채를 띤 채 자신들을 둘러보는 곤에게 시선을 못 박고 있었다. 사밀우도 그의 그런 모습에 개의치 않고 이내 곤의 곁으로 다가오더니 말했다.

"사부님이시오. 곤 형을 꼭 보고자 하셔서 어쩔 수가 없었소."

의혹과 의문이 없을 리 없음에도 곤은 가타부타 말없이 밀문 대종사에게 가볍게 포권을 취했다. 사밀우의 사부에 대한 예우였고, 또한 사밀우에 대한 신뢰가 없으면 나올 수 없는 행동이었다. 그러나 밀문 대종사는 이번에도 사밀우가 예를 취했을 때처럼 별다른 반응을 보이지 않았다. 여전히 뚫어질 듯이 곤을 바라보고만 있을 따름이었다.

사밀우가 말을 이었다.

"사부님이나 나나 가식은 좋아하지 않으니 솔직히 말씀드리겠소. 사부님께서 중원에 나오신 것은 묵련의 초청 때문이오."

"……!"

"무슨 소린지 감이 잡힐 것이오."

곤의 눈에 이채가 스쳐 갈 때 사밀우가 머리를 끄덕여 보이며 말했다.

"나도 사부님을 뵌 후에야 알았소만, 사실 조금 전까지 표국에서 있었던 협상은 묵련에서 준비한 치밀한 수순을 따라 그들이 미리 정해놓은 결과를 도출한 것에 불과하오. 그랬기에 그들은 벌써 여러 날 전에 사부님께 손을 빌릴 일이 있으니 중원으로 나와주십사 하는 서찰을 보낼 수 있었던 것이고."

잠시 한 호흡 쉬며 제 사부를 일별한 다음 사밀우는 말을 계속했다.

"아마도 그들은 무슨 일이 있을지 모를 본 문의 사정과 먼 거리를 감안하여 혹시라도 사부님께서 기일에 맞춰 당도하지 못하는 일이 있을까 염려하여 그랬을 것이오. 하지만 그들은 그럴 필요가 없었소. 그들의 서찰이 아니라도 사부님은 중원으로 나올 참이셨으니까. 모두 곤형 때문이고, 내 탓이오."

"……?"

"그렇게 의아해할 것은 없소."

곤의 눈에 스쳐 가는 기색을 바로 알아보고 대꾸하듯이 말하는 사밀우였다.

"곤 형과 나 사이의 지난 일전을 나는 사부님께 고하지 않을 수 없었고, 그리하여 사부님이 곤 형에 대해 강한 흥미와 궁금증을 느꼈다는 뜻이니까. 그 또래는 물론이고 웬만해선 적수를 찾아볼 수 없으리라고 자신했던 당신의 제자를 단번에 제압한 인물이 있다는 데는 사실 사부님 아닌 누구라도 그럴 수밖에 없을 것이오. 어떻든 그래서 사부님은 묵련주의 서찰을 받자마자 그날 바로 서장을 출발했고, 본 문 최고의 비전을 사용하여 단 며칠 만에 중원으로 들어오셨소. 그리고는 묵련으로 가기에 앞서 그렇게 서둘러 올 수밖에 없었던 이유인 곤 형을 만나보기 위해 나를 먼저 찾아오신 것이고. 사실은 나도 처음엔 깜짝 놀랐소. 묵련 사람들과 헤어져 왕부로 돌아가는 내 앞에 갑자기 사부님이 불쑥 나타나셨으니 말이오."

"됐다."

이제껏 곤을 보고만 있던 밀문 대종사가 곤 앞으로 한 걸음 다가서며 불쑥 말했다.

"너는 그만 비켜서라."

꽤 능숙한 중원 말솜씨였다. 물론 어딘가 조금은 어눌한 구석이 있는 것이 중원인이라고 해도 아무도 의심하지 않을 사밀우와는 비교할 수 없었지만.

"바로 이유를 알겠다."

사밀우가 몇 걸음 비켜서는 사이 밀문 대종사가 곤에게 말했다.

"과연 중원은 넓고 기인이사가 많구나. 놀랍다. 그 나이에 그런 경지에 오르다니. 참으로 강하고도 난생처음 접하는 기이한 기운이다. 밀우가 이기려야 이길 수가 없는 것이 당연하다."

"과찬이에요."

곤이 미소하며 말을 받았다.

"그리고 사형도 충분히 강하고요."

"아직 멀었다."

단언하다시피 한 밀문 대종사가 바로 화제를 바꾸었다.

"그보다 한 가지 묻겠다."

"무슨……?"

"대공회에서 너도 출전을 하겠지?"

"그렇긴 합니다만……."

"그날 나도 출전을 한다."

눈에 정광을 드러내며 밀문 대종사가 말했다.

"원래는 묵련주가 바라는 대로 광룡을 상대할 생각이었다. 하지만 너를 보니 그러기 싫다. 나는 너와 싸우고 싶다."

"……!"

곤이 이채와 더불어 조금은 아연한 기색을 떠올릴 때, 잠시 말을 끊었던 밀문 대종사가 말을 이었다.

"그래서 말인데, 나는 굳이 그때까지 기다리고 싶지 않다. 이왕 이렇게 만난 것, 아예 여기서 결판을 내자. 너를 보고 있자니 손이 근질거려 참을 수가 없다. 준비해라."

그리고는 그대로 달려들기라도 할 듯이 기세를 발하는 것이 아닌가. 참으로 점입가경이었다.

곤은 이제 아연하다 못해 어이없다는 표정으로 그를 쳐다보며 눈만 끔뻑거릴 뿐이었다. 상대의 말과 행동을 어떤 식으로 받아들이고 어떻게 반응해야 할지 몰랐기에 그럴 수밖에 없었다. 하지만 그는 길게 고민할 필요가 없었다. 재빨리 그의 앞을 가로막으며 나선 사람이 있었던 것이다.

"이러시면 안 됩니다, 사부님!"

사밀우였다. 그는 난감한 빛을 감추지 못하며 말했다.

"그를 데려오기 전에 제자는 그에게 아무 일 없이 빠른 시간 내에 돌아가게 해주겠다고 약속을 했고, 그것은 이미 사부님께서도 그러마 하신 사항이 아닙니까. 제발 참아주십시오."

"그것과는 상관없는 일이다."

완강한 어조를 발하며 밀문 대종사가 성큼 한 걸음 다가섰다.

"비켜서라."

"사부님……!"

사밀우는 어쩔 줄 모르는 모습으로 어떻게 달리 할 말을 찾지 못했다. 자신의 사부가 이렇게 나오면 만류할 방법이 없다는 것을 알고 있었기에 그럴 수밖에 없었다.

원래 밀문 대종사는 서장불교의 한 종파인 밀교의 전인이었으되 밀교를 그대로 잇는 것은 무(武)와 더불어 불(佛)도 함께 정진하지 않으면 안 되는 고로 결국 그것은 무공의 발전에 장애가 되지 않을 수 없다 하여 아예 교를 버리고 밀문으로 개파해 버릴 정도로 무공에 광적인 애착을 가지고 있는 사람이었다. 그는 평소에도 호승심을 일으키는 상대를 보면 참지를 못했고, 반드시 손속을 나누어야만 직성이 풀렸다. 특히나 중원의 특이한 공부에는 더욱 관심이 많았고, 기회만 오면 그 우열을 가리려 들었다. 다만 신분이 신분인지라 중원에 들어오기가 쉽지 않았고, 들어온다 해도 함부로 싸움질을 하고 돌아다닐 수도 없는 처지인지라 그럴 기회를 별반 가지지 못했다. 따라서 중원에서는 그에 대해 아는 사람이 별로 없을 수밖에 없었고, 사실 과거 그가 황교와의 충돌도 마다 않고 그렇게 달마역근진해에 집착했던 것도 가장 큰 이유는 그것이었다. 즉, 사람과 겨루지 못하는 대신 중원에서도 전설로 회자되는 비급 중의 비급이라는 그것을 구해 자신의 공부와 비교해 봄으로써 그 호기심과 호승심을 충족시키려 했던 것이다.

그런데 이제 보면 볼수록 그 연원은 물론이고 높이와 깊이마저도 짐작이 가지 않는 기이한 공부를 지닌 곤을 만났으니 그가 이토록 성급하게 안달을 하는 것도 무리가 아닌 것이다.

그리고 그것에는 또 밀문 대종사 나름대로의 타당한 이유도 있었다. 대공회 같은 데서는 아무래도 외적인 환경에 영향을 받지 않을 수 없고, 그러다 보면 서로가 최적의 상태에서 본신 실력을 모두 발휘한다는 것은 요원한 일이고, 거기다 더해 승발전인 관계로 앞선 상대 없이 서로가 서로를 첫 비무 상대로 맞이한다는 보장도 없었기에, 그로서는 모처럼 만난 상대와 그렇게 거치적거리는 것이 많은 장소에서 마주하기 싫다는 것이 그것이었다. 더불어 어차피 그날 싸우나 오늘 싸우나 마찬가지라는 생각이었고.

그리고 그의 그런 마음을 사밀우도 모르는 바가 아니었다.

하지만 아무리 그렇더라도 그로서는 선뜻 나 몰라라 하고 물러날 수가 없었다. 곤과의 약속도 약속이고, 또 까딱 잘못하다가는 사부가 묵련의 사주로 곤을 해쳤다는 불명예스런 의심과 질책을 받을 수도 있는 문제였기에 그러했다. 기실 그는 사부가 곤을 인정하는 말을 듣기는 했지만, 그래도 곤과 싸우면 사부가 백 번 이길 수밖에 없다고 믿어 의심치 않고 있는 것이다.

그렇지만 그는 더 이상 그것으로 고민할 필요가 없었다.

어떻게든 사부를 말리려고 염두를 굴리는 그의 귀에 불쑥 들려온 곤의 음성 때문이었다.

"비켜주세요."

"……!"

화들짝 고개를 돌리며 놀란 얼굴을 감추지 못하는 사밀우를 향해 곤은 특유의 미소를 지어 보였다.

"그날의 비무를 미리 앞당겨서 하자는 것이라면 나로서도 마다할 이유가 없어요."

"그럴 줄 알았다."

누구보다 앞서 말을 받은 사람은 밀문 대종사였다. 그는 흡족한 얼굴을 하고 말을 이었다.

"지금 비무를 하는 것이 득이냐 아니냐를 떠나, 무인 대 무인으로 마음껏 싸울 수 있는 이런 기회를 마다할 수는 없을 것이다. 내가 사람을 잘못 보지는 않았다."

이어 그는 사밀우와 다른 사람들을 향해 말했다.

"모두 멀찌감치 물러서라."

그의 말에 따라 다른 사람은 물론이고 잠시 동안 곤을 돌아보며 머뭇거리던 사밀우도 결국은 물러서지 않을 수 없었다. 그러고 나자 마주 선 둘 사이에 대번에 기세의 충돌이 일어나기 시작했다. 곤은 본래의 자세를 유지한 채 유현(幽玄)하고 부드러우면서도 끊임이 없고 강한 힘이 내재된 기세를 발했고, 밀문 대종사도 그와 그리 다르지 않았다. 원래 밀문의 비전공력 또한 부드러움에 기반을 두고 있기에 그럴 수밖에 없었다. 하지만 그렇다고 구분이 안 갈 정도냐 하면 그것은 아니었다. 같은 부드러움이라고는 해도 그 연원(淵源)은 완전히 달랐고, 그리하여 조금의 눈썰미만 있어도 그 공력의 종류를 비롯해 세기나 강약에 있어서도 상당 부분 차이가 있다는 것을 바로 알아볼 수 있을 터였다. 곤이 음(陰)이자 물이라면 밀문 대종사는 양(陽)이자 면면히 이어지는 바람이라고 할 수 있었다. 그리고 그것은 서로가 공력을 모으면 모을 수록 더욱 확연하게 드러났다. 곤은 계속 처음이나 마찬가지인 데 반해 밀문 대종사는 갈수록 거세고 사나운 기운을 발산할 뿐만 아니라 기이하게도 아지랑이 같은 기운이 피어오르더니 한 자 막을 형성하며 그의 전신을 감싸며 일렁였고, 그리하여 종내는 그의 신형마저 분간할 수 없을 정도로 흐릿하게 만들어 버리는 것이었다. 그러한 광경에 곤은 대치한 가운데서도 이채를 떠올리지 않을 수 없었다.

그리고 그때였다.

"수미유가밀공(須彌踰跏密功)!"

신음처럼 낮게 부르짖는 음성이 있었다.

사밀우였다. 그만은 제 사부가 시전하는 것이 무엇인지 단번에 알아보았던 것이다.

수미유가밀공.

그것은 밀문에서도 비전 중의 비전이라는 삼대절기 가운데서도 단연 최고의 공부였다. 사밀우가 엄두도 못 낸 것은 물론이고 그 긴 밀교 역사를 다 따져도 제대로 시전할 수 있었던 사람이 몇 되지 않을 정도로 익히기 어려운 것도 그랬고, 위력도 그랬다. 특히나 지금의 밀문 대종사가 그런 것처럼 절정에 오르면 공력이 유형화되어 마치 안개같이 전신을 둘러싸는 막이 형성되는데, 그것이 백미(白眉)였다. 그것은 시전자의 몸을 뼈도 없고 혈(穴)도 없는 연체동물처럼 형상화시켜서는 자유자재로 뻗고 오므리고 늘어나고 휘고 이동하게 하면서 상대의 아무리 강한 공격도 순식간에 흘려 버리고 흡수해 버리고 무력화시킬 수 있게 만드는 한없는 부드러움을 선사했다. 더구나 그것만이 아니었다. 반면에 바늘 끝 같은 틈만 있어도 파고들어 그대로 상대의 공력을 파괴해 버리는 무시무시한 파괴력도 동시에 갖추고 있었다. 그러니 사밀우가 그토록 놀라지 않을 수 없는 것이다. 자신도 모르는 새 수미유가 밀공을 대성한 사부에 대해서도 그렇고, 아무것도 모른 채 그것을 맞받아야 하는 곤의 안위 때문에도 그렇고.

그러나 어떻든 쏘아진 살이었다.

"오너라!"

안개 막 속에서 내뱉어진 한마디를 기점으로 둘은 격돌했다.

말과는 달리 먼저 움직인 것은 밀문 대종사였다. 아니, 그를 둘러싼 아지랑이와 같은 막이었다. 그것은 마치 어떤 압력에 의해 한순간 분출되듯이 한 부분이 쭈욱 늘어나며 눈 깜짝할 사이에 곤의 면전에 이르렀고, 그런가 싶은 순간 밀문 대종사의 몸도 빨려들듯이 그와 한가지로 쇄도했다. 놀란 곤이 황급히 교아소도를 빼 들며 경력을 발출했지만, 그때는 이미 눈앞에 아무것도 없었다. 그렇게 빠르게 짓쳐들던 밀문 대종사의 공세가 도저히 그럴 수 없는 각도에서 어느새 방향을 틀어 측면을 파고들고 있었던 것이다.

"헛!"

전혀 예상 못했던 상황에 곤은 자신도 모르게 경악성을 발하지 않을 수 없었다. 그리고 다급하게 보법을 전개해야 했다. 그대로 서서 방어하거나 반격할 여가가 없었던 것이다.

그러나 신법과 보법에 일가견이 있는 곤이었지만 몇 번을 움직여도 밀문 대종사의 공세를 떨쳐 버릴 수는 없었다. 밀문 대종사의 공세가 워낙 괴이하고 상식과는 동떨어지며 숨 쉴 틈조차 주지 않은 탓이었다.

그를 싸고 있는 부정형의 막은 마치 물속에서 자유자재로 방향을 틀며 노니는 문어발이나 다른 연체동물의 촉수와도 같았다. 곤이 물러나면 물러나는 만큼 몸을 틀면 트는 대로 바로 따라붙었고, 때론 빠르게 때론 회선하며 때론 하나로 때론 여러 개로 잠시도 여유를 주지 않고 다가들었다. 또한 방향도 전혀 예측할 수가 없었다. 더불어 그 하나하나에는 무시무시한 힘이 내재되어 있었고, 그러면서도 곤의 반격을 교묘하게 피하고 흘려서 정면으로 충돌하는 법이 없었다. 어쩌다 부딪치는 경우가 생길라 치면 바로 그 순간 그것은 이미 아무것도 아닌 것으로 변해 버렸다. 아무런 힘도 기운도 담겨져 있지 않았고, 형체조차 없이 정말 아지랑이처럼 그대로 무로 변해 사라지는 것이었다. 그리고는 이내 그 자리를 또 다른 강력한 기운이 담긴 촉수가 대치해서 달려드는 것이었고. 그렇기에 곤은 조금도 긴장을 늦추거나 소홀히 할 수가 없었고, 전력을 다해 신법을 전개하며 또한 죽자 사자 교아소도를 휘두르는 외에는 다른 대안이 없었다. 내내 경악을 감추지 못하는 한편 효과적인 대처 방법을 찾기 위해 골몰하면서.

하지만 내심 경악하고 있는 것은 그만이 아니었다. 밀문 대종사도 마찬가지였다.

기실 그가 처음부터 자신의 최고 비전을 전개해 공세를 취한 것은 아무래도 표국과 가까운 장소인만큼 오래 끌다 보면 혹시라도 다른 방해자가 나타날까 해서였고, 더불어 어차피 다른 공부로는 승부를 내기가 힘들다고 본 까닭이었다. 그것은 또한 그가 그만큼 자신이 있었단 말과 다름 아니었다. 물론 수미유가밀공에 대한 믿음에서 오는 자신이었다. 그것은 설사 상대가 자신에게 조금도 뒤지지 않는 공력을 연마하고 있다손 치더라도 제대로 몇 수 대적해 보지도 못하고 속수무책으로 당할 수밖에 없는 그런 공부였으므로. 그리하여 그는 내심 다른 것보다는 곤이 과연 몇 합이나 견딜까 하는 궁금증에다 무게를 두고 비무를 시작했었다.

그러나 아니었다.

처음에 곤이 놀라고 허둥대는 모습을 보일 때만 해도 그의 생각과 별반 차이가 없이 흐르는 것 같았지만, 그로부터 시간이 지날수록 상황은 예상과 딴판이었다. 방향도 분간 못할 무수한 촉수의 공격에 누구든 손발이 어지러워지며 허점을 드러내지 않을 수 없고 결국에는 가격당해 쓰러질 수밖에 없는 수미유가밀공의 공세를, 곤은 비록 확연한 비세에다 별 반격다운 반격을 하지 못하고 있음에도 불구하고 놀라운 신법과 도법으로 어렵지 않게 피하고 방어해 내는 것이었다. 아니, 단순히 그것만이 아니었다. 사람인 이상 빈틈이 없을 수 없고, 그리하여 그 틈을 수미유가밀공의 촉수가 파고들라 치면 기이하게도 곤의 몸에서 무언가 알 수 없는 반탄력이 생겨나 어지간한 촉수의 공세는 그대로 흩트리거나 튕겨내는 것이었으니. 그러니 오히려 갈수록 밀문 대종사의 마음에 놀라움과 곤혹스러움이 자리하는 것도 무리가 아닌 것이다.

하지만 어떻든 둘은 한쪽으로 급격하게 기울어지는 것 없이 그런대로 잘 어울리고 있었고, 그에 따라 빠르게 전개되는 그들의 공수는 바깥에서 보는 사람으로 하여금 경이와 경탄을 자아내게 하기에 부족함이 없었다.

누가 누군지 도무지 분간이 가지 않을 만큼 빠르게 뒤섞이는 신형. 마치 연기가 갈라지고 비산하는 것 같은 모호한 물체의 빠르고 다양한 움직임과 역동적인 파고듦. 간간이 그것들 사이를 가르며 번쩍이는 칼날과 거기에서 발현되는 도광. 보는 것만으로도 살이 떨리는 기세와 긴장감. 그럼에도 불구하고 그 어떤 충돌의 소리도 새어 나오지 않는 진정 고수들다운 초수의 교환.

보고 있는 사람들도 모두가 아무 소리도 내지 않았다. 아니, 그 정도가 아니라 모두가 경탄과 경이 외에는 아무 생각도 없이 망연히 그 접전에 넋을 놓고 있다는 것이 맞는 표현일 터였다.

다만 사밀우만은 조금 달랐다.

그는 경악과 경이에 더해 불신과 회의마저 느끼고 있었다. 곤 때문이었다. 그는 곤이 이렇게까지 자신의 사부와 대등하게 손속을 나눌 수 있으리라고는 꿈에도 생각을 못했던 것이다. 더불어 그는 그제야 곤의 진면목을 새삼 느꼈고, 자신의 안목이 얼마나 형편없으며, 또한 스스로 얼마나 우물 안 개구리 같은 자신감 속에 안주해 왔는지 깨달았고, 그리하여 자책과 의지 또한 동시에 느끼고 있었다.

그런데 그렇게 얼마나 지났을까.

"아아……!"

멍하니 두 사람이 그려내는 선과 점과 빛들을 바라보고 있던 사밀우의 입에서 돌연 탄성이 새어 나왔다.

다른 이유가 아니었다.

지금까지도 눈이 어지러울 지경의 빠른 접전을 보이던 두 사람이 그것은 아무것도 아닐 정도로 더욱 빠르고 거세게 서로의 신형을 물고 돌아가기 시작했던 때문이다. 더불어 신형을 날리고 칼을 휘두르고 수미유가신공의 촉수가 뻗어가며 내는 소리 외에는 다른 아무 소리도 들리지 않던 전장에서 찌이익, 하는 듣기 거북한 기음(奇音)이 한 번씩 흘러나오기 시작한 때문이었다. 아마도 그것은 서로가 전력을 다하는 데서 오는 불가피한 충돌의 결과일 터였다. 더불어 곧 막바지가 온다는 신호나 마찬가지일 터였고.

아나나 다를까.

어느 순간이었다. 그렇게 한 덩어리로 뒤엉켜 난전을 벌이던 두 사람이 불현듯 전권을 이탈해서는 서로가 반대 방향으로 쭈욱, 물러서는 것이 아닌가. 그리고 바로 다음 순간, 더욱 빠른 속도로 서로를 향해 직선으로 달려드는 것이었고.

쾅쾅쾅, 처음으로 지축을 뒤흔드는 굉음이 울려 퍼졌다.

예상대로 둘은 그대로 맞부딪치며 최후의 격돌을 벌인 것이다. 그리고 장내는 이내 잠잠해졌다.

"……?"

사밀우는 물론이고 전장을 바라보던 사람들 모두의 얼굴에 의문과 의혹이 떠올랐다.

곤과 밀문 대종사가 마치 아무 일도 없었던 것처럼 원래의 자리에 마주 서 있는 것을 본 때문만이 아니라, 그들의 모습 어디에서도 승패를 가늠할 수 있는 어떤 징후도 찾을 수 없었던 이유였다. 그러나 소리 내어 묻는 것은 고사하고 사람들은 숨소리조차 크게 내지 않았다. 다만 묵묵히 서로를 응시하고 있는 두 사람의 입을 쳐다보면서 그에 관한 이야기가 나올까 이제나저제나 하고 기다릴 뿐이었다.

제6장

정원평(頂圓平)

 정원평(頂圓平)

"참으로 독특한 공력이다."

먼저 입을 연 것은 밀문 대종사였다.

"선천진기의 일종이겠지?"

"그럴 거예요."

"어떤 종류냐?"

"그건 나도 몰라요."

보는 이의 궁금증을 더욱 유발시키는 선문답 같은 두어 마디를 끝으로 둘은 다시 입을 다물고 서로를 쳐다보기만 하는 것이었다. 이제 보는 사람들도 더 이상 의문과 곤혹을 참을 수 없는 지경에 이르렀고, 그리하여 사밀우가 나섰다.

그러나 그가 무어라 말을 꺼내기도 전에 밀문 대종사가 멀리 남쪽을 힐끔 일별하더니 불쑥 입을 열었다.

"불청객이 오는군."

그리고는 사밀우 등을 향해 말했다.

"가자."

이어 누가 뭐라고 할 새도 없이 그대로 몸을 날리는 것이 아닌가. 사밀우 등은 어이없고 황당하다는 얼굴을 하지 않을 수 없었다. 그러나 상대는 다른 누구도 아닌 밀문의 대종사였다. 호문밀법사들은 조금도 주저하지 않고 그대로 그를 따라 신형을 날렸고, 사밀우도 쓴웃음을 머금은 고갯짓으로 곤에게 작별을 고하고는 이내 그들을 따라야 했다. 그리고 이미 신형도 보이지 않는 밀문 대종사의 한마디가 마지막으로 곤의 귓전으로 흘러든 것은 그 즈음이었다.

"그날 보자."

곤은 소리가 들려온 방향을 향해 가볍게 포권을 해 보였다.

그러고 나자 장내는 순식간에 고요로 뒤덮였다. 하지만 그것도 잠시였다. 멀리서 휘익, 하고 빠르게 공기를 가르는 소리가 들리기 시작하더니 순식간에 밀문 대종사가 일별했던 방향으로부터 한 사람이 곤의 앞에 떨어져 내렸다.

"곤 아우!"

뜻밖에도 광룡이었다.

그는 이제야 보타산을 떠나 표국으로 돌아오고 있는 중이었던 것이다. 중원에 당도하자마자 표국의 일을 듣고는 급한 마음에 아예 신법을 전개해 부랴부랴 길을 재촉했고, 그러다 고수의 격돌이 분명한 굉음을 듣고는 찾아오지 않을 수 없었고.

"형님!"

잠시 어리둥절한 얼굴을 하던 곤도 이내 반가운 미소를 떠올렸다.

이어 인사말이라도 하려던 그는, 그러나 입을 열 기회가 없었다. 그에 앞서 광룡이 먼저 질문을 한 탓이었다.

"무슨 일이냐? 표국은 또 어떻게 된 것이냐?"

묻고 싶은 모든 것이 들어 있는 함축적인 질문이었다. 곤은 잠시 머뭇거리다 말했다.

"짧은 이야기가 아니니 표국으로 가서서."

"여기서 듣자."

바로 말을 끊고 들어오는 광룡의 재촉에 곤은 할 수 없이 이야기를 시작했다. 처음부터 차근차근 표국에서 벌어진 일과 그에 대한 경과를 이야기했고, 이어 조금 전 여기서 벌어졌던 일의 전후 사정도 자세히 말했다. 광룡은 이야기 내내 조용히 듣고만 있었다. 이야기가 끝나고도 마찬가지였다. 곤을 바라보는 자세 그대로 아무 말도 하지 않았다. 그러던 어느 순간이었다. 갑자기 그가 신형을 날렸고, 그러며 단지 한 마디를 뱉는 것이었다.

"가자."

"……!"

곤은 한순간 어이없음과 곤혹스러움을 떠올렸지만, 이내 무엇인가 깨달은 얼굴을 하고는 그를 따라 신형을 날렸다. 광룡의 표정과 태도에서 느껴지는 바가 있었던 탓이다.

아나나 다를까.

표국에 당도하자마자 광룡은 그의 출현에 놀라며 얼른 방 밖으로 나와 맞이하는 다른 사람들의 인사도 본체만체 묵위현 부부와 기혜를 족치기 시작했다. 아니, 족치는 정도가 아니라 당장 목숨을 끊지 않고 무얼 하느냐는 식이었고, 그대로 제가 손을 써서 그렇게 만들겠다는 식이었다. 광룡으로서는 그럴 수밖에 없는 일이었다. 놈들과 맞부딪쳐 최선을 다했음에도 어쩔 수 없이 일이 이렇게 된 것이라면 결코 무슨 소리를 할 그가 아니었다. 그런데 감히 세 사람은 자신의 명을 어긴 것이다. 그리하여 충분히 방비할 수도 있었던 일을 허술한 생각으로 자리를 비움으로써 일이 이 지경에 이르도록 만든 것이다. 광룡에게 이것은 결코 용서할 수 있는 성질의 것이 아니었다.

그리고 기혜 등 세 사람도 당연히 올 것이 왔다는 표정으로 조금도 반항하지 않았다. 꿀 먹은 벙어리처럼 아무 대꾸도 하지 않았고, 무릎을 꿇고 고개를 늘어뜨린 채 어떤 처분이라도 달게 받겠다는 태도였다. 만약 곧바로 그들의 앞을 막아선 곤의 항변과 또 뒤늦게 사정을 짐작하고 그에 합류한 명심 등 다른 사람들의 결사적인 만류가 아니었다면 정말 세 사람은 그 자리에서 세상을 하직하는 사태가 발생했을지도 몰랐다.

"할 수 없군."

당장 세 사람을 벨 듯이 서슬 푸른 상황을 연출하던 광룡은 그 못지않게 완강한 곤 등의 사람들과 한동안 실랑이를 끝에 어쩔 수 없다는 듯이 태도를 누그러뜨렸다.

"곤 아우와 여러 사람들이 이토록 말리니 내가 여기서 직접 너희들을 벌하는 것은 그만두겠다."

"잘 생각하셨어요, 형님!"

곤이 반색을 했다.

하지만 성급한 일이었다. 한 번 뱉었던 말을 그렇게 쉽게 거두어들이거나 순순히 물러설 광룡이 아니었다. 그는 다른 방법을 생각해 낸 것이었다. 힐끔 곤을 일별한 그는 이내 세 사람에게 시선을 고정하더니 한순간 더욱 냉엄한 빛을 내뿜으며 말을 이었다.

"그렇지만 제 소임을 다하지 못한 책임은 어떻게든 지지 않으면 안 되는 법. 너희들에게 기회를 주겠다. 오는 대공회에서 너희들이 선봉으로 나가는 것이다. 그리하여 적어도 한 사람 이상을 당해낸다면 이번 일에 대해서는 더 이상 묻지 않겠다."

"……!"

곤의 눈이 둥그레졌다.

사실 곤은 조금 전 광룡에게 지금까지 벌어진 모든 일을 이야기해 주었지만 기혜 등이 선봉을 자청했던 일에 대해서는 일언반구도 하지 않았다. 그것이 그들로선 힘겨운 일일 수밖에 없고, 또 그 소리를 들으면 광룡이 어떻게 나올지 불을 보듯 뻔한 일인지라 말해 줄 수가 없었던 것이다. 그런데 이제 그와 한 치도 다르지 않은 이야기가 광룡의 입에서 나왔으니.

곤은 광룡 이하 뇌정궁 사람들의 하나 같은 생각에 내심 혀를 내두르지 않을 수 없었다. 하지만 그렇다고 그대로 보고만 있을 수는 없는 일. 그는 얼른 끼어들었다.

"형님! 그것은."

"내게 더 이상의 양보를 바라지 마라."

곤의 말을 대번에 싹둑 자르는 광룡은 단호하기 그지없었다.

그뿐이 아니었다. 거기다 더해 제격 엎드리며 복명하는 기혜 등 세 사람의 언행에서 곤은 달리 무슨 말을 더 꺼내고 싶어도 그럴 수가 없었다. 그들은 오히려 기다렸다는 듯이, 더구나 기쁜 기색을 감추지 못하며 복명하는 것이었으니.

"감사합니다, 궁주님!"

"동귀어진(同歸於盡)을 해서라도 반드시 저희 몫을 해내겠습니다. 그리하여 이번 일에 대한 책임은 물론이고, 궁주님과 뇌정궁의 이름에 먹칠을 하는 일도 없도록 하겠습니다, 궁주님!"

묵위현은 한술 더 떴다.

"누구보다 제 죄가 제일 크니, 첫 번째는 제가 나설 수 있게 해주십시오, 궁주님!"

"……!"

아차! 하는 얼굴로 다른 두 사람이 흠칫 고개를 들며 묵위현을 돌아보았지만 늦은 일이었다.

"그렇게 해."

광룡이 머리를 끄덕였다.

"두 번째는 화연, 세 번째는 기혜다. 그 다음은 나고."

"아니, 형님!"

"그리고 그 다음은 아우가 맡아라."

놀란 표정을 감추지 못하며 다시 끼어드는 곤의 말을 묵살하고 광룡은 제 할 말만 했다.

"그 이후는 필요없다. 묵련에서 나오는 열 놈쯤은 너와 나면 충분하다. 사실 너까지 갈 일도 없는 일이다. 하지만 만약이라는 것도 있으니, 그때를 대비해 그렇게 정해두기로 하자."

"그렇지만."

곤이 다시 무어라 입을 열려 했지만 이번에도 광룡은 그의 말을 조금도 들으려 하지 않았다. 바로 말을 자르더니 태평하게 엉뚱한 소리를 하는 것이었다.

"줄곧 달려왔더니 배가 고프다."

"당장 대령해 올리겠습니다, 궁주님!"

누가 먼저랄 것도 없이 벌떡 몸을 일으키며 대답한 기혜 등은 부리나케 주방 쪽으로 몸을 날렸다.

그런 그들의 모습과 마치 이제 모든 일이 끝났다는 듯이 휘적휘적 방으로 걸음을 옮기는 광룡을 쳐다보며 사람들은 움직일 생각은 고사하고 다만 멍하니 서서 얼빠진 얼굴을 할 뿐이었다.

그럴 수밖에 없었다.

상대는 다른 곳도 아닌 묵련이었다. 얼마나 막강한 고수와 조력자가 얼마나 많이 도사리고 있는지조차 알 수 없는 무림제일세(武林第一勢)였다. 그래서 소림의 고수들과 무공에 대해 무한한 자부심과 긍지를 가지고 있는 명심마저도 앞일을 생각하면 가슴 가득 우려와 심려로 차는 형국이었다. 그런데 광룡은 마치 어린아이들 병정 놀음이라도 대하듯이 간단한 몇 마디로 정리해 버리는 것이었으니. 그러니 아무리 그가 어떤 위인인지 알고 있다고 해도 기가 막히지 않을 도리가 없었던 것이다. 더구나 문제는 그가 이렇게 못을 박은 이상 그에 대해 더 이상 왈가왈부하기가 쉽지 않다는 것이었다. 섣불리 반론이나 이의를 제기하다가는 그와의 일전을 피할 수 없을 테니까.

물론 조금 다른 반응을 보인 사람도 있었다.

명징이었다. 그는 광룡의 말에 누구보다 불만 가득한 얼굴을 했다. 광룡의 말에 따르면 내심 잔뜩 기대하고 있는 대공회의 승발전에 자신은 나설 기회조차 잡을 수 없다는 것과 마찬가지였으니 그럴 수밖에 없었다. 하지만 그는 끝내 어떤 반박의 말이나 행동은 취하지 않았다. 광룡이 두렵거나 해서가 아니었다. 오히려 그는 광룡을 보는 순간 눈을 반짝이며 어떻게 하면 그와 손을 맞대볼 수 있을까 하는 것을 먼저 떠올렸던 사람이었다. 그럼에도 그럴 수밖에 없었던 것은 그의 심사를 눈치 챈 명심의 재빠른 제재 때문이었다. 명징으로서는 소림을 떠나오기 전에 사부 앞에서 한 맹세가 있는지라 명심의 말을 듣지 않을 수가 없었던 것이다.

그리고 또 한 사람이 있었다.

명징처럼 불만을 드러내지도, 다른 사람들처럼 곤혹을 떠올리지도 않으면서 그들과는 완전히 행동을 달리한 사람. 곤이었다. 그는 방으로 걸음을 옮기는 광룡의 뒷모습을 향해 특유의 미소를 지어 보이더니 그대로 그를 따라 신형을 움직이는 것이었다. 광룡의 말을 아무 생각 없이 액면 그대로 받아들이고 또 믿지 않고서는 나올 수 없는 행동이었다. 그러니 그런 그의 행동에 사람들이 더욱 어이없다는 빛을 띠며 고개를 절레절레 내젓는 것도 무리가 아니었고.

그런데 다음 순간이었다.

성큼성큼 걸음을 옮기던 광룡이 문득 걸음을 멈추더니 곤을 돌아보았다. 그리고 불쑥 묻는 것이었다.

"결과가 어떻게 되었지?"

"예?"

"밀문 대종사인지 하는 그놈 말이다."

어리둥절한 곤의 반문에 광룡이 재차 말했다.

"그놈과 싸운 결과를 듣지 못했다. 어떻게 되었느냐?"

"아……!"

곤이 낮은 탄성을 발했다. 그제야 무엇을 말함인지 알아들은 것이다. 곤은 잠시 생각하는 표정을 짓더니 대답했다.

"승패를 가르지는 못했어요."

"네가 전력을 다했는데도?"

"예."

"……!"

바로 이어지는 곤의 대답에 광룡의 눈 깊숙이 이채가 떠올랐다. 그리고는 잠시 곤을 바라보더니 이내 몸을 돌려서는 다시 걸음을 옮기며 중얼거리듯 말했다.

"만만한 놈이 아니란 이야긴데, 점점 흥이 돋는구나. 아마도 그날 그곳엔 그 못지않은 놈들이 줄줄이 대기하고 있겠지? 좋아. 나오는 족족 내가 모두 부숴주지."

"……."

곤은 다시 한 번 그의 뒷모습을 향해 말없이 미소를 떠올려 보이더니 그를 뒤따랐다.

그들의 그런 언행은 다른 사람들로 하여금 더욱 어리둥절하고 곤혹스러운 표정을 짓게 만들었다. 사람들은 그사이 곤에게 무슨 일이 있었는지 알지 못했고, 그렇기에 두 사람이 무슨 소리를 하는지도 알아들을 수가 없었으니 당연한 일이었다.

그러나 단 한 사람. 매상만은 아니었다.

그녀는 지금까지 조금도 의문을 드러내지 않았다. 그리고 곤이 걸음을 옮기자 무슨 일이 있느냐는 듯이 곧바로 그의 뒤를 따르는 것이었다. 곤에 대한 무조건적인 신뢰 때문이기도 했고, 또 다른 한 가지 이유도 있었다. 기실 그녀는 곤이 사밀우를 따라갈 때 언제나처럼 제격 곤의 뒤를 따라붙었던 것이다. 그러므로 그간의 정황을 모르려야 모를 수가 없었고.

어떻든 다른 사람들도 오래잖아 그녀의 뒤를 이어 방으로 걸음을 옮길 수밖에 없었다.

그리고 그들 중 대다수는 이내 다시 방문을 나섰고 제각기 길을 떠났다. 소림승들은 소림으로. 장군부에 기거하는 사람들은 또 그리로. 마지막으로 떠난 것은 백설행노였다. 그러며 그는 곤에게만 전음을 주었다. 혹 모르는 일이니 만조를 찾아보겠다는 내용이었다. 물론 한번 길을 나서면 정처를 알 수 없는 데다 시일도 촉박해 찾을 수 있을지 모르겠다고 툴툴거리는 것도 잊지 않았고.

그렇게 떠날 사람들이 모두 떠났다.

하지만 그것으로 모든 것이 끝난 것은 아니었다.

사람들이 떠난 뒤 다시 한 번 소란이 일어났다. 물론 이번에도 소란의 장본인은 광룡이었다.

다름 아닌 형오 때문이었다.

뒤늦게 곤을 찾아 나섰다가 방향을 잘못 잡은 탓에 그제야 돌아온 형오는 광룡을 보자마자 그대로 오체투지하며 예를 올렸지만 입으로는 아무 말도 하지 않았고, 그것을 여전히 자신의 경고에 대한 불복으로 본 광룡의 심기가 폭발한 것이었다. 그리하여 형오는 무릎을 꿇고 목을 늘어뜨린 채 미동도 않고, 광룡은 용서하지 않겠다고 길길이 날뛰는 가운데, 결국 이번에도 곤은 광룡을 말리는 데 온 힘을 쏟아야 했다. 그 결과 '아우를 봐서 이번만은 용서한다. 당장 내 눈앞에서 사라져라!' 라고 광룡이 한발 양보를 했고, 그에 형오는 할 수 없이 다시 정처 없는 유랑의 길을 나서지 않을 수 없었다. 한마디 불평도, 그런 기색을 드러내지도, 그렇다고 용서를 구하지도 않고 묵묵히 짐을 꾸려 길을 나서는 그의 쓸쓸한 뒷등을 바라보며 사람들은 한숨을 내쉬었지만 어쩔 수가 없는 일이었다. 워낙 완강한 광룡의 태도에서 차라리 그만하기를 다행이란 생각이었고, 또 그러므로 어차피 광룡과 같이 있을 수도 없다는 것을 알기 때문이었다.

그중에서도 종잠은 몇 번이고 입술을 씰룩이며 무어라 만류의 말을 하려 시도를 했지만 그도 결국 그러한 사실들을 받아들이고 입을 다물 수밖에 없었다. 그렇지만 완전히 손을 놓고 그냥 있은 것은 아니었다. 그는 우선 떠나는 형오를 따라 다른 사람에 앞서 밖으로 나왔고, 동시에 낮고 빠르게 말했다.

"민강수채로 가! 대공회가 끝나는 대로 갈 테니! 수채의 일을 후닥닥 해치우고 같이 강호행이나 하자!"

그리고 거의 강제이다시피 민강의 소채주를 그의 동행으로 붙여주는 것이었다. 그에 잠시 물끄러미 종잠을 바라보던 형오는 이내 억울하고 마지못한 표정을 감추지 못하는 민강 소채주를 데리고는 어둠 속으로 사라졌다.

*　　　　*　　　　*

개봉에서 황하를 타고 거슬러 오르다 보면 낙양에 한참 못 미처 물목이 다른 곳에 비해 유달리 협소하면서도 크게 휘어져 돌고, 그래서 강물이 급박하고 거세게 흐르는 물굽이가 한 군데 나온다. 바깥쪽을 깎아지른 듯한 절벽이 둘러싸고 있는 가운데 안쪽엔 그 못지않게 가파른 산이 그와 보조를 맞추며 제방처럼 강 양편에 자리하고 있으니 그럴 수밖에 없는 일이었다.

그런데 그렇게 사람의 왕래를 거부하듯 사방 어디를 둘러보아도 발딛기도 마땅찮을 거칠고 험하기만 한 지형이었지만 단 한 곳, 산의 정상만은 아니었다. 높아질수록 원뿔형으로 좁아지면서 뾰족해지는 일반적인 산의 그것과는 달리 이 산의 정상은 마치 어떤 초자연적인 무엇에 의해 산중턱이 수평으로 잘린 것처럼 무려 수만 평에 달하는 넓고 반듯한 평지로 형성되어 있었다. 그러다 보니 거의 수직에 가까운 급박한 경사면과 어울려 산은 마치 원통을 세워놓은 것과 같았고. 하기야 그래서 이름도 원정산(圓頂山)이었다. 또 그런 이유로 산 정상의 평지를 정원평(頂圓平)이라고 불렀고.

그렇지만 그런 좀처럼 보기 드문 산 정상의 드넓은 평지와 또 그곳에서 볼 수 있는 주변의 뛰어난 경관에도 불구하고 사실 원정산은 그리 사람의 발길이 잦은 편이 아니었다. 인가와 멀리 떨어져 있어서도 그렇고, 또 삼면이 강물과 접한 가파른 경사인데다 나머지 한 면도 비록 다른 산과 이어져 있기는 했지만 절벽으로 단층(斷層)이 져 있는 관계로 길이 없는 것은 매한가지인지라 보통 사람이 정원평까지 오르기가 만만치 않은 이유였다.

그러나 오늘은 아니었다.

간간이 눈발까지 섞여 날리는 초겨울 이른 아침의 쌀쌀한 날씨에도 아랑곳없이 많은 사람들이 정원평에 모여 있었다. 남녀노소가 뒤섞인, 그리고 행색도 각양각색인 사람들이었다. 다만 자세히 살펴보면 한 가지 공통점은 있었다. 거의가 병장기를 휴대했으며 그렇지 않은 사람들도 눈빛이 범상치 않은 것이 무림인들이 틀림없어 보인다는 사실이었다. 일 년 가야 어쩌다 한둘 외에는 사람 구경조차 하기 힘든 이곳에 오늘따라 많은 무림인들이 운집한 데는 물론 그럴 만한 이유가 있었다. 다름 아닌 오늘이 묵련과 천마표국 간의 문제를 해결하기 위한 대공회가 열리는 날이었고, 이곳이 바로 그 장소였던 것이다. 외지면서도 어떻든 황하의 물길이 있고, 또 거리상으로는 묵련과 소림의 가운데쯤인 지라 지난 천마표국의 회합에서 설왕설래(說往說來) 끝에 양측에서 그렇게 합의했던 것이다.

그러니 자연 사람들이 무리를 나누어 자리하고 있을 것은 당연지사.

중앙에 십여 장의 공터를 남긴 가운데 천마표국 측 사람들은 동쪽에 위치하고 있었다. 불편한 몸을 의자에 의지한 상충과 여전히 면사를 착용하고 있는 위지상아를 비롯한 생존한 천마표국 사람들, 그리고 곤과 그를 따르는 사람들, 광룡과 뇌정궁의 인물들, 소림승들, 백설행노 등등이었다.

그 반대 편엔 묵련 쪽 사람들이 있었다. 이곳까지 태사의를 가져와 앉아 있는 묵련주 이하 묵련의 고수들이 총출동한 것은 물론이고, 밀문을 위시한 묵련을 원조(援助)하러 온 인물들과 세력들이 족히 서너 배는 많아 보이는 인원으로 혹은 준비해 온 의자에 앉거나 혹은 서서는 기세등등하게 진을 치고 있었다. 그런데 그들의 후미 한편엔 뜻밖에도 사지가 결박된 일단의 무리들이 무릎 꿇려져 있었다. 다름 아닌 혈귀랑 이하 표국을 습격했던 인물들이었다. 협상의 결과대로 만약 표국 쪽에서 이기면 바로 인도하기 위해서 데려온 것이다.

또한 그들만이 아니었다.

남쪽에도 수십 명의 사람들이 모여 있었다. 양편 어느 쪽도 아닌 일종의 구경꾼들이었다. 그렇지만 그들은 무슨 일만 생겼다 하면 모여드는 그저 그런 인물들이 아니었다. 무당의 구대선생을 위시해서 강호 정세에 밝은 흑백양도의 굵직굵직한 고수들이었다. 이번 대공회를 강호에 공표한 것도 아니지만, 또한 비밀로 한 것도 아닌지라 알게 모르게 소식을 접한 무림의 인사들이 모여든 것이다. 사실 시일이 촉급하고 외부적으로 굳이 발설한 일이 아닌지라 사람들이 몰라서 그렇지, 만약 그것이 아니었다면 이 정도가 아니라 정원평이 비좁을 정도로 많은 사람들이 몰려들고도 남을 일이었다. 다른 곳도 아닌 묵련과 소림, 뇌정궁 등 이름만으로도 가슴에 전율이 일 거대 문파들이 대공회로 시비를 가리는 일이었다. 평생에 다시없을 이런 공전절후의 사건을 누가 있어 마다하겠는가. 무림인이라면 열 일 팽개치고 달려올 일이었다.

그리고 마지막으로 북쪽에도 또 한 무리가 있었다.

가장 인원이 적은 무리였다. 머리에 높은 관인(官人)이나 씀 직한 관(冠)을 쓴 혈색 좋은 금포노인과 그를 수행하는 듯 보이는 세 사람이 그들이다. 비록 무리라고 하기에는 부족함이 있는 겨우 네 사람에 불과했지만, 그들은 사실 오늘의 대공회에 있어 가장 중요한 역할을 수행할 사람들이었다. 왜냐하면 금포노인은 묵련과 소림이 합의하여 예를 다해 초청한 사람이자 대공회를 주재하고 양편의 승부에 있어 승패의 판정을 내릴 심판자(審判者)이기 때문이다.

사실 웬만한 인사라면 묵련과 소림이 대공회의 주관자로 한 개인을 믿고 초청할 일도 없고, 또 그 사람도 어지간해서는 감히 초청을 받아들이지도 못할 터이지만 금포노인은 아니었다. 그는 충분히 그럴 만한 자격이 있는 사람이었고, 또한 그만한 능력도 가지고 있었다. 그는 다름 아닌 신주십인의 일 인이었고, 그리고 그보다 선대 황실의 자손임에도 그에 따른 호사를 마다하고 무림에 뛰어든 사람으로 유명했으며, 더불어 언제나 그 신분에 어울리는 공명정대함과 후덕함과 정의로운 행동으로 명망을 쌓아왔고, 그 탓에 강호상의 큰일이나 시비에서 그 중재나 협상, 혹은 심판을 다른 누구에 앞서 부탁받을 정도로 흑백양도 어디에서도 존중과 존경을 잃지 않는 무림대관(武林大官) 주명백(周明白)

이 바로 그였으니까.

더불어 그는 그런 일들을 거절하는 법 없이 즐겨 맡았고, 또 한 치의 기울어짐도 없이 공명정대하고 성실하게 처리를 해왔으며, 그리하여 무림의 판관(判官)이라고 불리며 뭇 무림인들로부터 칭송받을 정도이기에 또한 그러했다.

그것은 오늘만 해도 알 수 있는 일이었다.

그는 날도 채 밝기 전인 새벽녘에 정원평에 도착했다. 그땐 묵련 측이나 천마표국 측이나 상대가 대공회 장소에 다른 짓을 못하도록 감시하기 위해 벌써부터 파견해 두었던 몇몇 사람들밖에 없었다. 그는 그들 중 어느 쪽도 아랑곳하지 않고 지금 있는 곳에 자리를 잡고 앉아서는 사람들이 속속 모일 때까지 움직이지 않았다. 그러다가 양편이 어느 정도 당도하자 몸을 일으켰고, 바로 조금 전 두 편의 대변인 격인 천현필과 명심 대사를 불러 대공회에 대한 상세하고도 자세한 사항을 거듭 확인한 바였다. 또한 그 와중에 양편의, 혹은 구경꾼으로 당도하는 여러 사람으로부터 인사를 받았고, 개중에는 안면이 있는 정도가 아니라 상당한 친분을 쌓고 있는 사람이 있었음에도 불구하고 그는 어느 누구에게도 일절 대답은 물론이고 우애의 눈짓 한 번 주지 않았다. 모두가 대공회를 공정하고 성심성의껏 주재하기 위한 그만의 노력이 아니고 무엇이겠는가.

"험! 험!"

큰 헛기침 소리와 함께 주명백이 한 걸음 나섰다.

얼마간 소란스럽고 제각각이던 사람들이 일시에 조용해지며 시선을 그에게로 모았다.

"이제 예정한 시각이 된 듯합니다."

주명백이 양편을 돌아보더니 말했다.

"시작해도 좋겠습니까?"

"물론입니다."

"우리도 이의없습니다. 아미타불!"

미리 정한 대로 순조로운 진행을 위해 각자의 무리 앞에 한 걸음 나서 있던 천현필과 명심 대사가 거의 동시에 대꾸했다. 그에 머리를 끄덕여 보인 주명백이 음성을 높이며 소리쳤다.

"그럼 지금부터 천마표국과 묵련, 양자 간의 무림대공회를 시작하도록 하겠습니다! 방식은 승자가 계속 상대방의 인물과 겨루는 승발전 형식의 비무이며……."

비무의 방식을 서두로 간단히 이번 비무와 대공회의 규정에 대한 개괄적인 이야기가 얼마간 이어졌다. 그리고 어떻게 결과가 나오든지간에 쌍방이 합의한 대로 승복해야 할 것이라는 언급을 마지막으로 이야기를 마무리했고.

그런데 그가 막 그렇게 이야기를 끝내고는 손을 들어 비무 개시를 선언하려는 순간이었다.

돌연 남쪽에 무리 지어 있던 구경꾼들 사이에서 탄성과 더불어 소란이 일어나는 것이 아닌가. 그리고 가운데 있던 자들이 분분히 자리를 피하며 길을 터는 것이었고. 그들의 뒤쪽 경사면을 솟아올라 온 십여 명의 불청객이 원인이었다.

그에 자연 주명백을 비롯한 그에 집중하고 있던 대공회의 당사자들도 의문을 담고 시선을 그리로 돌리지 않을 수 없었다. 그리고 다음 순간 그들 역시 모두가 눈을 크게 뜨거나 이채를 발하는 가운데 일부는 탄성을 토해냈다.

"아……!"

"황산세가……!"

그랬다. 그들은 뜻밖에도 고학과 이중학을 위시한 황산팔대송과 황산사유 중 몇몇이었다.

사람들이 비켜나며 만들어준 길을 당연하다는 듯이 들어선 그들은, 그런데 다른 사람은 모두 그 자리에 남고 고학 사제 간만 천마표국 쪽으로 건너오는 것이 아닌가. 의아함을 띤 가운데서도 그들을 아는 천마표국 쪽 사람들이 포권과 목례와 눈짓 등으로 나름대로 예를 취할 때, 매상이 얼른 나서더니 대례를 올렸다. 오랜만의 부녀 상봉이기도 했고, 혹시라도 아까부터 시선을 고학의 얼굴에 못 박고 있는 광룡과 충돌하는 불상사라도 일어날까 해서이기도 했다.

재빨리 대례를 마친 그녀가 일어서며 입을 열었다.

"아버님."

"너와의 이야기는 나중에 하겠다."

매상의 말을 끊은 고학의 시선이 똑바로 곤에게로 향했다.

"약속대로 상아를 데리고 나오고, 또 그것을 사람을 보내 내게 전갈해 준 것은 고맙네만, 그러면서도 어째서 내게는 이런 일이 있다는 것을 조금도 비추지 않았는가?"

"제 일이니까요."

곤이 대꾸했다.

"그리고 이 일과는 아무 관계도 없는 분께 번거로움을 끼칠 일도 아니고요."

"……!"

말없이 이채를 떠올리며 고학은 잠시 곤을 쳐다보았다.

그러다 입을 열었다. 아니, 그러려고 했다. 그러나 그보다 앞서 말을 꺼낸 사람이 있었다.

"무슨 뜻이오, 가주?"

곤혹과 의문을 감추지 못한 채 지금껏 그의 동태를 살피고 있던 천현필이었다. 그가 잔뜩 미간을 찌푸린 채 물었다.

"설마 가주도 그들과 행동을 같이하겠다는 것이오?"

그나 그의 편 사람들로서는 참으로 예상 밖의 상황이 아닐 수 없었으니 당연한 질문이라 할 수 있었다.

"왜?"

고학이 특유의 무감정한 얼굴로 반문했다.

"그러면 안 될 일이라도 있소?"

"그, 그런……!"

천현필의 얼굴이 일그러지며 뒷말을 잇지 못했다. 그러나 그것은 잠시였고, 이내 그의 얼굴은 다시 펴졌다. 곧바로 뒤이어진 고학의 말 때문이었다.

"염려 마시오. 나까지 끼어들 일도 아니고, 또 이들이 그것을 바라지도 않는 듯하니 나는 구경이나 하겠소."

이어 그는 정말 그렇다는 것을 보여주기라도 하듯이 더 이상 어느 누구에게도 말을 건네지 않고, 주명백을 향해서만 포권을 해 보이더니 그대로 몸을 돌려 남쪽의 무리들에게로 걸어가는 것이었다. 어느 편 할 것 없이 사람들이 모두 모호하면서도 어리둥절한 표정을 감추지 못하고 그를 쳐다보고 있을 때, 주명백이 이제껏 미루어두었던 비무 개시를 선언했다. 그리고 천현필을 응시하며 말했다.

"정한 대로 먼저 비무자를 내시오."

"알겠습니다."

대답과 함께 그의 고개가 제 뒤편의 사람들에게 돌아갈 때였다.

"선봉은 내가 서겠소, 천 형!"

말과 함께 무리의 한참 뒤쪽에 있던 한 사람이 성큼 움직여 나와 천현필의 곁에 서는 것이 아닌가. 세모꼴 눈에 산발한 머리를 한 덩치가 엄청난 자였다. 그는 특이하게도 마치 삼지창을 알맞은 길이로 줄여놓은 것과 같은 기병(奇兵)을 들고 있었다.

천현필의 얼굴에 은연중 반색이 떠올랐다. 그러나 입으로는 다른 소리였다.

"그런 폐를 끼칠 수야 있겠습니까? 먼 길 오시느라 여독도 채 풀리지 않았을 텐데?"

"받은 것이 있으니 그 값을 해야지요."

무슨 소리냐는 얼굴로 거한이 대꾸했다.

"그리고 여독이야 이제 나올 놈을 상대하다 보면 절로 풀릴 일이 아니겠소이까. 안 그래도 중원의 고수입네 하는 자들이 어떠할지 손이 근질거리던 참이외다. 최소한 서너 놈은 거꾸러뜨릴 자신이 있으니 맡겨두시구려."

"허허, 정 그러시다면 어쩔 수가 없군요."

짐짓 할 수 없다는 얼굴을 하며 천현필이 말했다.

"그럼 부탁드리겠소이다."

"염려 붙들어매시오!"

호기롭게 말한 거한은 그대로 곧장 공터 중앙으로 걸어나가 우뚝 서더니 눈을 부라리며 천마표국 쪽 사람들을 향해 소리쳤다.

"어느 놈이냐? 장백에서 오신 본 하척(夏拓) 어르신을 상대할 불쌍한 놈이?"

　그런데 그 소리에 이건 웬 시시껄렁한 놈인가 하고 쳐다보고 있던 천마표국 측 사람들의 얼굴에 이채와 함께 은은한 놀라움이 떠올랐다.

　그럴 수밖에 없는 노릇이었다.

　하척은 바로 세외쌍마의 일 인인 장백신마였으니까. 그리고 같은 세외쌍마라고는 해도 대막괴도 요지홍과는 그 무공 수위에 있어 천양지차로 신주십인에 버금간다고 알려진 거마였으니까. 따라서 표국 쪽에서 첫 번째로 내정되어 있는 묵위현이 어찌하기에는 그 알려진 이름에서부터 상당한 차이가 나는 것이었으니.

　그러나 당사자는 결코 그렇게 생각하지 않았다.

　"흥!"

　묵위현은 이내 콧방귀를 뀌며 응대했다.

　"꼴같잖은 놈이 주접을 떠는구나! 산 도적으로 얌전히 늙어 죽을 기회를 마다하고 감히 예까지 와서 망발을 하다니! 내 네놈에게 세상이 얼마나 넓은지를 가르쳐 주리라!"

　그리고 제 말처럼 당장 요절을 내겠다는 모습으로 성큼 걸음을 내디뎠다. 그러나 그것이 다였다. 그는 한 걸음 내딛던 자세 그대로 굳어버린 채 꼼짝할 수가 없었다. 한 사람의 손이 무지막지한 경력을 담고 그의 어깨를 잡았던 탓이다. 곤이었다.

　흠칫 고개를 돌리던 묵위현이 그를 보고는 눈만 끔뻑였다.

　"……?"

　"내가 나가겠어요."

　곤의 말에 묵위현은 말할 것도 없고 모두가 눈을 둥그렇게 떴다. 뜻밖일 수밖에 없는 곤의 언행이었기에 당연하다고 할 수 있는 일이었다.

"구, 궁주님······!"

"아니, 왜 갑자기······?"

묵위현을 비롯한 곤혹스런 얼굴을 한 사람들의 의문에 곤은 일시간 대답을 않고 다만 그답지 않은 무심한 시선을 돌려 장백신마를 쳐다보는 것이었다. 그러다 이내 시선을 다시 돌려 이번엔 광룡에게로 향했다. 그리고 의식적인지 무의식적인지 몰라도 한 손을 들어 자신의 오른뺨을 슬쩍 쓰다듬었다.

다른 사람들처럼 광룡도 그를 쳐다보고 있는 중이었고, 그래서 부지불식간에 그의 손길을 따라 잠시간 그의 뺨으로 시선을 이동시켰다. 하지만 그는 이내 다시 곤과 눈을 마주했고, 그런 그의 시선에 어린 것은 이제 더 이상 의문이 아니었다. 오히려 어떤 연민과 수긍에 가까웠다.

당연할 수밖에 없는 일이었다.

곤의 뺨을 일별하는 순간, 그는 다른 사람이라면 가까이 다가서서 자세히 들여다보아도 잘 분간 못할 은은한 상흔을 단번에 발견했고, 그것으로 처음 만났을 때 곤이 말해 준 그에 얽힌 과거를 한순간에 다시 떠올릴 수 있었으며, 그리하여 그만은 예정된 순번을 무시하고 곤이 왜 굳이 지금 나서려 하는지 그 이유를 충분히 납득할 수 있는 탓에 그러했다.

그렇지만 그는 선뜻 입을 열지 않았고, 그래서 둘은 한동안 묵묵히 그렇게 서로를 쳐다보기만 했다. 그에 아무것도 모르는 다른 사람들도 자연 입을 다물고는 둘을 바라보며 귀추를 주목할 수밖에 없었고.

"네 뜻이 그렇다면 할 수 없지."

이윽고 광룡이 먼저 말을 꺼냈다.

"원한을 갚지 않는다면 장부라 할 수 없는 일이니."

"아니에요."

곤이 작게 머리를 흔들었다.

"꼭 원한 때문만은 아니에요. 할아버지는 제가 저 사람에 대해 원한을 품는 것을 원치 않았어요. 다만 살다 보면 겪는 고난의 하나일 뿐이고, 그러니 꼭 탓해야 한다면 힘이 약해 싸움에 진 스스로부터 먼저 탓해야 할 것이라고 하셨어요. 할아버지의 당부 같은 말씀인지라 당시저도 동의하지 않을 수 없었고요. 만약 그렇지 않았다면 강호에 나오자마자, 아니, 그 이전에 나는 벌써 저 사람을 찾아갔을 거예요."

"……!"

"그러나 아무리 그렇더라도 이제 이렇게 만나게 되었는데, 손속도겨뤄보지 않고 그냥 있을 수만은 없지 않겠어요?"

"당연하지!"

불쑥 끼어든 사람은 뜻밖에도 상층이었다. 그도 해경도에서 해경거인의 임종을 지켜보며 그 사연을 들은 적이 있는 사람이기에, 두 사람의 말을 듣다 보니 무슨 소린지 깨달았던 것이다.

"불구대천의 원수를 보고 그럼 가만히 있겠단 말인가? 무엇보다 우선해야 할 일일세! 자네가 나가게! 그래서 저자를 상대하고 원한을 갚게! 뒷일을 염려할 필요는 없네! 자네가 먼저 나간다고 해서 크게 잘못될 것도 없는 일이네! 어차피 무슨 계산을 하고 정한 것도 아닌 순번, 아무려면 어떤가! 애초부터 그렇다고 생각하면 될 일인 것을!"

이어 그는 곤의 대꾸는 들을 필요도 없다는 듯이 고개를 돌려 다른사람들을 둘러보는 것이었다. 제 말이 옳지 않느냐고 동조를 구하듯이.

하지만 다른 사람들은 멀뚱멀뚱한 눈을 하고 그와 곤과 광룡을 번갈아 쳐다보고만 있을 뿐이었다. 세 사람이 나누는 말속에 단서를 제공하는 몇 마디가 있다고는 하나 피상적인 것일 뿐이고, 그리하여 그것으로 추측한다고 해봐야 그 정확한 내용과는 거리가 있을 것은 당연지사. 그러니 무어라 응대를 하려 해도 그럴 수가 없는 까닭이었다.

그러나 모두가 그런 것은 아니었다.

"아미타불."

불호부터 왼 명심 대사가 그의 말에 동조하고 나섰다.

"영문은 모르겠지만, 어떻든 곤 시주가 원한다면 굳이 말릴 일은 아니라고 봅니다. 오히려 어떤 면에서는 더 나은 결과가 나올 수도 있는 일이고요."

"내 생각은 달라."

냉큼 반박하고 나선 사람은 백설행노였다.

"이런 종류의 비무에서 고수는 될 수 있으면 뒤에 나가는 것이 옳아. 그것은 삼척동자라도 알 일이고."

"그야 그렇지만."

"지금 우리 중에서 누가 가장 고수일 것 같아?"

명심 대사의 말을 바로 자르며 백설행노가 불쑥 물었다. 그리고는 대답을 기다리지도 않고 좌르르 쏟아냈다.

"내 입으로 말하기도 싫고 인정하기도 싫지만, 그리고 우리들 중 몇몇은 오십보백보라고는 하지만, 그래도 꼽으라면 뇌정궁주와 곤이야. 한데 곤이 지금 나섰다가 괜히 어수룩한 놈에게 실수라도 하는 날엔 어떻게 할 거야? 그게 아니라도 자신의 공부를 미리 보여주지 않을 방법이 없는 일이고, 그렇다면 결국 다음 놈은 그에 대한 대비책을 세우거나 깰 자신이 있는 놈으로 나올 것이 불을 보듯 뻔한데, 겨우 한 놈 이기려고 마지막 수문장을 맡아도 좋을 최고의 전력을 소비해? 물론 뇌정궁궁주도 있고, 또 나를 비롯한 다른 사람도 있고 하니 후반을 그리 크게 염려할 일까지는 아닐 수도 있지만, 그렇다고 해도 만약을 대비해서 나쁠 것은 없는 거야. 그러니 무슨 일인지는 모르겠지만 다시 고려해 보는 것이 좋겠다는 것이 내 생각이고."

침을 튀기며 열심히 말하는 백설행노의 얼굴에 떠오른 것은 평소의 그에게 어울리지 않는 진지함이었다. 그는 진심으로 걱정하고 있는 것이었다.

그리고 그것은 어느 정도 안목을 가지고 형세를 파악하고 있는 사람이라면 누구나 내심 생각을 하고 있던 바였다. 그래서 몇몇이 백설행노의 말에 바로 고개를 끄덕이는 것이었고, 하기야 명심이라고 그것을 모르는 것은 아니었다. 누구보다 예리한 안목과 지혜를 지닌 그였으니. 그럼에도 그가 그렇게 말한 것은 아무도 모르는 비장의 패가 있기 때문이었다.

"뒤는 염려할 필요 없어."

명심 대사가 음성을 낮추며 말했다.

"정 급하면 료료 사숙님께서 나오실 테니."

"엥?"

괴상한 소리를 발하며 백설행노의 눈이 휘둥그레졌다.

그리고는 이내 사방을 두리번거리는 것이었다. 그것은 다른 사람이라고 다르지 않았다. 료료 신승을 찾는 것이다. 정말 그가 가세한다면 천군만마를 얻은 것과 다름없었기에 그럴 수밖에 없었다. 하지만 사람들은 어디에서도 그의 모습을 발견할 수 없었다. 자연 그들의 시선이 의문을 담고 명심에게로 모아졌고, 백설행노가 가자미눈을 하며 핀잔 주듯 말했다.

"어디서 나온단 말이냐? 땅속에라도 숨어 있단 말이냐?"

"그건 알 것 없고."

명심이 미소를 떠올리며 말했다.

"무조건 믿어, 때가 되면 나오실 테니."

그런데 그때였다.

"쓸데없는 걱정들 하고 있네."

불쑥 나서서는 사람들의 얼굴을 자신도 모르게 일그러지게 만드는 사람이 있었다. 이제껏 가만히 듣고만 있던 광룡이었다.

"누가 먼저 나서든 무슨 걱정이고, 사람은 또 왜 더 필요해? 우리 형제 둘이면 차고도 넘칠 일이야. 당신들은 다른 생각 말고 구경이나 해."

그리고는 다른 사람들이 얼마나 황당하고 어이없는 표정으로 자신을 바라보는지는 아랑곳없이 곤에게 시선을 돌리더니 말하는 것이었다.

"까딱하면 내가 나설 기회도 없을 것 같다만, 어쨌든 네 뒤는 나이니까, 바라건대 한두 놈이라도 남겨다오."

"……."

사람들은 이제 아예 입을 헤벌린 채 할 말을 잃었고, 마치 무슨 신기한 짐승이라도 보는 듯한 눈으로 광룡을 쳐다보았다. 하지만 그것은 아주 잠깐이었다. 곧 그들은 그에게서 시선을 떼지 않을 수 없었다. 그때까지 표국 쪽을 향해 간간이 비아냥거리고 투덜거리며 누군가 나오기를 기다리고 있던 장백신마가 참다못해 버럭 소리를 지른 때문이었다.

"뭐 하자는 거야? 아무리 본 어르신이 겁나기로서니 벌써부터 꼬리라도 마는 거야? 아무 놈이라도 좋아! 적당히 살살 다뤄줄 테니 얼른 나와!"

"이런 싹수머리없는 후레자식 같으니! 감히 어느 안전에서!"

묵위현이 발끈하며 당장 뛰어나가려는 자세를 취했지만, 그러나 그는 이내 자세를 바로 하며 입을 다물었다. 곤이 어느새 장백신마의 앞에 자리하는 것을 본 탓이었다.

"넌 뭐야?"

묵위현의 말을 받아 다시 무어라 소리를 지르려던 장백신마가 한순간에 이루어진 곤의 출전에 전혀 예상치 못했다는 듯 눈을 끔뻑거리더니 이내 가소롭다는 기색을 드러냈다.

"설마 네가 출전자란 말이냐?"

"맞아요."

곤의 순순한 대꾸에 장백신마는 노골적으로 조소를 떠올렸고, 그런 어투로 내뱉었다.

"너 같은 애송이가 나와야 할 정도로 그렇게도 사람이 없단 말이냐? 대체 나를 어떻게 보고."

그러나 그는 말하다 말고 흠칫하는 표정을 지으며 입을 다물었다. 달리 그런 것이 아니었다. 갑자기 날아든 천현필의 전음 탓이었다.

"그를 가볍게 보지 마시오! 그가 바로 광룡의 의제이자 가장 경계해야 될 자 중 하나인 신곤이오! 결코 방심해서는 안 될 상대니 하 형(夏 兄)은 필히 전력을 다해야 할 것이며, 또한 신중해야 할 것이오!"

더구나 그 음성에 배어 있는 것은 감출 수 없는 경악과 곤혹이었다.

아마도 예상치 못했던 곤의 이른 출전 때문일 터였다. 어떻든 그에 장백신마는 놀라지 않을 수 없었고, 그리하여 새삼스런 얼굴로 다시 한번 곤을 살펴보지 않을 수 없었다.

그때였다, 곤이 불쑥 물은 것은.

"이십 년 전, 당신은 송령산에서 아이를 업고 있던 노인께 다짜고짜 시비를 걸고 공격한 적이 있어요. 기억하나요?"

"응?"

장백신마가 어리둥절한 얼굴을 했다. 그리고는 잠시 생각하는 듯하더니 이내 미간을 와락 좁힘과 동시에 흉광(兇光)을 폭사시키며 소리쳤다.

"나는 내가 돌보는 지역에 허락없이 들락거리는 놈은 용서하지 않아! 그런데 한두 놈도 아닌 그런 자들을 내가 무슨 수로 일일이 기억해? 더구나 이십 년 전 일을!"

상대가 신주십인의 일 인인 줄 알았더라면 아무리 세월이 흘러도 잊어버릴 일이 없었을 테지만, 아니, 잊어버리기는커녕 두고두고 자랑으로 삼았을 테지만, 불행히도 그는 그때나 지금이나 아무것도 모르고 있었다.

"오호라!"

갑자기 그가 무엇을 깨닫기라도 한 양 소리쳤다.

"이제 보니 나를 혼란스럽게 만들어 쉽게 어찌해 볼 요량으로 네가 뜬금없는 소리를 지껄이는 모양인데, 어림없는 짓! 어딜 봐서 내가 그런 서 푼짜리 술수에."

"당신이 기억하지 못해도 상관없어요."

빗나가도 한참은 빗나간 장백신마의 말을 자르며 곤이 말했다.

"나도 그때의 일을 추궁하자는 것은 아니니까요. 다만 이렇게 만났으니, 당시의 지쳐 있던 할아버지 대신 내가 다시 한 번 당신과 겨뤄보겠다는 것일 뿐이에요."

"그래?"

중도에 말이 잘린 분노 대신에 장백신마는 입꼬리를 슬쩍 비틀어 올리며 조소 어린 음성을 뱉어냈다.

"그렇다면 뭘 더 기다려?"

그리고 채 말이 끝나기도 전이었다.

태평하게 건들거리며 서 있는 듯하던 장백신마의 신형이 돌연 쭈욱 늘어나듯이 곤을 향해 그대로 짓쳐드는 것이 아닌가. 그에 앞서 무시무시한 소리와 경풍을 동반한 그의 괴이한 병기가 허공을 가르며 쇄도한 것은 말할 것이 없었고. 선공(先攻)이었고 기습이었다.

하지만 꼭 곤이 누군지 들었기에 그것을 택한 것은 아니었다. 원래부터 그는 상대가 누구든 수단과 방법을 가리지 않기로 유명한 사람이었다.

제7장

신위(神威)

신위(神威)

그러나 그의 그런 행동에도 곤은 조금도 당황하거나 놀라지 않았다. 오히려 기다렸다는 듯이 그도 거의 동시에 움직였다. 그런데 상대가 기습 공격을 했고, 그러므로 절대적으로 불리할 수밖에 없는 상황임에도 뜻밖에도 그는 피하거나 방어하려는 동작을 취하지 않았다. 교아소도도 빼 들지 않은 채 정면으로 맞부딪쳐 가는 것이었다. 사방을 온통 금속의 차갑고 날카로운 번쩍거림으로 채우며 노도처럼 밀려오는 장백신마의 무서운 공세가 마치 전혀 보이지 않는 사람처럼.

'허! 이놈 봐라!'

놀란 사람은 장백신마였다.

그는 설마 하니 곤이 이런 식으로 달려들 줄은 꿈에도 몰랐던 것이다. 그것은 상식으로는 도무지 이해가 가지 않는 일이었다. 또한 자살 행위나 다름 아니었고. 적어도 그의 생각에는 그랬다. 그의 병기는 그의 내공이 주입되지 않았다 하더라도 금석을 두부처럼 뚫어버리는 신병(神兵)이었으니까. 하물며 상대의 정체를 들었기에 전력을 다하고 있는 중인 지금은 말할 것이 없었다. 더구나 언제나 그의 기대를 저버리지 않던 비전절초를 시전하고 있는 상황이 아니던가.

하지만 길게 생각할 시간은 없었다.

사실 생각할 필요도 없는 일이었다. 스스로의 능력을 과신하든 말든 그것은 상대의 몫이었다. 자신은 다만 죽겠다고 달려드는 놈을 죽여주면 될 일이었다. 그리하여 장백신마는 냉소를 떠올리며 더욱 병기에 전력을 쏟아 넣었고, 다음 순간 그의 병기에서 발해지는 빛무리가 곤은 물론이고 자신까지도 완전히 감싸는 가운데 격돌이 일어났다. 그리고 그때서야 장백신마는 과연 스스로를 과신한 사람이 누군지, 누가 잘못 판단하고 있었던 것인지 깨달았지만 늦은 일이었다.

퍽, 하는 둔탁한 음향이 울려 퍼졌다.

그리고 한 사람이 억눌린 신음과 함께 비칠비칠 물러났다. 장백신마였다. 거의 이 장여나 물러서서야 겨우 멈춘 그는, 그러나 이미 서서는 버틸 힘마저 잃은 상태였고, 그리하여 이내 털썩 쓰러지듯이 주저앉았다.

그뿐이 아니었다.

앉자마자 그는 울컥, 하고 한 사발은 족히 될 핏덩이를 게워냈다. 그것도 산 사람이 뱉어냈다고 믿기 힘들 정도로 검은 쪽에 훨씬 가까운 색깔이었다. 결국 그것은 다른 말이 아니었다. 단전이 파괴되었거나 그에 준하는 내상을 입었다는 말이었다.

"어떻게…… 어떻게……."

핏덩이를 쏟아낸 다음에도 멈추지 않는 핏줄기를 억지로 삼키며 간신히 입을 열었지만 그의 입에서 흘러나온 말은 그것이 다였다. 그것도 가까이 있는 곤이나 알아들을 정도로 낮고 불분명한 음성이었고.

그리고 그는 그 말을 끝으로 앉아서도 더 견디지 못하고 스르르 모로 쓰러져 버렸다. 혼절한 것이었다. 그런 지경에 이르러 있으면서도 그가 무엇보다 입부터 열려고 했던 것은, 아마도 철석같이 믿고 있던 그렇게 거세고도 엄밀했던 비전절초의 공세 속에서 어떻게 자신의 병기에 걸리지 않고 파고들 수 있었으며, 또 무슨 수로 이미 방비를 하고 있던 자신의 단전에 일장을 날릴 수 있었는지 묻고 싶었던 것일 터였다.

곤은 격돌이 일어났던 자리에 한 치의 흐트러짐도 없이 묵묵히 서 있었다. 그런데 처음엔 이상이 없는 것 같던 그의 어깨 어림의 옷자락이 오래잖아 길게 세 가닥으로 찢어져 너풀거리는 것이 아닌가. 접전의 흔적이었다. 까딱했으면 옷자락이 아니라 어깨나 가슴이 그 짝이 났을 일이었고.

그렇지만 너무도 순식간에 이루어진 격돌과 그로 인해 갈라진 승부의 명암에 넋을 놓고 있는 사람들의 눈에는 그런 것이 들어오지 않았다. 그들은 다만 승자로 우뚝 서 있는 그를 두 눈 가득 경악과 감탄을 담고 바라볼 뿐이었다.

물론 묵련 측은 사정이 조금 달랐다.

그들도 경악하기는 마찬가지였지만 감탄은 아니었다. 그 대신에 그들 중 대다수가 어둡고 침중한 기색을 감추지 못하고 있었다. 마치 납덩이라도 가슴속에 달고 있는 것처럼. 하기야 어찌 그렇지 않겠는가. 장백신마는 자신들의 그 수많은 고수들 중에서도 고르고 고른 십 인의 최고수 중 하나였다. 더불어 그 이름만으로도 충분히 한두 명쯤은 가녑게 패퇴시킬 능력이 있다고 믿었기에 선봉을 맡겼던 것이고. 그런데 이제 그가 광룡도 아닌 그의 의제인 곤에게 단 한 수도 못 버티고 이토록 허무하게 쓰러지는 것을 보았으니.

그러나 천현필은 아니었다.

"데려와 치료해 주어라."

재빨리 뒷수습을 명령하는 그의 신색은 묵련주 이하 몇몇 아무런 표정 변화 없이 앉아 있는 사람들과 같이 어디까지나 태연하고 냉정했다. 그 음성도 마찬가지였고. 그리고 거기다 더해 자신의 명령에 따라 달려나온 두 사람이 일사불란하게 장백신마를 옮겨오는 것을 보면서 마치 그렇게 될 줄 예상하기라도 했다는 듯이 혀까지 차며 말하는 것이었다.

"쯧쯧, 내 그토록 신중하라고 일렀건만. 어리석은……."

의식도 없는 사람이었다. 그럼에도 굳이 이렇게까지 핀잔을 주듯 말하는 것은 달리 그러는 것이 아니었다. 그의 패배로 하여 제 편의 사기가 떨어지는 것을 막고, 또 상대에게 이런 정도는 아무렇지도 않게 생각한다는 것을 보여주려는 노강호다운 노회한 술책이었다.

하지만 정작 표국 쪽 사람들은 그를 보고 있지도, 그의 말에 귀를 기울이지도 않고 있었다. 곤의 너무도 간단한 승리에 기쁨을 감추지 못하고 있던 그들은 갑자기 제기된 어떤 의견에 대해 견해를 나누기에도 바빴던 것이다. 다른 사람들의 환호와는 달리 명풍 대사가 다음과 같이 우려를 표명한 것이 발단이었다.

"꼭 그렇게 좋아할 일만은 아닌 것 같습니다, 자칫했으면 쓰러진 쪽은 곤 시주일 수도 있었으니까요. 아미타불."

"아니, 그게 무슨 소리입니까, 대사?"

눈이 휘둥그레지는 채웅의 의문에 명풍 대사가 다시 한 번 불호를 발하더니 말을 이었다.

"곤 시주가 간단하고도 손쉽게 상대를 제압한 것 같지만 사실은 아닙니다. 누가 당할지 모르는 건곤일척의 위험하기 짝이 없는 성급한 승부였습니다."

"아……!"

탄성을 발한 것은 종잠이었다.

"그럼 그렇게 바로 맞받아 쳐간 것이……!"

"그렇습니다."

명풍 대사가 머리를 끄덕였다.

"미세하기는 하지만 상대가 이미 공세를 일으킨 상황에서, 그것도 전력을 다한 회심의 노림수를 뒤늦게 그렇게 맞부딪쳐 간 것은 무리한 승부수였습니다. 스스로 불리함을 자초하는 일이었고, 그리하여 누가 쓰러져도 이상할 것이 없는 승부가 되고 말았던 것입니다. 곤 시주로선 서둘러 그렇게 파고들 이유가 없었습니다. 일단 피한 다음 느긋하게 선수를 잡아 압박했으면 아무 위험 없이 훨씬 편하게 제압을 할 수 있었을 것입니다."

"……."

"무슨 이유인지 모르겠지만, 앞으로도 계속 그렇게 승부를 걸려 한다면 위험합니다. 갈수록 강한 자들이 나올 텐데."

"신경 쓸 것 없어."

명풍 대사의 말을 자르고 나온 사람은 광룡이었다.

"아무려면 아우가 저런 자 정도에게 어떻게 되겠어? 그리고 아우가 그렇게 한 데는 다 이유가 있고. 아우는 과거 제 할아버지가 공부가 약해서 저놈에게 당한 것이 아니란 것을 증명하고 싶었던 거야. 그래서 제 할아버지의 무공을 사용했고, 또 그만큼의 공력만 끌어올려 정면으로 파고든 거야. 더불어 그런 이유로 제 할아버지가 당했던 꼭 그 부위를 가격한 것이고.”

“아……!”

“그리고 한 가지 이유가 더 있어.”

사람들이 탄성을 발하는 가운데 광룡이 말을 이었다.

“아우는 시간도 절약하고 싶었던 거야.”

“시간을 절약하다니?”

백설행노의 의문에 힐끔 그를 쳐다본 광룡은 이내 시선을 곤에게로 돌리더니 말했다.

“곤 아우는 정말 제 혼자서 저놈들을 모조리 상대하려 하고 있는 거야. 그래서 최대한 시간과 힘을 절약하려고 안배하고 있는 것이고.”

“서, 설마, 그런……!”

백설행노는 물론이고 다른 사람들도 거의 모두가 이번에도 믿을 수 없다는 얼굴을 했고, 곤혹스럽고도 황당해하는 표정을 지었다. 묵련이 어떤 곳이며, 또 지금 묵련 측에 자리한 면면들이 얼마나 강한 자들인지 알고 있기에 그러했다. 설령 그들 중 무작위로 열 명을 추려낸다 해도 결코 가능할 수 있는 일이 아니었다. 인간인 이상은.

그러나 이제까지처럼 광룡의 곤에 대한 무조건적인 신뢰와 또 그 자신이 지닌 선천적인 광오함을 이기지 못해 함부로 뱉어내는 소리라고 치부하기에는 광룡의 태도가 너무나 진지했다. 거기다 듣고 보니 눈앞에 나타난 사실들이 정말 그런 듯도 하여 사람들은 설마 하는 가운데서도 경이로움이 가득한 눈을 하고 곤을 쳐다보지 않을 수 없었다.

"두고 봐."

광룡이 확신에 찬 어조로 말을 이었다.

"아우는 반드시 해내고 말 테니."

"……"

사람들은 이제 아무도 그의 말에 토를 달지 않았다. 오히려 마음 한
켠으로 정말 그런 기적 같은 일이 일어나기를 바라 마지않으면서 묵묵
히 곤을 주시하고 있을 뿐이었다.

그리고 그렇게 그들 모두가 곤에게 시선을 모은 채 입을 다물고 있
을 때였다.

"두 번째 출전자를 내보내 주시오!"

주명백이 묵련 쪽을 향해 소리쳤다.

사실은 장백신마가 들려 들어가고 난 다음 바로 말했어야 옳을 일이
었지만, 그도 곤의 무위에 얼마간 놀란 마음이 있었던지라 잠시 시간이
지체된 것이었다.

그의 말이 떨어지자마자 기다렸다는 듯이 한 사람이 곤의 앞으로 나
섰다. 비록 광룡에게 쓴맛을 본 적은 있지만 그래도 검에 관한 한 누구
나 인정하는 절정의 검호이자 천하제일세 묵련의 이인자나 마찬가지인
무단주 마달이었다.

그의 출전에 구경꾼들은 물론이고 천마표국 쪽 사람들도 술렁거렸
다. 그가 겨우 두 번째로 나올 줄은 아무도 예상을 못했던 것이다. 그
것은 적어도 그보다 강한 자가 여덟이나 더 있다는 말과 다름 아니었
으니.

"힘은 조금 들겠지만, 이기는 데는 문제가 없겠지?"

"힘들 일도 없어."

조금은 불안감이 깃든 백설행노의 혼잣말 같은 질문에 광룡이 한마디로 단언했다. 더구나 거기에 그치지 않고 아예 초수까지 한정하는 것이었다.

"오 초를 넘기지 않을 거야."

"허……."

백설행노가 어이없다는 얼굴로 설레설레 머리를 내저었지만, 그러나 결과는 광룡의 말대로였다. 딱 오 초 만에 마달은 그의 평생에 단 한 번도 없었던 자신의 분신 같은 검을 놓치고 말았고, 결국 어깨를 축 늘어뜨리고 제 진영으로 되돌아가지 않을 수 없었다. 곤의 공력과 경험을 과소평가하고는 힘으로 밀어붙이려 든 탓이었다. 곤은 그의 공세를 교묘하게 역이용하여 변명의 여지가 없을 정도로 완벽한 승리를 이끌어냈던 것이다. 그리고 그 결과는 사람들로 하여금 다시 한 번 더할 수 없이 커진 눈으로 그를 바라보게 만들었고.

하지만 그것은 서막에 불과했다.

세 번째 나선 사람은 묵련과의 친분으로 인해 출전한 감숙(甘肅)의 절대자 독목수라(獨目修羅) 조인(趙刃)이었다. 그는 비록 신주십인에는 들지 못했지만, 결코 그 아래가 아니라고 알려진 현 강호에서 실전무공에 관한 한 타의 추종을 불허하는 사람이었다. 하지만 그도 결과는 마찬가지였다. 겨우 십 초를 버티지 못하고 물러나고 말았다.

사람들은 이제 벌린 입을 다물지 못하는 지경에 이르렀다. 끈질기고, 웬만한 타격에는 끄떡도 않으며, 참고 참다가 작은 틈 하나만 발견해도 맹수로 돌변해 파고들어 기어이 상대를 쓰러뜨리고 마는 실전무공의 달인인 조인이 단 십 초 만에 패배를 시인하고 물러났다는 것은 보고도 믿을 수 없을 만큼 큰 충격으로 다가왔기에 그럴 수밖에 없었다.

더구나 거기서 그치지 않았다.

네 번째도 마찬가지였다. 묵련의 봉공 중 하나로 연배도 높은 데다 오직 무공에만 매달려 살아온 탓에 천현필조차 얼마간 꺼리는 바가 있을 정도로 알아주는 무귀(武鬼)인 대곤왕(大棍王)이 강호일절(江湖一絶)이라는 차천대곤(遮天大棍)을 들고 나섰지만 결과는 별반 다르지 않았다. 다만 그는 앞서 나왔던 사람들보다는 그래도 사정이 조금 나은 편이었다. 꽤 오래 접전을 펼쳤을 뿐만 아니라 자신의 심각한 중상을 담보로 곤의 어깨에 가볍지 않은 일장을 선사하는 개가를 올렸으니까.

"괜찮을까?"

"괜찮지 않으면?"

근심스러운 기색을 감추지 못하는 백설행노를 돌아보지도 않고 광룡은 그 특유의 툭툭 끊어지는 어조로 대꾸했다.

"정통으로 맞은 것도 아니고, 또 곤 아우의 회복 능력은 내가 본 중에서 최고니까 염려하지 않아도 돼."

"상처도 상처지만."

기혜가 조심스럽게 끼어들었다.

"지치지나 않았을지, 그게 더 걱정입니다."

"걱정 마세요."

이번에는 매상이 대답했다.

"거친 바다 속에서 호흡과 신체를 단련한 분입니다. 쉽게 지치지도 않을 뿐더러, 설사 지쳤다 하더라도 잠시 호흡을 가다듬는 것으로 금방 회복될 거예요. 그리고 사실 돌이켜 보면 지금까지 크게 지칠 일도 없었고요. 그보다는 앞으로가 걱정이에요. 점점 더 강한 자들이 나올 것은 불문가지이고, 그렇다고 적당히 하고 물러설 공자님이 아니니 말입니다. 무리를 해서라도 어떻게든 혼자서 끝까지 책임을 지려 들 텐데…….”

“……!”

매상이 뒷말을 흐리자 사람들도 잠시 아무 말도 하지 않았다. 매상의 뒷말이 무엇인지 모두가 아는 까닭이었다. 또한 모두가 염려하는 바였고.

하지만 침묵은 잠시였다.

“너무 염려하지 않아도 돼.”

백설행노가 별일 아니라는 듯이 말했다.

“여차하면 우리가 나서면 될 일이야. 그러니 다른 생각 말고 일단은 지켜보자고. 과연 어디까지 갈 것이며, 얼마나 더 사람을 놀라게 할런지 말이야.”

그의 말대로 사람들은 더 이상 입을 열지 않았고 곤에게 시선을 모았다. 마음으로 응원을 보내면서.

그런데 그런 시선으로 곤을 바라보고 있는 사람들이 그들만은 아니었다. 또 있었다. 바로 구경꾼들이었다. 그들은 곤의 연승 행진을 마치 자신들의 일인 양 환호와 갈채를 보내고 있었다. 더불어 그것이 끝까지 계속되기를 성원하고 있었고. 그것은 아마도 무림인 특유의 약자를 응원하는 심리가 작용한 것일 터였다. 그래서 비록 이름이 있다고는 해도 별로 잘 알려져 있지 않은 곤이 공인된 무림제일세인 묵련의 고수들을 하나하나 격파해 가는 것에서 내심 통쾌함을 느끼는 것일 터였고. 더불어 그렇게 하여 한 사람의 영웅이 탄생해 가는 광경을 처음부터 끝까지 제 눈으로 지켜보고자 하는 마음에서 또한 그럴 터였다.

그렇게 기대와 열정을 담고 장내를 주시하던 사람들의 시선은, 그러나 다음 순간 더할 수 없는 경악을 담고 급속하게 냉각되어 갔다. '다음 출전자를 내보내 주시오!' 란 주명백의 말에 맞춰 아무도 주의하고 있지 않던 묵련 측의 후미에서 한 사람이 느릿한 동작으로 걸어나오는 것을 보면서부터였다. 마의를 걸친 적당한 키에 적당한 몸을 한 오십 대의 별 특색 없어 보이는 인물이었다. 하지만 겉으로 보이는 것만이 다는 아닌 법. 그는 결코 평범한 사람이 아니었다.

"권왕(拳王) 고진천(高振天)……!"

누군가 부지불식간에 흘린 말처럼 바로 그였다.

권으로 유명한 산서(山西) 고가의 적자(嫡子)로 삼십 년 전 신주십인의 일 인인 장권무적(掌拳無敵) 언향상(彦向上)에게 도전해 그를 권으로 무너뜨리고 신주십인에 오른 인물. 그 후 십여 년 동안 강호를 종횡하다가 어느 날 홀연히 종적을 감추었던 말이 필요없는 무림제일권(武林第一拳)인 그가 오늘 갑자기 모습을 드러낸 것이다. 그것도 묵련의 조력자로. 그러니 그를 알아본 사람들의 놀람이 어떠할 것이며, 또 어찌 가슴이 서늘해지지 않을 수 있겠는가.

그러나 사실을 알고 보면 묵련으로서도 갑작스런 횡재라고밖에 할 수 없는 일이었다.

원래 고진천은 은거하기 훨씬 전부터 마달과 깊은 교분을 쌓고 있는 사이였다. 그리하여 은거 중에도 누가 누구를 보러 가든 간에 얼마간에 한 번씩 서로 만나곤 했는데, 이번엔 그가 마달을 찾아오게 되었다. 그런데 공교롭게도 무림대공회와 겹쳤고, 그래서 묵련과는 아무 상관이 없으면서도 구경이나 하자고 그들을 따라온 것이었다. 그러다 마달의 패배에다 더해 곤의 승승장구하는 무위를 보고는 무인 특유의 호승심을 이기지 못해 자청하고 나선 것이었다. 곤 한 사람만 상대하겠다는 조건 하에. 그리고 안 그래도 곤의 상승세를 꺾어 반전의 발판을 마련해 줄 누군가가 절실히 필요하던 묵련으로서는 바라 마지않던 일이었기에 냉큼 허락을 한 것이고.

반면에 가장 놀란 사람들은 천마표국 쪽이었다.

"저, 저자가 왜……?"

모두가 놀라고 당황한 빛을 감추지 못하는 가운데 백설행노가 벌린 입을 다물지 못하며 더듬거렸다.

"저자가 왜 갑자기 저기서 튀어나와?"

"강합니까?"

채웅이 불쑥 물었다.

"공자님보다 더?"

"그야……."

선뜻 말을 받던 백설행노가 문득 말끝을 흐리며 곤혹스런 표정을 짓더니 고개를 갸웃했다. 그러다 다시 입을 열려 했지만 그보다 앞선 사람이 있었다.

"아우가 이긴다."

광룡이었다. 그가 못을 박듯 말했다.

"초수가 길어질지는 모르겠지만 어떻든 아우가 이긴다."

"그렇겠죠?"

"물론."

두 사람의 기정사실화해 버리는 대화에 백설행노는 할 말이 없다는 듯 쩝, 하고 빈 입맛을 다시더니 전장에 집중한 채 더는 입을 열지 않았다. 다른 사람들도 마찬가지였다.

다만 한 사람. 명징만은 조금 달랐다.

그는 조금 상기된 얼굴로 아까부터 무어라 말을 꺼낼 듯 입술을 달싹거리고 있었다. 달리 그런 것이 아니었다. 그도 권을 수련한 사람이었기에 권왕을 보자 호승심이 치솟은 때문이었다. 더욱이 권의 본산이라는 소림권을 연마한 자긍심도 있는 데다 원래부터가 강한 사람만 보면 투기가 솟는 사람이었으니 그렇지 않으면 오히려 이상할 일이었다.

그러나 몇 번이고 명심을 향해 입술을 달싹이던 그는 끝내 입을 열지 못했다. 이야기를 해봐야 명심 대사가 들어줄 방법이 없다는 것도 그렇고, 설사 들어줄 방도가 있다고 해도 지금으로서는 자신이 나서서 싸울 계제가 아니라는 것을 알고 있는 까닭이었다. 더불어 이미 곤과 겨뤄본 적이 있으니 둘의 싸움을 보면서 적어도 간접 비교는 할 수 있다는 것에서 마음의 위안을 얻었기에 또한 그러했고.

어떻든 그렇게 모든 이의 긴장된 시선이 향한 가운데 곤과 고진천은 잠시 서로를 쳐다보고 있었다.

"근 이십 년 만이다."

먼저 말을 꺼낸 것은 고진천이었다.

"내가 자의로 누군가와 손속을 겨뤄보고 싶은 마음이 든 것은. 그래서 나왔다."

"……."

"십보절권(十步絶拳)이라는 것이 있다."

아무 대꾸를 않는 곤에 개의치 않고 고진천이 말을 이었다.

"그동안 은거하며 내가 지닌 권을 하나로 융화시켜 만든 것이다. 십보 이내에서는 내 권력(拳力)을 피할 것이 없다는 뜻에서 이름 지은 것이다만, 아직 사람을 상대로는 써보지를 않아서 정말 그런 위력을 보일

지는 모르겠다. 어떻든 나는 그것을 쓰겠다. 너도 최선을 다하기 바란다."

이어 권결(拳訣)에 따라 자세를 잡으며 말했다.

"준비해라."

곤도 묵묵히 마달을 상대할 때부터 빼 들고 있던 교아소도를 들어 올리며 자세를 취했고, 오래잖아 둘은 누가 먼저랄 것도 없이 동시에 움직였다.

아니, 그런가 싶은 다음 순간이었다.

겨우 서로 한 발 내디뎠고, 그러므로 둘 사이는 아직도 한참이나 거리가 있었는데 돌연 곤이 놀란 모습으로 황급히 자신의 문호를 막으며 교아소도를 휘두르는 것이 아닌가. 그러자 쾅, 쾅, 쾅, 하고 세 번의 굉음과 더불어 곤이 휘청거리며 두 걸음이나 튕기듯이 물러서는 것이 아닌가.

다른 이유가 아니었다.

십보절권은 이름부터 비슷하듯이 소림의 백보신권이나 마찬가지인 권법이었고, 그리하여 고진천이 겨우 한 걸음 내디디며 멀리서 곤을 향해 권을 내질렀지만 그것이 고스란히 권강(拳罡)으로 곤에게 밀려든 것이었다. 만약 곤이 과거 명징 대사와 겨루어보지 못했고, 또 고진천으로부터 미리 언질을 받지 못했더라면 큰 타격을 입었을지도 모를 일이었다.

그리고 그것으로 끝이 아니었다.

곤이 물러서는 사이 고진천은 어느새 곤의 면전으로 쇄도했고, 곤이 채 자세를 바로잡기도 전에 십보절권의 진수를 펼쳐 폭풍 같은 공세를 잇는 것이었다.

십보절권은 백보신권과 그 궤를 같이 하기는 했지만 또 많이 달랐다. 어떤 면에서는 오히려 한 단계 발전된 것이라 할 수 있었다. 백보신권이 거리가 필요하고 강한 내력을 바탕으로 한 강맹한 것인 데 반해 십보절권은 자유자재였다. 떨어져 있으면 떨어져 있는 대로 가까우면 가까운 대로 조금도 거침이 없었고, 때론 부드럽게 때론 강하게 조금도 틈을 주지 않고 압박했으며, 무엇보다 빠른 보법을 곁들인 권강은 멀든 가깝든, 부드럽든 강하든 간에 조금도 소홀히 할 수 없다는 장점이 있었다.

그리하여 고진천은 순식간에 수십 권을 곤의 전신에 쏟아 부었고, 그 결과 곤으로서는 전력을 다했지만 그중 한두 대를 맞는 것은 피할수가 없었다. 더구나 그러고도 반격을 취할 기회를 잡기는 고사하고 그럴 엄두조차 내지 못할 정도로 더욱 거세지는 고진천의 공세를 막아내기에도 바빴다.

그것은 누가 보아도 일방적이었고, 곤의 위기였으며, 패색이 짙은 것과 다름 아니었다. 그래서 묵련 쪽을 제외한 모두가 불안하고 안타까운 표정을 감추지 못하고 있는 가운데, 돌연 명징 대사가 벌떡 일어서며 소리치는 것이었다.

"안 되겠습니다! 중지시킵시다, 사형!"

"……!"

모두가 전장에 집중하고 있었던 탓에 명징 대사의 큰 목소리에도 불구하고 개중에 몇몇만이 그를 흘깃 일별할 뿐이었지만, 표국 쪽 사람들은 아니었다. 그들은 거의가 흠칫한 얼굴로 그에게로 고개를 돌렸다.

"사제……."

"제가 상대하겠습니다!"

입을 열어놓고는 무어라 말을 잇지 못하는 명심 대사를 향해 금방이라도 다가들 듯한 몸짓을 하며 명징 대사가 말했다.

"권에는 권으로 상대하는 것이 옳습니다. 저대로 두면 위험합니다. 나라면 저렇게 몰리지는 않을 테니."

그러나 그의 말은 그 큰 음성에도 불구하고 중도에 잘리고 말았다. 광룡이 끼어든 탓이었다.

"어림없는 소리."

그는 명징 대사는 돌아보지도 않고 전장에 시선을 못 박은 채 단호하게 말했다.

"아우는 아직 지지 않았어. 질 일도 없고. 그리고 만에 하나 실수로 진다 해도 아우 다음은 나야. 괜히 군침 흘리지 마."

"……!"

광룡에게로 고개를 핵 돌리는 명징 대사의 눈에 불꽃이 튀었고, 불끈 쥔 주먹이 부르르 떨렸다.

일종의 무시와 모욕을 받은 것이나 마찬가지였으니 그럴 수밖에 없는 일이었다. 더구나 광룡에 주눅 들 일도, 그런 적도 없는 그가 아니던가. 오히려 광룡만 보면 지금까지 손이 근질거려 참기 힘들었던 그였다. 사부 앞에서 한 맹세가 아니었다면 벌써 무슨 일을 저지르고도 남았을 터였고. 그런데 이제 직접적으로 도발이나 똑같은 언사를 들었으니 그 심사가 어떻겠는가. 그러나 그는 그에 뒤이은 아무 행동도 취할 수가 없었다.

다른 이유가 아니었다.

그가 어떤 말이나 움직임을 보이기도 전에 갑자기 장내에서 이제까지와는 비교도 되지 않는 굉음이 쾅, 하고 울려 퍼진 탓이었다. 자연 그의 시선도 재빨리 장내를 향했고, 예상 밖의 광경에 그도 다른 사람들처럼 눈을 크게 떠야 했다.

장내의 상황은 일변해 있었다.

언제 그토록 거센 공세를 펼치며 곤을 몰아붙였나 싶게 고진천은 제 원래의 자리로 물러서서는 엉거주춤 서 있는 상태였다. 그것도 앞가슴의 옷자락이 길게 베어진 채로. 그리고 곤은 공세를 받던 자리에 그대로 서 있었는데, 비록 그동안 몇 번이나 고진천의 권을 허용하기는 했지만 정통으로 맞은 것이 아니라 요령껏 흘리고 비껴 맞고 했는지라 겉으로 드러나 보이는 상처는 없었다. 하지만 간간이 길게 숨을 내쉬는 것이 지치고 피로한 기색만은 감추지 못하는 모습이었다.

"어, 어떻게 된 일이지……?"

명징이 어리둥절한 모습을 감추지 못할 때 곁에 있던 종잠이 그를 쳐다보지도 않고 대꾸했다.

"이제 끝이구나 생각할 정도로 절체절명의 순간, 공자의 왼손에서 번개처럼 흰 빛이 터져 나오며 저 고가의 무지막지한 권과 부딪쳤고, 그 다음은 보시는 대로입니다."

"흰 빛……?"

"빙섬이야."

이번엔 광룡이었다.

그러나 꼭 명징의 질문에 대한 대답은 아니었다. 자신이 선물한 것이기에, 그리고 그것이 너무도 절묘한 순간에 신기막측하게 출현해서는 감탄할 만한 위용을 드러냈기에 자신도 모르게 뿌듯한 마음이 들어 대꾸를 한 것이었다.

"……?"

그러나 빙섬이 무엇인지 알 리 없는 명징은 더욱 어리둥절한 얼굴을 할 뿐이었다. 그렇다고 광룡에게 재차 묻기에는 무언가 껄끄러웠기에 다만 두어 번 그를 힐끔거리기만 했다. 하기야 빙섬을 모르는 다른 대다수의 사람들도 그것은 마찬가지였다. 그들도 잠시 광룡을 쳐다보다가 그가 더 입을 열 기미가 보이지 않자 이내 다시 장내로 시선을 돌렸다.

"검인가?"

모호한 눈빛을 하고 엉거주춤 서 있던 고진천이 자세를 바로 하며 물었다. 곤이 머리를 끄덕였다.

"어쩔 수가 없었어요."

"무슨 소리."

고진천이 고소를 떠올리며 머리를 흔들었다.

"설사 암기였다 해도 상관없는 일이야. 다른 생각 할 필요 없어. 자신의 모든 것을 가지고 최선을 다하는 것이 비무니까. 그래서 나도 앞뒤 안 가리고 전력을 다해 선공을 획득했고, 또 숨 돌릴 틈도 주지 않고 핍박했던 것이고. 자넨 어쨌든 훌륭했어. 나도 비록 지긴 했지만 오랜만의 통쾌한 싸움이었던 데다 내 권법의 허점도 발견했으니 여한은 없고."

"지다니요……?"

곤이 눈을 크게 뜨며 어리둥절한 표정을 지었다.

"아직 승부가 난 것은 아니지 않습니까?"

"내가 진 거야."

자신의 길게 베어진 옷자락을 가리키며 고진천이 말했다.

"힘이 들었든 그렇지 않든 간에 이미 몇 번의 비무를 치른 너를 상대로 염치 불구하고 선공한 것도 모자라 수십 합을 일방적인 공세를 취하고도 결과가 이것인데, 더 해볼 필요가 무에 있어? 물론 아직 내 모든 것을 다 보인 것은 아니고, 그러니 끝까지 싸우면 어떻게 될지 모르는 일이기는 하지만, 그렇더라도 오늘은 내가 진 거야. 더 이상 미련 부려봐야 추태일 뿐이고."

"그렇지만."

"됐어."

고진천이 손을 내저으며 곤의 말을 끊었다.

"차라리 후일을 기약하자고."

이어 그는 곤에게 가볍게 포권을 해 보이더니 아무렇지도 않은 모습으로 휘적휘적 제자리로 돌아가는 것이 아닌가. 곤은 멍하니 그의 뒷모습을 바라볼 뿐이었다.

그때였다.

"와아!"

"정말 대단하다!"

승패의 갈림이 어떻게 된 것인지를 몰라 귀추를 주목하고 있던 구경꾼들의 함성이 그제야 터져 나왔다. 물론 천마표국 쪽도 다르지 않았고.

다만 묵련 측은 아니었다.

서로를 돌아보는 모두의 얼굴에 눈에 띄는 당황과 놀라움과 어두운 그늘이 자리하고 있었다. 그토록 변화가 없는 묵련주 이하 몇몇 고수들도 마찬가지였다.

"상상 밖이군요."

묵련주의 곁에서 그를 보필하고 있던 만통전주가 신음처럼 말했다.

"설마 이 정도였을 줄이야……."

"저를 내보내 주십시오, 련주님."

만통전주의 말꼬리를 이어 한 사람이 불쑥 끼어들었다. 언제나처럼 련주의 뒤에 서 있던 수신호위 흑수였다.

"여기서 저놈에게 더 밀린다면 정말 회복하기 힘들 것입니다. 단번에 저놈을 꺾고, 그리고 최소한 저놈이 한 만큼은 저자들에게 타격을 입히겠습니다. 련주님, 허락해 주십시오."

"겨우 다섯 가지고 호들갑 떨지 마라."

묵련주가 돌아보지도 않고 낮게 말했다.

"아직은 네가 나설 때가 아니다."

이어 그는 앞만 보고 있던 시선을 돌려 자신과 조금 떨어진 곳에 놓인 자신과 똑같은 태사의에 앉아 있는 밀문 대종사를 바라보았다. 밀문 대종사도 그를 보고 있는 중이었다. 잠시 시선을 부딪친 끝에 련주가 말했다.

"대종사께서 나가준다면 믿을 수 있겠소이다."

"……!"

밀문 대종사의 눈 깊숙이에 언뜻 작은 흔들림이 지나갔다. 그러나 워낙 찰나지간인지라 그것을 발견할 수 있었던 사람은 없었다. 더구나 다음 순간 그가 바로 일어서며 대꾸를 했으니 더욱 그럴 수밖에 없었고.

"실망을 시킬 것 같소이다만, 어떻든 나가보지요."

"……?"

묵련주의 눈에 한순간 의문이 스쳐 갔다.

유아독존 격인 자존심에 관한 한 광룡에게도 뒤지지 않을 밀문 대종사가 싸우기도 전에 그런 소리를 꺼낼 줄은 천만뜻밖이었던 것이다. 하지만 물어볼 수는 없는 일이었다. 게다가 말과 동시에 밀문 대종사는 곤을 향해 이미 걸음을 옮기고 있었으니 묻고 싶어도 물을 수도 없었고.

"약속을 지키게 되었구나."

성큼 곤의 앞으로 다가와 선 밀문 대종사가 말했다.

"하지만 솔직히 말하자면 이럴 일이 없기를 바랐다. 설사 비무에 나오더라도 그 상대가 네가 아니길 바랐고. 그러면 눈 딱 감고 싸워볼 수 있을 테고, 그랬다면 묵련주에게 이렇게 미안한 감정은 느끼지 않아도 되었을 테니 말이다."

"……?"

곤은 의아한 얼굴로 눈을 끔뻑였다.

"무슨 말씀이신지?"

"그렇게 내 체면 세워주려 할 것 없다."

말의 내용과는 상관없이 밀문 대종사는 시종 처음 곤을 만났을 때와 조금도 다름없는 거만하고 오만해 보이는 태도를 취하며 말했다.

"까마득한 후생(後生)을 상대로 그렇게 오랫동안 접전을 펼치고도 득을 보기는커녕 도리어 마지막에 한 발 물러섰다는 것은 이미 볼 것 없는 나의 패배다. 그러니 그날 약속한 대로 다시 겨룰 것 없이 졌음을 시인하겠다."

그리고는 그대로 몸을 돌려 제자리로 들어가 버리는 것이 아닌가.

"……!"

곤은 곤혹스럽고 어리둥절한 얼굴을 감추지 못한 채 멍하니 그를 바라볼 뿐이었다. 그날의 결투가 비록 그런 약속 하에 이루어졌다고는 하지만 결코 자신이 이겼다고 생각해 본 적 없는 그였으니 당연한 일이었다. 그리고 속사정을 모르는 구경꾼들을 비롯한 천마표국 측 사람들 역시 어리둥절하고 황당해하는 얼굴로 둘을 바라보며 눈만 끔뻑거리기는 마찬가지였고.

그러나 그들의 그러한 반응들은 다른 한 부류에는 비할 바가 아니었다. 바로 묵련이었다. 사실 가장 어이없고 황당한 쪽은 그들이었다. 철석같이 믿고 있던 사람에게 발등을 찍혀도 이런 경우는 없을 터였다. 더구나 너무도 당당하게 돌아와서는 고작 련주에게 한마디 던지는 것이 다였으니.

"어쩔 수 없는 일이니 이해하시오."

묵련 쪽 사람들은 모두가 붉으락푸르락한 얼굴로 밀문 대종사를 쏘아보며 입술을 씰룩이고, 반대로 밀문 대종사를 따라온 사밀우와 그 이하 수행원들은 조금 상기된 얼굴로 안절부절못하는 가운데, 그러나 련주만은 일문의 주인답게 어느새 평정을 회복하고는 태연히 대꾸했다.

"사정이 있다면 할 수 없는 일이지요."

이어 그는 시선을 돌려 주변의 사람들을 둘러보았다. 마치 이번엔 누구를 내보낼까 하고 고르는 것처럼.

그런데 그때였다.

구경꾼들이 자리한 남쪽의 경사면에서 갑자기 휙, 하고 한 인영이 일진광풍에 구름이라도 솟아오르듯이 솟구치더니 그대로 사람들의 머리 위를 훌훌 날아 넘어서는 곤의 앞에 안착하는 것이 아닌가. 너무나 빠르고 유연하며 번개 같은 신법이었는지라 웬만한 고수들조차도 그 인영이 곤 앞에 움직임을 멈출 때까지 눈으로 신형을 따라잡을 수도 없었고, 더불어 사람의 형상을 제대로 확인할 수도 없었을 정도였다.

그리하여 그 인영이 멈추고 난 다음에야 사람들은 겨우 그 실체를 확인했고, 그 다음 순간이었다. 그중 몇몇이 누가 먼저랄 것도 없이 경악성을 터뜨렸다.

"앗!"

"미요 예랑이다!"

그랬다. 절륜한 신법으로 갑자기 등장한 사람은 바로 미요였다. 착지한 후부터 일절 다른 데는 시선을 주지 않고 곤만 응시하는 그녀는 언제나처럼 화사한 차림에 미태 흐르는 모습을 하고 있었다. 그러나 여느 때와는 달리 그녀는 곤을 마주하고도 전혀 고혹적인 미소를 짓지 않았다. 아니, 그런 정도가 아니라 아예 차갑게 굳은 얼굴이었고, 또 그런 시선으로 노려보다시피 하는 것이었다. 마치 원한이라도 있는 사람마냥.

"……?"

곤은 잠시 의아한 얼굴로 눈만 끔뻑였다.

그녀가 갑자기 이런 식으로 등장한 까닭도, 또 보자마자 호들갑을 떨었을 평소와는 달리 입을 꾹 다물고는 이제껏 한 번도 본 적 없는 싸늘한 표정으로 노려보는 이유도 몰랐기에 그럴 수밖에 없었다. 더불어 그녀의 어디로 튈지 모르는 괴팍한 성정을 잘 아는지라 선뜻 먼저 말을 꺼내 물어보기도 내심 꺼려지는 바가 있었고. 그렇지만 다른 사람도 아닌 말없이 노려보는 미요의 눈을 멀쩡하게 마주 보는 것 또한 쉽지 않은 일인지라 곤은 이내 어딘가 조금은 어색한 구석이 있긴 했지만, 그 특유의 미소를 떠올렸고 먼저 입을 열었다.

"무슨 일이지요?"

"……"

"무슨 일인지 모르겠지만."

잠시 대답을 기다려 보던 곤이 다시 말했다.

"보다시피 지금 대공회가 벌어지고 있는 중이에요. 나는 벌써부터 출전해 있는 상태고요. 그러니 나중에."

그러나 곤은 말을 채 끝내지 못하고 입을 닫을 수밖에 없었다. 싸늘한 눈초리로 바라보기만 하던 미요가 그때서야 불쑥 입을 연 탓이었다.

"왜 그런 선택을 한 거죠?"

"……?"

"꼭 그래야 했어요?"

뜬금없는 질문에 의혹 가득한 눈을 둥그렇게 뜨는 곤을 향해 미요가 재차 따지듯이 말했다.

"그리고 아무리 당신의 마음이 그렇고, 그래서 그럴 수밖에 없었다 하더라도 적어도 내게 언질 정도는 주었어야 할 일이 아닌가요? 그동안 당신을 위해 내가 얼마나 애를 썼는데! 얼마나 열심히 쫓아다녔는데!"

"무슨 소리예요?"

곤혹스럽기 그지없다는 얼굴을 하고 곤이 반문했다.

"대체 무슨 이야기를 하는지 하나도 못 알아듣겠어요. 좀 자세히 말해 보세요."

"이제 시치미까지 뗄 작정인가요?"

도리어 더욱 서슬이 퍼레지는 모습을 보이는 미요였다.

"설마 하니 내가 모르도록 하려고 그렇게 갑작스럽고도 은밀하게 결정했다는 이야기는 아니겠지요? 아니, 그리고 보니 정말 그럴 수도 있겠군요. 쌀이 익어 밥이 된 다음에야 어떻게 하겠느냐는 심산일 수도 있었겠어요. 그렇죠?"

"……."

이제 곤은 다만 도시 모르겠다는 얼굴을 하고 눈만 멀뚱거릴 뿐이었다. 사실 무슨 일인지 감도 잡지 못하고 있는 그가 무슨 대답을 하고 무슨 말을 할 수가 있겠는가. 해봐야 조금 전과 같이 무슨 영문이냐는 질문밖에 할 것이 없고, 그러면 결국 돌아올 것은 더한 역정밖에 없을 것을.

"흥!"

그러자 콧방귀부터 흘린 미요는 아예 대답을 강요하고 나섰다.

"어디 한번 대답해 보세요. 정말 그런 의도로 그렇게 한 거예요? 그래요?"

"답답하군요."

곤은 정말 답답하다는 얼굴로 한숨까지 내쉬며 말했다.

"대체 무슨 일이에요? 무슨 일인지 사정을 알아야 무슨 대답을 해도 할 것 아니겠어요?"

"내가 지금 무슨 말을 하는지 못 알아들으시겠다?"

"당연하지요."

"……!"

너무도 당연하다는 듯 머리까지 끄덕이며 말하는 곤의 표정과 태도에서 그제야 무엇을 느꼈는지 미요는 잠시 말을 않고 곤을 빤히 쳐다보았다. 이제까지와는 다른 조금은 아리송하고 곤혹스런 눈빛을 하고.

사실 그녀가 이러는 데는 이유가 있었다.

원래 그녀는 본의 아니게 곤과 헤어지고 난 다음 별수없이 뒤늦게 중원에 도착했지만 바로 곤을 찾아갈 작정이었다.

하지만 그럴 수가 없었다.

그녀가 곤을 따라 바다로 나오면서 연락이 두절된 관계로 그녀의 할아버지가 사람을 풀어 그녀를 수소문하고 있다는 것을 중원에 당도하고 얼마 지나지 않아 안 때문이었다. 할 수 없이 그녀는 일단 할아버지께 먼저 가야 했고, 그 와중에 천마표국의 소식을 알 수 있었고, 또 대공회에 관해서도 자연 듣게 되었다. 그리하여 그녀는 한층 느긋하게 제 할아버지 곁에 머물 수 있었다.

왜냐하면 대공회가 결정된 이상 보나마나 곤은 표국에서 여러 사람들과 더불어 그에 대한 논의와 준비를 하느라 바쁠 것이 뻔하고, 그렇다면 미리 가봐야 성가시기만 하고, 또 자신은 재미도 없을 테니 대공회 날 그 장소로 바로 가는 것이 여러 모로 나을 것이기 때문이었다. 그리고 그래야 혹시라도 그날 곤이 불리해지기라도 하면 깜짝 출현을 해서 다시 한 번 곤이 놀라는 모습을 보며 즐거워할 수도 있는 노릇이었고.

제8장

종장(終場)

종장(終場)

어떻든 그렇게 해서 느긋하게 쉬다가 넉넉히 시간과 거리를 계산해 출발한 그날 밤이었다.

어쩌다 보니 작은 마을에서 밤을 맞이하게 되었고, 그래서 마을이 마을인지라 허름한 객잔과 좁은 독방이라도 있는 것에 감지덕지하면서 묵지 않을 수 없었다. 더불어 객점이 그렇다 보니 양쪽 옆방에서 떠들고 이야기하는 소리가 그대로 들려올 것은 당연지사. 그것도 감내하지 않으면 안 되었고. 하지만 미요의 성정에 그런 것을 끝까지 인내한다는 것은 참으로 난망한 일. 그녀는 잠시도 참고 앉아 있지 못하고 벌떡 몸을 일으켰다. 그들에게 적절한 응징을 가하여 적어도 아침까지는 입을 다물게 하기 위해서가 아니고 무엇이겠는가.

그러나 그녀는 거기서 더 이상 움직이지 못했다.

두런두런하는 잡음으로밖에 들리지 않던 한쪽 방의 낮은 소리가 갑자기 너무도 선명한 이야기를 이루며 그녀의 귓전에 파고든 탓이었다. 또한 그것이 그녀로선 감당하기 힘들 만큼 큰 충격으로 다가온 탓이기도 했고.

"그럼, 가주께서 우리를 파견한 것이……!"

"그래. 신곤이란 자의 행적과 신변에 대한 탐문도 탐문이지만, 그가 이미 본 가의 사람임을 은밀히 강호에 퍼뜨려 확실히 해두는 것도 그 못지않은 임무란 것이지."

"아……!"

"결국 옥 공자만 불쌍하게 된 셈이야."

"혹시 그래서 채 상처도 낫지 않으면서 옥 공자가 열에 아홉은 반드시 죽어 나온다는 소문인 황산수호령의 지독한 훈련에 자원을 한 건가?"

"아마 맞을 거야. 가주께서 그와 둘째 소저 사이에 오갔던 모든 이야기를 백지화하고 둘째 소저를 신곤이란 자에게 주겠다고 선언을 했으니 그 마음이 어떠했겠어. 아마 자폭하는 심정으로 지원을 했을 거야."

"그런데 이상하지 않아?"

"뭐가?"

"원래 가주께서는 그자를 상당히 싫어하셨잖아? 지난번 회갑연에서의 일만 봐도 그렇고."

"가주께서도 방법이 없었던 게지. 둘째 소저가 그렇게 죽고 못 사는데 어쩌겠어. 까딱하다간 딸 하나 잃게 생겼는걸. 더구나 처음엔 격이 많이 떨어진다고 생각했던 그자가 알면 알수록 누구 못지않게 대단하고 괜찮은 인물로 드러나고 있으니, 아무리 가주라도 놓치기 싫을 수밖에. 더불어 그자 역시 지극정성이다 보니 보는 눈이 달라지는 것이 당연하지 않겠어?"

"하기야 대단하지. 아무리 좋아한다지만 회갑연에서도 그렇고, 또 보타산까지 가서 둘째 소저를 데려오는 것도 그렇고, 결코 쉽지 않은 일일 텐데 말이야."

"그래, 그래서 결국 가주께서도 완전히 마음을 정하신 게고."

"그렇다면 대공회에 간 이유가 혹시?"

"생각해 볼 것도 없는 일이지. 단순히 구경을 하러 초대도 받지 않은 대공회에 참석하러 부랴부랴 세가를 나섰겠어? 초대를 받아도 재삼 숙고할 양반이? 필요하다면 그자를 돕기도 할 겸 대공회가 끝난 다음에 둘을 황산으로 데려와서는 아예 가까운 날을 잡아 혼인식을 올려버릴 심산이신 게야."

"설마 그렇게까지?"

"내가 듣기론 틀림없어. 그리고 그 두 사람도 이미 그에 동의를 했다고 들었고 말이야."

"아……!"

"그리고 밤이 길면 꿈도 긴 법. 사실 그런 일은 달아올랐을 때 얼른 얼른 성사시키는 게 낫기도 하고."

"그야 그렇지만……."

그리고 그들은 계속 이야기를 나누었지만 미요의 귀엔 더 이상 아무 소리도 들려오지 않았다. 더불어 마치 그대로 석상이라도 된 양 굳어버린 채 꼼짝도 할 수 없었고, 다른 아무 생각도 나지 않았으며, 아무것도 보이지 않았다. 오직 '혼인'과 '동의'라는 두 단어만이 그녀의 가슴과 머리를 오르락내리락하며 그녀를 충격과 혼돈 속으로 몰아갔다.

그렇게 얼마나 흘렀을까.

사위(四圍)가 완전히 정적에 묻힌 한밤. 그녀는 정신을 놓고 있는 공황 상태 속에서 자신도 모르게 객점을 나섰고, 무작정 걸음을 옮기기 시작했다. 길이 있든 없든 그녀는 상관하지 않았다. 혼이 나간 얼굴을 하고는 하염없이 걷고 또 걸었다. 그렇게 걷다가 어느 순간 그녀는 문득 멈추어 섰고, 그대로 다시 석상이 되었다. 그러다 어느 순간 홀연히 다시 걸음을 옮겼다. 어둠이 물러가고 날이 밝아왔다가 다시 어두워지고 또 날이 밝아왔지만 그녀는 그것을 전혀 인지하지 못한 채 그 행동을 반복했다. 그리고 다시 해가 중천에 이르렀을 때야 그녀는 겨우 제정신을 차릴 수 있었다. 그와 동시에 그녀는 소리쳤다.

"안 돼! 안 돼!"

그리고는 미친 듯이 신형을 날린 결과가 바로 지금이었다.

"믿을 수 없어요."

미요가 강한 의심을 드러내며 말했다.

"당신 자신의 일인데! 그것도 인륜지대사라는 혼인에 관한 일이고, 당신도 동의한 사실이라고 내 두 귀로 똑똑히 들었는데! 그런데 모른다는 것이 말이나 돼요?"

"예에?"

곤의 눈이 더할 수 없을 정도로 휘둥그레졌다.

"그, 그게 무슨 소리예요? 혼인이라니?"

"……!"

너무도 심하게 놀라는 곤의 모습에 미요는 도리어 자신이 놀랐다는 듯 눈을 크게 뜨고는 곤을 바라보았다. 그리고는 똑같이 더듬거리며 반문하는 것이었다.

"모, 몰라요? 이번 일이 끝나고 나면 두 사람은 황산으로 가서 혼인을 할 것이라고 했는데? 황산의 문인임이 틀림없는, 그것도 꽤 높은 자리에 있는 것으로 짐작되는 녀석들에게서 분명히 그렇게 들었는데……?"

"허……!"

어이없다는 얼굴로 탄식하며 고개를 젓던 곤은, 그러나 바로 뒤이어 흠칫하는 기색을 떠올렸다. 황산이 거론된 것과 더불어 문득 혹시? 하고 무엇인가 느껴지는 바가 있었던 때문이다. 그리하여 다음 순간 곤은 급히 황산세가 사람들이 자리하고 있는 쪽으로 고개를 돌렸다. 당연히 의혹에 찬 시선을 하고.

그런데 바로 그때였다.

"자넨 싫은가?"

마치 기다리기라도 했다는 듯이 고학이 곤을 직시하며 불쑥 물어오는 것이 아닌가. 갑작스런 그 물음에 곤은 다만 멍하니 그를 쳐다보기만 할 수 있었을 따름이었다.

그러자 고학이 슬쩍 미요를 일별하더니 말했다.

"대공회나 끝난 다음에 이야기할 예정이었으나 이미 일이 이렇게 되었으니 다 말하지. 어떻게 알 수 있었는지 모르겠지만, 그녀의 말은 모두 사실이네. 나는 내 딸이 식도 올리지 않은 상태에서 자네를 따라 강호를 떠돌아다니는 것을 용납할 수가 없네. 그러므로 대공회가 끝나고 주변 일이 정리되는 대로 상아와 자네는 나와 더불어 황산으로 가야 하고, 좋은 날을 잡아 식을 올려야 하네. 그것이 내가 내린 결론이네. 내가 이렇게 온 것도 다 그 때문이고."

"……!"

곤은 여전히 아무 말도 하지 못했다. 이제껏 한 번도 생각해 보지 못한 뜻밖의 문제이기도 했고, 또 그래서 섣불리 말을 꺼내기가 쉽지 않은 탓이기도 했다.

"어떤가?"

고학이 재촉했다.

"자네 생각을 말해 보게."

"그, 그것은……."

그제야 겨우 입을 열기는 했지만 곤은 마찬가지 이유로 선뜻 뒷말을 잇지 못했다.

그때였다.

"흥!"

돌연 미요가 거세게 콧방귀를 뀌면서 끼어들었다.

"그러면 그렇지! 이제 보니 늙은 구렁이가 얄팍한 계책을 부린 것이었군! 간교한 늙은이 같으니! 감히 나를 이렇게나 놀리고 당황스럽게 하다니!"

"이런, 요망한!"

"감히 어느 안전이라고!"

졸지에 간교한 구렁이가 되어버린 고학보다도 먼저 세가의 다른 사람들이 곧 병기를 빼 들 듯한 험악한 모습을 하고 언성을 높였다. 그러나 미요는 이미 그들을 보고 있지 않았다. 그녀는 언제 그랬냐 싶게 어느새 애교가 뚝뚝 흐르는 모습을 하고는 배시시 눈웃음치며 곤에게 말하는 것이었다.

"미안해요. 내가 성급했어요. 하지만 이해를 해줘야 돼요. 그런 소리를 듣고 보니 도무지 정신을 차릴 수가 없었거든요. 하기야 조금만 생각했으면 공자가 그럴 리 없다는 것을 알 수 있었을 텐데, 내가 생각이 짧았어요. 그것은 인정할게요."

기쁨을 감추지 못하며 단숨에 거기까지 좌르르 말을 쏟아내는 미요를 곤은 단지 멍하니 바라보고만 있었다. 사실 무어라 말을 하려 들었어도 그럴 수가 없었을 터였다. 워낙 말이 빠른 미요인지라 끼어들 틈이 없었으니.

"어쨌거나 이제 안심이에요. 공자도 놀랐죠? 더 마음 쓰지 말고 저 늙은이가 한 말은 모두 무시해 버리세요. 말도 안 되는 억지 소리에 대답할 필요는 더욱 없고요. 하기야 공자는 벌써부터 그렇게 생각하고 있을 거예요. 다만 성격상 냉정하게 말을 못할 뿐이고, 그래서 이제껏 아무 대꾸도 않던 것이고요. 그렇죠?"

"아니에요."

곤이 조금 침잠된 눈빛을 하고 말했다.

"그런 것이 아니에요. 갑자기 닥친 일인지라 생각할 시간이 필요한 것일 뿐이에요."

"무, 무슨 뜻이에요?"

미요의 안색이 급변했다.

"서, 설마 저 늙은이의 헛소리를 고려한다는 뜻은 아니겠지요?"

미요는 말과 함께 초조와 불안과 어떤 간절함을 담고 곤을 바라보았지만 곤은 난처하고 난감한 얼굴로 한숨을 내쉴 뿐 아무 말도 않았다. 미요가 다시 물어도 마찬가지였다. 그러자 잠시 침묵이 왔다. 곤은 멍하니 서 있고, 그런 곤을 미요는 잘근잘근 입술을 깨물면서 온갖 복잡한 감정의 파문이 이는 눈으로 쳐다보고 있었고.

그런 어느 순간이었다.

"좋아요."

돌연 미요가 다시 안색을 싸늘하게 굳히더니 말했다.

"아예 여기서 결판을 내기로 해요. 나도 더 이상 기다리지 않겠어요. 그래서 똑같이 제안을 하겠어요. 이번 대공회가 끝나는 대로 나와 같이 할아버지를 만나러 가는 거예요. 이것이 무슨 뜻인지 모르지는 않겠지요? 어때요?"

"……!"

"결정해요."

흠칫 시선을 바로 하는 곤을 향해 미요가 닦달하듯 말했다.

"나를 따라갈 것인지. 아니면 저 늙은이를 따라갈 것인지. 어물쩍 넘어가거나 다른 핑계로 보류할 생각은 마세요. 자! 어느 쪽을 선택하겠어요?"

"……."

곤이 선뜻 대답할 수 있을 리 없었다.

미요도 더 재촉하지 않았다. 다만 냉정한 가운데서도 기대에 찬 모습을 하고는 잠시 시간을 주겠다는 듯이, 더불어 결정하고 대답을 할 때까지 기다리겠다는 듯이 곤을 빤히 쳐다보는 것이었다. 반면에 곤은 난감하고 곤혹스러워 말이 안 나오는 얼굴을 하고는 멍하니 미요를 바라보는 가운데 침묵이 왔다.

그런데 어이없고 곤혹스러운 것은 곤만이 아니었다.

그것은 이 일장 소동을 구경하고 있는 사람들도 마찬가지였다. 하기야 이런 전대미문(前代未聞)의 경우를 보고 누가 그렇지 않을 수 있겠는가. 공개적인 장소에서 한 사람을 두고 혼인의 선택을 강요하는 진

풍경이 벌어지고 있으니. 더구나 한쪽은 당사자, 그것도 여인의 몸임에야. 더불어 양쪽 다 무림에서 그 명성이나 지위가 감히 남이 넘보지 못할 위치에 있는 사람들임에야. 그래서 사람들은 자신들이 무엇을 하고 있던 중인지도 까맣게 잊고 그 귀추를 주목하고 있었다. 주명백도 그것은 마찬가지일 수밖에 없었고.

물론 그와는 조금 다른 사람들도 있었다.

우선 매상이 그랬다. 그녀는 다른 사람들과는 그 감정이 사뭇 다를 수밖에 없을 터였다. 그녀로서는 금시초문인 일이, 그것도 그토록 완고하던 제 아버지가 나선 결과로 본의 아니게 미요와 곤을 사이에 두고 다투는 양상으로 발전한 것이었으니. 좋다 나쁘다는 둘째 치고, 한쪽의 장본인인 처녀의 마음에서 오는 그 부끄러움과 당황함이 어떠하겠는가. 하지만 겉으로는 전혀 아니었다. 그녀는 그녀답게 시종 그대로였다. 자세도 표정도. 다만 눈빛이 조금 불안정하게 흔들리고, 또 차갑고 서늘하게만 보이던 뺨에 자세히 들여다보지 않으면 구분 못할 정도이기는 하지만 옅은 홍조가 어려 있는 것이 달라졌다면 달라진 점이었다.

그리고 그런 매상과도 다르고, 또한 군중들과는 더욱 다른 종류의 감정을 느끼는 무리가 또 있었다.

바로 묵련이었다.

그들이 느끼는 것은 다른 사람들과는 달리 곤에 대한 더할 수 없는 경이와 곤혹이었다. 사실 그들은 미요와 고학이 곤과 이토록 범상치 않은 관계를 가지고 있으며, 또 그 때문에 이 자리에 나타났을 줄은 꿈에도 몰랐던 것이다. 그리고 그것은 설사 그들이 당장 곤에게 가세를 하지 않는다고 해도 자신들에게는 심각한 위협으로 다가올 수밖에 없는 일이었다. 곤 하나도 당하지 못해 쩔쩔매고 있는 지금으로서는 더욱 그랬다. 한두 사람 더 내보내 보고도 여의치 않으면 비무를 포기하고 전면전으로 이끈다는 만약의 경우를 대비한 비상수단이라도 쓸 작정이었는데, 그렇게 되면 그들도 지금처럼 가만히 보고 있지만은 않을 테니 결국 아무 소용이 없다는 말과 다름 아니었던 것이다. 아무리 묵련이라도 소림과 광룡에다 고학과 미요까지 더해진, 무림 전체라고 해도 과언이 아닌 그들 전부와 전면전을 벌이는 것은 무리일 수밖에 없었다. 그래서 그들은 당혹과 경이 속에 장내를 주목하고 있었고, 다행히 곤과 그들 사이에 심상치 않은 기류가 형성되고 있는 듯한지라 내심 그에 기대를 거는 마음이 간절했다.

그런데 그런 그들 중에서도 감정이 색다른 사람들이 있었다.

"이게 어찌 된 일이냐? 저 아이가 저자와 저런 사이였단 말이냐?"

"저도 이런 정도일 줄은 몰랐습니다. 지난번 태행산에서 보고 얼마간 느끼기는 했습니다만, 그래도 소선자가 이렇게까지 곤 형을 특별한 사람으로 생각하고 있을 줄은 정말 상상 밖입니다."

전음을 나누고 있는 밀문 대종사와 사밀우가 그들이었다.

"대천회주, 그 어른도 알고 있을까?"

"그것은 모르겠습니다."

"어떻든 상상도 못했던 일이구나. 저 아이가 누군가를 좋아해서 이런 일까지 벌일 줄이야……"

그들의 전음은 거기서 끝났다. 장내에 변화가 찾아온 이유였다. 잠시 기다리던 미요가 다시 채근하고 나선 것이다.

"대답하세요. 어떻게 하겠어요?"

"……"

"생각할 시간은 충분했다고 생각해요."

곤이 여전히 말을 못하자 미요가 재차 닦달했다.

"사실 이런 일은 생각하고 말고 할 일도 아니잖아요. 당신 자신의 감정에 충실하면 될 일이니까요. 대답하세요. 어느 쪽을 택하겠어요?"

"꼭 대답을 들어야겠어요?"

이제까지와 다르게 정색을 한 곤이 이윽고 입을 열어 물었다. 생각 해 볼 것도 없다는 듯이 미요는 당장 머리를 끄덕였다.

"당연하지요. 안 그러면 뭐 하러 내가 계속 묻고 있겠어요? 그리고 일이 이미 여기까지 온 이상, 당신은 이제 그에 대해 분명히 대답하지 않으면 안 돼요."

"나는……."

잠시 뜸을 들인 곤이 말을 이었다.

"당신을 좋은 친구라고 생각하고 있어요."

"무슨 뜻이에요?"

잠시 기다려도 곤이 더 말을 않자 미요가 의아함을 떠올리며 물었 다.

"과거 황산세가의 계집애도 친구라고 말했잖아요?"

"맞아요. 그녀도 친구예요."

곤이 흘깃 매상을 일별하며 대꾸했다.

"하지만 조금 달라요. 그녀는 친구 이상이에요."

"……!"

미요의 얼굴이 한순간 경직되더니 하얗게 질려갔고, 무어라 말을 하 려는 듯 입을 열었지만, 그러나 아무 소리도 새어 나오지 않았다. 비록 한줄기 불안감이 있기는 했지만 그래도 결국은 어느 모로 보나 곤이 자신을 선택할 수밖에 없을 것이라고 철석같은 믿음을 가지고 있던 그녀였다. 더불어 설사 그게 아니라 최악의 결과가 나오더라도 끝까지 담담하자고 내심 다짐했던 그녀였다. 하지만 이렇게 곤의 입으로 직접 그 결과를 듣고 나자 그녀는 다시 머리가 하얗게 비는 공황 상태에 빠지고 말았다.

곤도 더 이상 아무 말 하지 않았다.

다만 착잡한 얼굴을 하고는 미요를 바라볼 뿐이었다. 딱히 할 말이 없기도 했고, 또 이미 자신의 속마음을 내보인 다음인지라 어떤 말로도 그녀를 위로할 수 없다는 것을 알기에 그러했다.

다른 사람들도 마찬가지였다.

그들도 얼마간의 어떤 긴장 속에 앞으로의 전개에 대한 궁금증을 감추지 못하며 두 사람을 바라보고 있을 뿐 아무도 입을 열지 않았다. 단지 두 사람만은 조금 달랐다. 모욕적인 언사에 내심의 끓어오르는 화를 누르며 굳은 얼굴로 미요에게 그것을 되돌려 줄 기회를 노리고 있던 고학은 언제 그랬냐는 듯이 어떻게 보면 담담한 미소 같기도 하고, 또 어떻게 보면 차가운 조소 같기도 한 표정을 짓고 있었다. 그리고 또 한 사람 매상은 그와 또 달랐다. 그녀는 여전한 표정으로 곤을 보고 있었는데, 뜻밖에도 소리없이 눈물을 흘리고 있었다. 그것은 자신도 인지하지 못하는 사이 벌어진 일이었다.

"내가……."

한참 만에 미요가 입을 열었다. 목이 메는 듯한 낮고 불분명한 음성이었고, 그래서 그녀는 잠시 간격을 두었다 다시 말했다.

"내가 무엇이 부족한가요?"

"아무것도."

"그럼 왜……?"

"이런 것은 비교해서 선택하는 것이 아니잖아요."

곤이 담담하게 말했다.

"감정의 문제예요. 어쩌면 매 소저를 먼저 만났기 때문인지도 모르겠고요. 지내올수록 처음 만났을 때 이미 예정되어 있었다는 느낌이 드니 말예요."

"……"

미요는 다시 입을 닫고 뚫어질 듯이 곤을 쳐다보았다. 그러다 갑자기 고개를 하늘로 쳐들더니 광소를 터뜨리는 것이 아닌가.

"오호호호!"

한 서린 광소였고, 갈수록 높아져 나중에는 소름이 끼칠 정도였다. 그에 따라 장내에 있던 공력이 약한 사람들은 자신도 모르게 얼굴을 찡그리며 귀를 틀어막아야 했다. 그렇게 장내를 온통 뒤흔들며 끝없이 이어질 것 같던 광소는, 하지만 어느 순간 뚝 그쳤다. 그리고 미요의 시선이 다시 곤에게로 건너왔고, 말했다.

"그렇군요! 그래요!"

언제 상심했냐는 듯이 쾌활하고 밝은 모습이었고, 그런 음성이었다.

"할 수 없는 일이지요! 아무렴요! 좋아하는데 이유가 있을 수는 없지요! 한눈에 반했는데 다른 사람이 눈에 들어올 리도 없고요! 정말이지 내가 바보였어요! 당신도 그렇게 생각하죠?"

"소저……."

곤이 조심스럽게 입을 열었다.

그녀의 성정을 익히 알기에 어딘가 급조된 듯한 밝은 모습과 높은 음성이 아무래도 마음에 걸렸던 것이다. 아니나 다를까. 곤이 입을 열자마자 그녀는 조금 전의 밝은 표정은 온데간데없이 사라지고 다시 싸늘한 표정으로 돌아왔고, 말했다.

"그럼 이제 나도 걸릴 것이 없군요."

"……?"

뜬금없는 말에 곤이 의아함을 떠올릴 때. 미요는 그대로 몸을 돌렸고 몇 걸음 내디뎠다. 묵련 쪽을 향해서였다. 아니, 정확히 말하자면 밀문 대종사 쪽이었다.

"다른 말은 않겠어요."

미요가 밀문 대종사를 직시하며 말했다.

"내가 밀문과의 인연을 앞세워 그쪽의 일원으로 출전하는 데 반대하지는 않겠지요?"

"물론이오."

제꺽 대답하고 나선 사람은 묵련주였다. 그는 미요가 무엇을 하고자 하는지 단번에 알아챈 것이다.

"귀하가 출전하겠다는데 누가 말리겠소."

이어 그는 천현필에게 눈짓을 했고, 그것이 무엇을 뜻하는지 깨달은 천현필은 재빨리 주명백에게 소리쳤다.

"우리 측 일곱 번째 출전자요!"

그사이 미요는 다시 곤의 앞에 섰다. 그리고는 어이없다는 얼굴을 하고 자신을 바라보는 곤을 직시하며 말했다.

"진즉부터 당신과 한번 제대로 겨뤄보고 싶었어요. 그렇지만 그동안은 마땅치 않았는데 이제 기회가 왔네요. 전력을 다할 테니 당신도 그렇게 하세요."

"이러지 마세요."

곤이 난감한 표정을 감추지 못하며 말했다.

"우리가 왜 싸워야 한단 말이에요? 이유가 없잖아요?"

"나는 이유가 있어요."

미요는 단호했다.

"준비해요."

"소저!"

"타핫!"

곤이 소리쳐 불렀지만 소용없는 일이었다.

그에 아랑곳없이 이미 미요는 낭랑한 기합성과 함께 그대로 덮쳐들고 있었다. 공력이 약한 사람은 신형조차 보이지 않을 정도의 무시무시한 빠르기였고, 그보다 앞서 비취빛 광채가 먼저 쇄도했다. 그녀는 정말 전력을 다하고 있었다. 아무 준비도 갖추지 않고 있던 곤은 자신도 신법을 발휘해 황급히 물러서며 피했다. 하지만 미요의 절륜한 신법과 어울린 비취옥장은 그렇게 간단히 피할 수 있는 것이 아니었다. 곤은 몇 번이나 피하며 교아소도를 휘두른 끝에야 간신히 그녀의 일격을 막아낼 수 있었다.

그러나 그것은 겨우 시작이었다.

물러서는가 싶은 순간 미요는 그 특유의 공부를 발휘해 허공을 훨훨 날아 다시 쇄도했다. 곤도 할 수 없이 맞부딪쳐 갈 수밖에 없었다. 마음 같아서야 어떻게든 피하고 싶지만 그녀의 빠른 신법을 상대로 그렇게 한다는 것은 자살 행위였다. 그렇지만 맞받는 것도 쉬운 일이 아니었다. 이미 선기(先機)를 잃은 곤으로서는 그녀의 공세를 다만 열심히 막아내는 외에는 방법이 없었는데, 워낙 빠른 신법에다 빠르고 강한 장법인지라 몇 합 지나지 않아 대번에 손발이 어지러워졌다. 물론 그렇게 된 데는 곤이 살수를 쓰지 못하는 탓도 컸다. 그도 미요처럼 전력으로 독수를 펼친다면 이렇게까지 쉽게 수세에 몰려 허덕이지는 않아도 되었을 테지만, 곤으로서는 그럴 수가 없었다. 그리하여 미요는 내내 발을 땅에 딛지도 않고 곤과의 공방을 이용해 허공을 날아다니며 더욱 무서운 공세를 취하고, 반면에 곤은 땀을 뻘뻘 흘리며 손발을 놀리는 가운데 오래지 않아서였다.

퍽, 하고 지금까지와는 전혀 다른 음향이 울려 나왔다.

곤이 일격을 맞은 것이었다. 피하면서 맞았고, 또 맞는 순간 장력을 흘리며 쭈욱 물러섰지만 그래도 어깨의 옷자락이 가루로 흩날리고 얼마간 피가 튀는 것을 피할 수는 없었다. 그러고도 뒤이은 공격이 있을까 하여 곤은 상처를 돌아볼 겨를도 없이 재빨리 자세를 잡으며 교아소도를 고쳐 쥐었다.

하지만 뒤이은 공격은 없었다.

일격을 성공시킨 미요도 처음으로 발을 지면에 디디며 내려앉았던 것이다. 물론 언제든지 새로 공세를 발휘할 수 있는 간격을 유지하면서였다. 그런데 그런 그녀의 얼굴은 이상하게도 얼마간 상기되어 있었고, 그리고 곤을 바라보는 눈빛도 싸늘한 가운데서도 어딘가 처연하고 애잔한 그늘이 자리하고 있었다.

하지만 그것은 잠시였다.

"왜 전력을 다하지 않죠?"

그녀는 더욱 싸늘하게 얼굴을 굳히며 말했다.

"그런다고 내가 봐주거나 물러설 것 같아요?"

"전력을 다한 것이오."

"거짓말 말아요!"

미요는 화난 음성을 발했다.

"당신이 얼마나 강한지, 그리고 얼마나 강해졌는지 내가 모를 줄 알아요? 그리고 다른 것 다 놔두고 당신은 아직 과거 내 옥장을 튕겨냈던 그 숨겨진 검도 쓰지 않았어요! 지금부터는 나도 인정사정 보지 않을 테니 당신도 모든 것을 보여주세요. 알았죠?"

"소저……."

"적당히 하고 물러설 생각은 말아요."

미요는 곤이 말할 기회를 주지 않았다.

"내가 왜 굳이 대종사께 부탁해서 대공회에 출전하는 형식을 빌었는지 생각해 보기를 바라요. 만약 당신이 쉽게 물러선다면 그것은 스스로 무덤을 파는 일이며, 대공회를 포기하겠다는 것과 같다는 것을 알아야 해요. 당신이 물러선다고 해서 나도 그만두지는 않을 테니까요. 여기서 끝까지 당신 쪽 사람들을 상대할 거예요. 그러면 어떻게 되겠어요? 과연 누가 있어 나를 막을 수 있을까요? 이름만 거창한 늙은이들이? 아니면 산속에만 처박혀 있던 중들이?"

"……!"

곤의 눈이 흠칫 커졌다. 이어 무어라 입을 열려 했지만, 그전에 먼저 반응을 보인 사람들이 있었다.

"감히!"

광룡과 고학이었다. 그들은 거의 동시에 한소리 노성을 발하며 당장 몸을 날릴 듯한 모습을 했다. 미요의 말은 자신들을 싸잡아 무시하는, 도저히 그냥 들어 넘길 수 없는 언사였던 탓이다. 그리고 또 한 사람이 있었다. 아무 말도 않았지만 그 눈빛만은 오히려 두 사람보다 더 강렬한 사람. 바로 명징이었다.

"곤 아우, 물러서라!"

광룡이 소리쳤다.

"내게 양보해라! 하늘 높은 줄 모르는 그 건방진 계집의 버르장머리를 내가 고쳐 주겠다!"

"내가 먼저!"

"빈승이!"

뒤질세라 고학과 명징도 한가지로 나설 때, 곤은 얼른 몸을 돌려 그들에게 포권을 취했다. 무언의 언사였다. 자신에게 맡겨달라는. 이어 그는 다시 미요와 마주 섰다.

그리고 낮은 탄식과 더불어 말했다.

"이러지 마세요. 부탁할게요. 오늘은 그냥 돌아가 주세요. 나와 꼭 싸우고 싶으면 다른 날 해요. 그러면 얼마든지 상대해 드릴게요."

"싫어요."

미요는 일말의 여지도 두지 않고 머리를 흔들었다. 아니, 거기서 그치는 것이 아니었다. 다음 순간 그녀는 마치 공간 이동이라도 하듯 순식간에 곤의 앞에 자리하며 비취옥장을 뻗는 것이었다.

"여러 말 말고 받아요!"

미요의 공세는 조금 전과는 비교되지 않을 정도로 거세고, 빠르고, 강했다. 하지만 이번에는 곤도 마냥 방어만 하지도, 수세에 몰려 물러서지도 않았다. 그녀의 요구대로 빙섬마저 빼어 든 그는 전력을 다해 맞부딪쳤다. 그 결과 마치 천신(天神)과 지신(地神)의 접전 같은 광경이 연출되었다. 하늘을 무대로 새처럼 날아다니는 미요와 그 못지않은 움직임을 지상에서 보이고 있는 곤의 신형은 고수들조차 제대로 분간하지 못할 만큼 현란했고 빨랐기에 그러했다. 더불어 그런 속에서 시종

평, 쾅, 하고 울리는 굉음은 귓전을 멍멍하게 만들 정도였고. 그에 사람들은 절로 입을 벌린 채 탄성을 발하지 않을 수 없었고, 심지어 고학이나 광룡까지도 조금 전의 일은 까맣게 잊어버리고 두 사람이 주고받는 공수에 온 정신을 빼앗길 정도였다.

누구 하나 조금도 물러서지 않는 가운데 접전은 끝없이 이어졌다.

그런데 갈수록 둘의 신형은 더욱 빨라졌고, 부딪치는 굉음도 크게 울렸으며, 살기도 가중되었다. 구경하는 사람들도 자연 그것을 느끼지 않을 수 없었고, 그래서 몇몇은 우려의 눈빛을 하기 시작했다. 이런 상태로 나가다간 결국 양패구상(兩敗俱傷)이 되거나, 그렇지 않으면 누구 하나가 크게 다칠 공산이 크다는 것을 아는 사람들이었다. 그리고 그들의 그런 우려는 곧 현실로 나타났다.

어느 순간이었다.

쾅, 하고 이제까지보다 훨씬 더 큰 굉음이 울려 나오더니, 하늘과 땅으로 나누어져 있다고는 해도 거의 그것을 분간하지 못할 정도로 일정 영역을 벗어나지 않으며 빠르게 돌아가고 뒤섞이던 둘의 신형이 한순간 분명하게 갈라지는 것이 아닌가.

"아아……!"

미요는 거의 삼 장이나 높이 튕겨져 올라가고, 곤은 땅속으로 무릎까지 박히는 모습에 사람들은 탄성을 발했다.

아니, 꼭 그것 때문만은 아니었다.

그런가 싶은 순간 다시 미요가 더욱 영롱한 비취빛 옥장을 전개하며 마치 독수리가 먹이를 채려 하강하는 것처럼 내리 꽂히고, 곤은 또 몸을 빼낼 틈도 없이 그대로 빙섬과 교아소도를 휘둘러 맞받는 모습을 본 때문이기도 했다.

곧 이어 콰광, 하고 다시 더욱 큰 굉음이 울려 퍼졌다.

그리고 이번에도 둘은 하늘과 땅으로 갈라졌다. 미요는 더욱 높이 솟았고, 곤은 이제 허벅지 바로 아래까지 지면을 파고들어 갔다. 그뿐이 아니었다. 두 사람의 모습에는 아까와 다른 것이 있었다. 미요의 안색이 창백하게 변해 있으며 입가에 가늘게 혈흔이 비친다는 것이고, 곤도 마찬가지라는 것이었다. 다만 곤은 피를 흘리는 부위가 그녀와 달리 교아소도를 쥔 손이라는 것이었다. 옥장의 충격에 손아귀가 찢어진 것일 터였다.

하지만 둘은 그에 아랑곳하지 않고 다시 충돌을 일으켰다.

이내 더한 굉음이 울려 퍼지고 그에 공력이 약한 사람들이 귀를 막으며 몸을 웅크리는 가운데 미요는 무려 사 장이나 솟구쳐 올랐고, 곤은 허벅지가 완전히 땅속에 잠겼다. 물론 둘의 입과 손에 흐르는 피의 양이 많아진 것은 말할 것이 없고. 그러나 둘은 다시 재격돌에 돌입했고, 그를 보며 명심 대사가 소리쳤다.

"말려야 돼!"

사실 표국 측이나 구경꾼들 중에서는 두 사람의 모습을 볼 수 있는 고수들은 누구라도 그런 생각을 하고 있었다. 두 사람의 격돌이 막바지에 이르렀으며, 이대로 다시 한 번 격돌한다면 필시 양패구상에 이를 것임을 알기에 그러했다.

하지만 누구도 움직이지는 않았다.

다른 일도 아닌 대공회에서 이루어지는 결투인데다, 두 사람이 워낙 고수인지라 말리고자 해도 말릴 방법이 없었으니 그럴 수밖에 없는 일이었다.

그런데 그때였다.

휙, 하고 바람처럼 검은 그림자 하나가 출현하더니 그대로 곤의 곁에 자리하는 것이 아닌가. 모두가 둘의 격돌에 집중하고 있던 탓이기도 했지만, 그렇지 않다 해도 대다수가 그가 어디서 어떻게 날아왔는지도 알지 못할 정도로 거의 미요에 필적하는 가공할 신법이었다. 더불어 그는 몸을 세우기도 전에 미요를 향해 말하는 것이었다.

"그만 해라."

그러자 놀라운 일이 벌어졌다.

무슨 일이 있어도 공세를 멈추지 않을 것 같던 미요가, 돋우었던 진기를 거두느라 한 모금 피를 토하는 것도 마다하지 않고, 공세를 거두고는 그대로 노인의 앞에 떨어져 내리는 것이 아닌가. 곤은 그전에 이미 병기를 거두었고. 그리고 미요가 내려앉을 즈음 땅속에서 빠져나와서는 얼른 갑자기 나타난 사람에게 예를 취하는 것이었다. 더불어 사람들도 그제야 갑자기 출현한 사람의 모습을 확실히 볼 수 있었다. 계피학발에 금포를 걸친 노인임을.

"하, 할아버지……!"

미요가 만감이 교차하는 표정으로 더듬더듬 입을 열었다.

그랬다. 그는 바로 미요의 할아버지 마적 공손대광이었던 것이다. 그는 미요를 바라보기에 앞서, 그를 알아보고는 분분히 몸을 일으키거나 자세를 바로 하며 예를 취해오는 주명백과 밀문 대종사 등 여러 사람들에게 고갯짓부터 해 보였다.

그리고는 미요에게로 시선을 돌렸고, 말했다.

"그만 가자."

"하지만……."

"내가 더 좋은 놈으로 골라주마."

"저, 저는……."

"할애비를 믿어라."

어린아이 같은 눈으로 미소를 지으며 두 팔을 벌리는 공손대광의 말에 안 그래도 말도 제대로 못할 정도로 오만 가지 감정의 격랑에 휩싸인 채 그렁그렁 눈물이 고이고 있던 미요의 눈에 결국 주르르 눈물이 흘러내렸다. 그리고는 그대로 제 할아버지 품으로 뛰어들더니 아예 '으아앙' 하고 대성통곡을 터뜨리는 것이 아닌가.

"쯧쯧."

혀를 차며 달래듯 손녀의 등을 쓰다듬던 공손대광의 손이 어느 순간 미요의 수혈(睡穴)에 머물렀고, 미요는 순식간에 잠에 빠져들었다. 그러자 공손대광은 가볍게 손녀를 안아 들었다. 그리고는 그제야 바로 앞에서 지켜보고 있던 곤에게로 시선을 돌렸다. 그리고 잠시 곤을 바라보더니 말하는 것이었다.

"너로서도 어쩔 수 없는 선택이었겠지?"

"……!"

"안다."

흠칫한 곤이 무어라 입을 열려 했지만 공손대광이 먼저였다.

"사람의 정이란 참으로 마음대로 되는 것이 아니지. 그렇지만 이것 하나만은 알아두어라. 장차 후회할 날이 있으리란 것을."

이어 그는 곤이 입을 열 기회도 주지 않고 그대로 몸을 날렸다. 올 때처럼 순식간에 사라져 가는 그를 곤은 물론이고 사람들도 망연히 바라볼 뿐이었다.

물론 모두 다가 그렇지는 않았다.

어떻든 곤은 아직도 패해 물러나지 않았고, 그래서 묵련 측은 당장 눈앞에 닥칠 출전자에 대한 일을 낮은 음성과 전음을 이용해 논의하기에도 바빴다.

"이제 저를 내보내 주십시오, 련주님."

여러 의견이 분분한 가운데 흑수가 다시 나섰다.

"제가 단번에 저자를 제거하겠습니다."

그렇지만 련주는 그를 돌아보지도, 대꾸를 하지도 않는 가운데 그의 곁에 서 있던 상관세유가 말을 받았다.

"네가 나가봐야 무리야."

"뭐?"

"생각해 봐."

당장 인상이 일그러지며 눈에 흉광을 발산하는 흑수였지만 상관세유는 어디까지나 침착했다.

"밀문 대종사님도, 권왕도, 미요도 어쩌지 못한 사람이야. 네가 아무리 빠르고 강해도 그만큼은 아니고, 결국 정면 대결로 네가 이길 확률은 없다는 말과 같아. 그렇다고 여기서 네 특기인 암살을 할 수도 없는 문제고 말이야. 하기야 완벽한 기회가 아닌 한 암살도 가능성이 희박하기는 마찬가지겠지만."

"무슨 소리!"

낮게 소리치며 흑수가 반박하려 했지만 이내 입을 닫아야 했다. 련주가 끼어든 때문이었다.

"세유 말이 옳다."

"……!"

"일이 이렇게 되었으니 하는 소리지만, 저자는 가히 천하제일을 다툴 만한 인물이다. 현재 우리로선 더 이상 마땅히 대적시킬 사람을 찾을 수 없을 만큼 말이다. 그러니 일단은 물러설 수밖에."

"그, 그런……!"

주변에 있던 사람들이 눈을 크게 뜨며 놀란 음성들을 발했다.

"서, 설마 이대로 포기하자는 것입니까?"

"포기를 할 수야 있나."

묘한 미소를 떠올리고는 잠시 즐기기라도 하듯이 사람들의 놀란 얼굴들을 둘러보던 련주가 말했다.

"다만 얼마간 시간을 가지자는 것이지."

"예?"

"그게 무슨 말씀이신지……?"

사람들이 어리둥절한 모습으로 반문했지만 련주는 시선을 돌려 물끄러미 주명백을 바라볼 뿐 좀처럼 입을 열지 않았다. 그러다 혼잣말처럼 불쑥 한마디 하는 것이었다.

"할 수 없이 빚을 받아내야겠군."

"……?"

사람들이 어리둥절한 얼굴을 할 때였다.

련주는 만통전주에게 무언가 전음을 날렸고, 그에 만통전주는 목례와 함께 다른 사람들에게는 자신을 돌아보지 말라고 당부하고는 슬그머니 뒤로 빠지는 것이 아닌가. 그리고는 소매 속에서 조금 긴 신호용 대나무 통을 꺼내더니 그것을 자신들의 뒤쪽 절벽을 향해 지면과 수평으로 뉘이더니 무언가 조작을 했고, 다음 순간 쉬익, 하는 경미한 소리와 함께 무언가가 발사되어 절벽 너머로 사라지는 것이었다. 묵련 사람들이 가리고 있었던지라 그의 행동을 목격한 사람도, 그리고 무언가가 발사된 낌새를 눈치 챈 사람도 없는 은밀한 행동이었다.

그리고 그사이 련주는 다시 천현필에게 무어라 전음을 발했고, 그러자 천현필은 다른 사람들이 눈치 채지 못하도록 은밀히 주명백에게 전음을 보내는 것이었다.

간단한 몇 마디였다.

"주 대인의 힘을 빌려야겠습니다."

"……!"

주명백이 흠칫하며 눈을 크게 떴다.

그런 그의 눈에 떠오른 것은 어떤 갈등과 번민이었다. 그럴 수밖에 없었다. 과거 그는 묵련주에게 큰 신세를 진 적이 있었고, 그로 인해 이제 그것을 빌미로 그들이 획책하고 있는 모종의 일에 도움을 달라는 신호였으니. 그리고 그에 대해서는 이미 여기 오기 전에 언질을 받은 상태였다. 그렇지만 설마 정말 이렇게 도움을 요청할 지경에까지 이르리라고는 추호도 생각하지 못했기에 더욱 그랬다.

하지만 갈등과 망설임은 아주 잠깐이었다. 구명(求命)의 은혜를 입고도 세월이 흘렀다고 모른 척할 수는 없었다. 하물며 그의 생각엔 누군가 큰 피해를 입는 것도 아니고, 자신만 조금 희생하면 될 일이었으니. 그리하여 그는 이내 다른 곳을 바라보는 척하며 슬그머니 승낙의 고갯짓을 했다.

그에 천현필은 입가에 엷은 미소를 떠올렸고, 언제 전음을 보냈냐는 듯이 그를 향해 큰 소리로 말했다.

"주 대인! 저희에게 잠시 상의할 시간을 주십시오!"

"일각을 넘기지 말아야 합니다."

"알고 있습니다."

주명백의 대꾸에 길게 읍을 한 천현필이 자신의 자리를 떠나 련주의 곁으로 왔다. 그리고는 다른 사람들과 머리를 맞대고 무언가 상의하는 자세를 취했다. 그에 신이 난 것은 표국 쪽 사람들이었다. 모두가 입가에 즐거운 미소를 떠올렸고, 몇 사람은 '흐흐흐' 하고 소리 내어 웃었고, 몇은 입까지 움직였다.

"발등에 불이 떨어졌구먼."

먼저 말을 꺼낸 것은 백설행노였다.

"놈들은 설마 곤이 이렇게까지 해낼 줄은 꿈에도 몰랐을 거야. 우리도 사실은 믿어지지 않을 정도이니."

"흐흐흐, 이제 고작 세 놈 남았군요."

묵위현이 말을 잇자 뒤이어 기혜도 끼어들었다.

"이궁주님께서 아마 다 처리하실 거야."

"물론이지."

묵위현이 당연하다는 얼굴로 머리를 끄덕였다.

"저놈들이 아무리 상의를 하고, 어떤 놈을 내보내 봐. 이궁주님을 상대하기는 턱도 없을 테니."

"휴우……."

"아니, 갑자기 웬 한숨을 쉬십니까, 척 어르신?"

백설행노의 한숨에 묵위현이 눈을 둥그렇게 뜨며 물었다. 그러자 백설행노가 곤을 턱짓하며 대꾸했다.

"자네들 이궁주를 보니 격세지감(隔世之感)이 들어서 그래. 나도 한때 저럴 때가 있었는데 말이야."

"흐흐흐, 설마요."

"네가 지금 노부를 얕잡아보는 거냐?"

"아, 아닙니다."

실실거리며 백설행노를 바라보던 묵위현은 가자미눈을 하며 눈을 흘기는 백설행노의 서슬에 대번에 꼬랑지를 내렸다. 어떻든 그렇게 그들은 설왕설래하며 묵련 측에 조소와 더불어 동정을 보냈지만 잠시였다. 상황은 채 일각이 지나기 전에 돌변했다.

"왕야(王爺)! 왕야!"

모습을 보이기도 전에 다급하게 소리치는 음성부터 먼저 들리더니 관복을 걸친 중년의 한 사내가 정원평에 등장을 하면서부터였다. 그는 연신 소리치며 다른 사람은 쳐다보지도 않고 곧장 주명백의 앞으로 가더니 그대로 부복하며 머리를 조아리는 것이었다. 그 순간 주명백의 수행원인 두 사람의 눈에 이채와 함께 의문이 스쳐 갔지만 본 사람은 아무도 없었다. 워낙 찰나지간인데다 모두가 갑자기 나타난 자와 그의 말에 주목하고 있었던지라 그럴 수밖에 없었다.

재빨리 조아렸던 머리를 든 그자가 말했다.

"왕야! 어서 가셔야겠습니다!"

"무슨 일이냐?"

"궁(宮)에서 사람이 왔습니다. 어서 입궁하시라는 전갈입니다."

"황궁에서?"

"예."

주명백이 흠칫 반문하자 부복한 자는 급히 머리를 끄덕이며 대답했다. 그러자 주명백은 침중한 안색으로 시선을 하늘로 돌리며 혼잣말처럼 말했다.

"또 노태후마마의 노환이 깊어지기라도 한 것인가……?"

이어 그는 몇 걸음 앞으로 나서더니 묵련과 천마표국, 그리고 구경꾼들에게 차례로 깊이 포권을 하더니 말했다.

"참으로 죄송한 말씀을 올려야겠습니다. 다른 일도 아니고 황궁에서 사람이 와서 급히 입궁하라고 한다 하니 아무래도 가보지 않을 수가 없군요. 이 죄는 후일 청하겠으니, 모쪼록 서로 상의하여 대공회를 잘 끝내기를 빌겠습니다."

"허……!"

"아니, 이것이 무슨……!"

사람들의 탄식과 반향이 이어졌지만, 주명백은 아랑곳하지 않았다. 그는 서둘러 사람들을 데리고 몸을 날렸고, 순식간에 사라져 버렸다. 어이없는 것은 군웅들이었다. 모두가 황당한 얼굴을 하고 멀뚱멀뚱 서로를 돌아보았다. 물론 묵련의 인물들은 겉으로만 그럴 뿐 내심은 회심의 미소를 짓고 있었지만.

"어떻게 하시겠소?"

먼저 말을 꺼낸 것은 천현필이었다.

"내 생각엔 주재자도, 공증할 사람도 없이 대공회를 계속한다는 것은 무리라도 보오만."

"그럴 수야 없지요."

명심 대사가 대번에 반박하고 나섰다.

"이미 예까지 왔는데, 이제 와서 중지한다는 것은 말이 되지 않소이다. 다른 참관하러 오신 분들도 많으니 그분들 중에서 적당한 분을 주재자로 모셔서라도 이왕 시작한 대공회를 끝맺는 것이 옳다고 봅니다. 아미타불."

"허허, 너무 쉽게 생각하시는군요, 대사."

짐짓 웃음까지 흘리며 천현필이 말을 받았다.

"주 대인은 쌍방이 합의해서 주재자로 모셔왔던 분입니다. 그 공정

함과 정의로움을 믿고 말입니다. 그런데 누가 그분을 대신할 수 있단 말입니까? 설마 정말 저 구경꾼들 중에서 고르거나 당신들의 편이 분명한 황산세가주를 주재자로 세우지는 말씀은 아니시겠지요? 그것을 본 련에서 동의하리라고 생각하십니까?"

"……"

명심 대사는 잠시 대꾸를 못했다. 천현필의 말은 일견 합당한 주장이었던 것이다. 그렇다고 그대로 입을 닫고 있을 수는 없는 일. 잠시 생각하던 명심 대사가 물었다.

"그러면 어쩌겠다는 말이오?"

"당연히 미루어야지요."

기다렸다는 듯이 천현필이 대답했다.

"후일 주 대인이 가능한 날로 다시 잡아 속개함이 마땅하지요."

"어림없는 소리!"

명심 대사에 앞서 반박하고 나선 사람은 백설행노였다. 다른 사람들 역시 볼멘소리로 한마디씩 거드는 가운데 그가 유독 큰 목소리로 핏대를 올리며 소리쳤다.

"누구 좋으라고 미뤄? 주재자가 없으면 어때? 증언하고, 공인할 수 있는 사람들이 저렇게 많이 보고 있는데 무슨 상관이야? 괜한 핑계 대지 말고 이대로 그냥 계속해!"

"정녕 몰라서 하시는 말씀이오?"

천현필도 눈매를 날카롭게 세우며 반박했다.

"지금 우리가 아이들 장난이라도 하고 있는 것이외까? 명색의 대공회외다! 설사 이름없는 일개 지역의 작은 방파들이라 해도 그 절차와 형식이 제대로 갖추어져야 함은 당연한 일일 터! 그런데 다른 데도 아닌 본 련과 소림까지 끼어 있는 대공회를 주재자도 없이 치르다니! 그게 될 법이나 한 소리요? 분명히 말하건대 본 련은 결코 이대로는 대공회를 계속할 수 없소이다!"

"……."

잠시간 아무도 말을 못했다. 무언가 손해를 보는 기분이고 억울하기 짝이 없는 일이었지만 지금 상황에서는 천현필의 말을 논리적으로 뒤집거나 반박할 방법이 없었다. 그래서 묘안이라도 생각해 내길 바라며 서로를 돌아볼 때였다.

"어……?"

"무슨 일이지……?"

돌연 사람들이 웅성거리는 것이 아닌가. 더불어 몇몇은 이리저리 정원평의 가장자리로 몰려가기까지 하는 것이었고. 그에 자연 표국 측과 묵련 쪽 사람들도 의아한 얼굴로 주변을 두리번거리지 않을 수 없었다. 그리고 그들도 목격할 수 있었다. 하류로부터 수십 척의 전선(戰船)이 올라와 원정산의 접경을 둘러싸고 정박하는 것을. 또한 각각의 배에 수십에서 많게는 백여 명에 이르는 군사가 창검을 번득이며 도열하고 있는 것을. 그리고 남쪽의 단층 아래에도 수백은 족히 넘을 군사들이 진세를 구축하며 늘어서는 것을.

이제 정원산은 수천에 달하는 군사들의 그물에 완벽하게 둘러싸인 셈이었다.

"갑자기 웬 군사야?"

"뭐 하자는 거지?"

사람들이 의아함을 감추지 못하며 다시 한마디씩 했다. 그리고 그것은 묵련 쪽이라고 다르지 않았다. 그들은 다만 주명백으로 하여금 자리를 비우게 하여 대공회를 미루려는 계책만 행했을 뿐, 그래서 지금의 상황은 도무지 영문을 모르기는 마찬가지였던 것이다.

그리고 그러는 사이 수십 명의 사람들이 남쪽 절벽을 타고 솟아올라 오는 것이 아닌가. 뜻밖에도 모두가 관의 복장을 하고 있었다. 다름 아닌 양한생과 어림친위군의 고수들, 그리고 포립을 비롯한 금의위의 인물들이었다. 더불어 관에 직접 몸을 담고 있지 않은 사람들도 있었고. 그중에는 보는 순간 의아함과 더불어 반가움이 가득한 미소를 떠올리며 가볍게 예를 취해 보일 정도로 곤이 매우 잘 아는 사람들도 있었다. 바로 전귀 귀타와 야유귀 동동, 그리고 백발마녀 냉고가 그들이었다. 그런데 그들은 양한생을 따라 움직이며 눈인사만 건넬 뿐 곤이나 표국 쪽으로 오려 하지 않았다. 평소라면 당장 달려와 호들갑을 떨 동동도 그것은 마찬가지였고. 다른 사람도 아닌 자신의 사부까지 자리하고 있음에도 불구하고.

하기야 그것은 양한생 등도 마찬가지였다.

그나 포립 역시 적지 않게 아는 사람들이 있음에도 불구하고 시선조차 돌리지 않았다. 다만 굳은 얼굴을 하고 성큼성큼 움직여서는 반원을 형성해 묵련 쪽 사람들을 포위하는 것에만 주의를 기울였다.

"무슨 일이오, 양 장군?"

어리둥절하고 곤혹스런 표정을 감추지 못하던 천현필이 참지 못하고 물었다. 그러나 대답은 한참 뒤에야 들을 수 있었다. 아니, 대답이 아니었다. 사람들이 모두 자리를 잡고 서자 그제야 열린 양한생의 입에서 나온 말은 한마디로 청천벽력이라고 해야 옳았다.

"묵련주 이하 묵련의 죄인들은 속히 무릎을 꿇고 오라를 받아라!"

"무, 무슨 말을……?"

모두가 입을 떡 벌리고는 기가 막혀 말이 나오지 않는다는 얼굴을 하는 가운데 천현필이 더듬더듬 말했다.

　"대, 대체 무슨 소리를 하는 것이오?"

　"시치미를 뗄 참이냐?"

　냉엄하게 소리친 양한생은 뒤를 향해 말했다.

　"데려오라."

　그러자 후미에 처져 있던 두 사람의 어림친위군이 한 사람을 부축해 재빨리 그의 곁으로 다가섰다. 초췌하고 머리가 산발한 양인(洋人)이었다. 그를 본 마달을 비롯한 몇몇이 안색이 변하는 가운데 양한생이 다시 냉엄한 음성을 발했다.

　"이자가 누군지 모른다고는 않겠지?"

　"이, 이자가 누구요?"

　이자를 아느냐고 묻듯이 흘깃 묵련주 등을 돌아본 천현필이 짐짓 의아함을 떠올리며 물었다. 하지만 은연중 자신도 모르게 목소리가 떨리고 말을 더듬거리는 것은 어쩔 수가 없었다.

　양한생의 눈빛이 더욱 싸늘해졌다.

　"누군지 모른다?"

　"모르오."

　"북원(北元)의 요청에 따라 양이(洋夷)와 섬국(暹國)의 화약 제조 기술자들을 은밀히 납치해서 얼마 전 그들에게 넘겨주는 대역죄를 저지르고는 황금으로 그 대가를 받아놓고도 이자를 모른다고? 이미 이자로부터 모든 진술과 증언을 확보해 둔 상태인데도?"

　"아……!"

　천현필은 부지불식간에 깊은 침음성을 흘렸다.

직접 관여하지 않았을 뿐, 그래서 양인을 보고도 누군지 몰랐을 뿐, 지난 몇 년 이래 묵련의 가장 큰 거래였던 일을 그리고 모를 리 없었던 것이다. 더구나 마달 이하 묵련의 고위직들까지 투입되고, 또 광룡과 숨바꼭질을 하며 드잡이질을 벌였던 일이 아니던가.

하지만 그렇다고 이대로 시인할 수는 없는 일이었다. 그것은 모든 것의 끝을 의미했다. 허락없는 교역만으로도 능지처참일 텐데, 다른 것도 아닌 국가에서 엄금하고 있는 화약 기술자를 적국에 넘긴 일이었다. 그렇지만 천현필은 입을 열 수가 없었다. 그에 앞서 나선 사람이 있었던 것이다.

묵련주였다.

"부인하지 않겠소이다."

이제껏 묵묵히 앉아 듣고만 있던 그가 일어서며 말했다.

"상인으로서의 선택이었지만, 어떻든 다 내 욕심으로 벌어진 일이고, 또 이미 모두 알고 있는 듯하니 다른 구차한 변명은 않겠소. 다만 한 가지 부탁이 있소이다. 사실 그 일은 매우 은밀히 거행된 일이었고, 그러므로 본 련의 인물들이라고 해도 그에 대해 모르는 사람이 태반이오. 그러니 나와 그에 직접 관여한 몇몇을 잡아가는 것으로 일을 마무리 지어주시오. 만약 그렇지 않고 본 련 전체를 헤집으려 든다면 본 련의 활동이 중지됨에 따라 중원의 상계가 초토화가 될 것은 불을 보듯 뻔한 일. 나라로 봐서도 그것은 조금도 득이 될 것이 없는 일이 아니겠소? 더불어 이 지경에 누구라도 순순히 잡히려 들지 않을 것은 자명한 일이고, 그렇게 되면 장군도 적지 않은 출혈을 감수하지 않으면 안 될 것이오."

묵련주다운 결단이었다.

여기서 거부하고 싸운다는 것은 정말 대역죄인이 되는 길이며, 그것은 결국 묵련의 몰락으로 이어질 것이 틀림없었다. 더욱이 싸움을 택해 어찌어찌 관의 포위망을 뚫을 수 있다 한들 그 와중에 곤 등을 비롯한 사람들이 가만히 보고만 있지는 않을 테니 승산도 전혀 없었다. 그렇다면 차라리 여기서 순순히 양한생을 따라가 그동안 묵련이 쌓아온 관의 인맥을 믿는 편이 백 번 나았다. 잘만하면 몇몇 수하의 희생으로 모두가 무사할 수도 있는 일이었다.

　그러나 다른 사람들이 그의 그런 결단을 이해할 수는 없는 일.

　"련주님 혼자서 짐을 지려 하지 마십시오!"

　"차라리 싸웁시다!"

　양한생이 무어라 대꾸하기도 전에 묵련의 인사들이 중구난방으로 소리쳤다. 그런 가운데 양한생은 잠시 그들을 바라보며 기다렸다. 그러다 소란이 가라앉자 말했다.

　"련주의 마음 충분히 짐작이 가고, 나 또한 수긍하지 못할 바는 아니지만, 최소한 이 자리에 있는 사람들은 모두 나와 같이 관으로 나아가 조사를 받는 것은 피할 수가 없소. 물론 조사 후 그에 연관이 없다면 바로 석방이 될 것이고."

　"꼭 그래야 하오?"

　"당연히!"

　양한생이 단호한 얼굴로 머리를 끄덕였다.

　"나는 직무태만의 죄를 범하고 싶지 않소. 그리고 혹시 해서 덧붙여 한 가지 말해 두자면, 이미 대묵평에도 수만의 군사들이 출동했다는 것이오. 물론 아직은 포위만 하고 있지만, 이곳에서의 여하에 따라 공격을 하든지 철수를 하든지 할 것이오."

"……!"

흠칫한 모습으로 눈을 크게 뜨던 묵련주가 이내 눈을 질끈 감으며 몸까지 휘청거렸다. 그로서도 감당하기 힘들 만큼 충격이었고, 완벽한 절망이었던 것이다. 그러나 그는 이내 다시 눈을 떴고 양한생을 직시하며 말했다.

"좋소! 더는 요구 않겠소. 두 사람만, 두 사람만 이대로 보내주시오. 아직 아무것도 모르고, 또 이 일에 아무 관계도 없는 아이들이니."

이어 그는 양한생의 말을 들을 것도 없다는 듯이 말을 이었다.

"세유! 흑수! 가라!"

"련주님과 같이 있겠습니다!"

"저희가 여기서 어딜 갈 수 있단 말입니까?"

놀란 상관세유와 흑수가 소리치며 거부의 말을 연거푸 쏟아냈지만, 그들을 돌아보는 련주의 눈빛을 접하고는 이내 말문이 막히고 말았다. 그 눈에서 그들은 너무도 절절한 기대를 보았던 것이다. 그리고 당부도. 그것은 반드시 돌아올 테니 나를 믿고 묵련을 지키라는 것이었고. 그리고 이 상황에서의 선택을 헛되이 하지 마라는 것이었다. 더불어 두 사람에 대한 련주의 무한한 신뢰도 있었고.

이어 련주는 다시 양한생에게로 시선을 돌리더니 자못 결연한 눈빛과 어조로 말했다.

"보내주시겠소?"

"……."

"잘 생각하시오. 이들마저 보내주지 않겠다면 우리는 최후의 한 명까지 결사항전을 할 수밖에 없소."

"……!"

미간을 찌푸리며 안광을 발했지만 결국 양한생은 머리를 끄덕일 수밖에 없었다. 꼭 련주의 협박이 겁나서가 아니었다. 두 사람 때문에 유혈극을 벌일 까닭이 없다는 생각이었고, 또 나중에라도 필요하면 얼마든지 잡아들일 수 있다는 자신감이 있었기 때문이다.

그리하여 다시 얼마간의 우여곡절 끝에 눈물을 흘리며 련주에게 대례를 올린 상관세유와 흑수가 먼저 떠나가고, 곧 이어 묵련의 인물들도 잠시간 소요가 있기는 했지만 어떻든 포박되어 압송되었다. 더불어 사밀우와 밀문 대종사를 비롯한 밀문의 인물들과 그 외 묵련 측에 있던 인물들도 포박은 되지 않았지만 일단은 조사를 받기 위해 그들과 함께 떠나야 했고. 그리고 그제야 곧 등에게로 다가와 인사를 한 양한생도 마지막으로 위지상아를 달래듯 다음과 같은 말을 남기고는 뒤처질세라 서둘러 떠났다.

"흉수들이 우리 손에 들어온 이상 그 죗값에 따라 합당한 벌을 받을 테니 이제 아무 염려 마라."

그렇게 올 때처럼 모두가 거의 한꺼번에 떠났지만 다만 두 사람, 양한생과 더불어 곧 등에게로 왔던 동동과 냉고만은 남았다. 동동은 당장 제 사부로부터 몇 대 쥐어 박히며 꾸중을 들어야 했지만, 이내 그간의 이야기를 쏟아냄으로써 백설행노의 손아귀에서 벗어남은 물론이고 모든 사람들의 주목을 한 몸에 받았다.

그럴 수밖에 없었던 이야기는 두 가지였다.

하나는, 오늘 일의 가장 큰 공을 세운 사람이 그라는 것이었다. 왜냐하면 때맞춰 양인을 장군부에 데려가고 사실을 전한 사람이 그였기 때문이다. 즉, 그는 냉고의 거처에서 냉기의 무덤을 돌보며 기거하던 중, 우연히 몽고인들에게 쫓겨 도망치는 양인을 구하고, 또 양인의 말을 어느 정도 아는 냉고의 도움으로 그간의 이야기를 듣고는 냉고를 설득해 부랴부랴 장군부로 데려왔던 것이다. 물론 그 사실을 듣자마자 기민하게 움직인 양한생의 공도 그 못지않지만.

그리고 두 번째는, 그 신상의 일이었다.

그것도 냉기의 주머니에서 나온 '내 대신 언니와 행복한 삶을 꾸려 달라' 는 서찰로 인해, 그리고 그 말을 무조건 따르려는 냉고로 인해 할 수 없이 그녀와 결혼을 하고 말았다는 것이었으니.

"……."

두 사람의 결혼 소식에 모두가 할 말을 잃은 채 혹은 멍하니 두 사람을 쳐다보고, 혹은 웃기게 생긴 동동과 얼음장이 따로 없는 냉고의 얼굴을 번갈아 비교하듯 쳐다보며 쓴웃음을 감추지 못할 때. 곤은 문득 자신의 한 손을 슬그머니 잡아오는 손길을 느꼈다.

매상이 아니고 누구이겠는가.

곤도 그녀를 돌아보며 특유의 밝은 미소를 지어 보였다. 그리고 전음으로 말했다.

"표국이 다시 정상화되고, 상두와 위지 소저가 안정을 찾는 시기가 되면 같이 해경도로 가고 싶은데, 어때요?"

"가고말고요."

〈完〉

길고 지루했던 작업이 드디어 끝이 났군요.
하지만 시원하고 홀가분하기보다는 미진하고 허
술하게만 느껴지는 것은 다 제 부족함 때문이 아
닌가 합니다. 쉽고 편하게 가자고 했었는데 별로
이루어진 것 같지도 않고요.

다음 작 '진인(眞人)' 에서는 의도대로 제대로 한
인물의 성장과 활약을 그려 좀 더 좋은 모습 보여
드릴 수 있기를 바라며 이만 줄입니다. 여기까지
따라와 주신 독자 분들께 진심으로 감사드립니다.

李笑

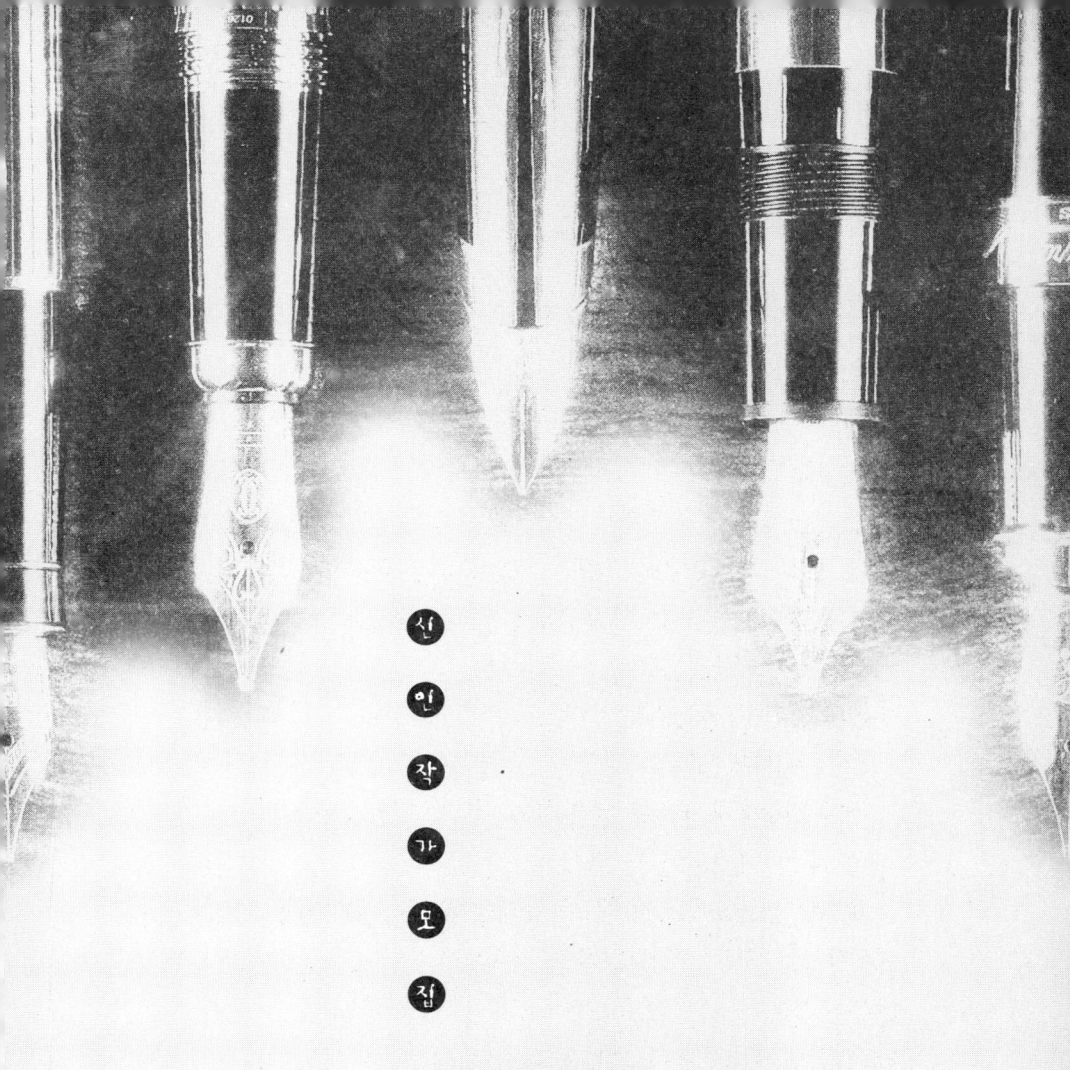

신인작가모집

**시작이 반이라고 했습니다.
작가의 길에 대한 보이지 않는 벽을 과감히 깨뜨리십시오!
청어람은 작가 지망생 여러분들의
멋진 방향타가 되어드리겠습니다.**

저희 도서출판 청어람에서는
소설 신인 작가분들을 모집합니다.
판타지와 무협을 사랑하시는 분들의 많은 참여를 바랍니다.
소정의 원고(A4용지 150매)를 메일이나 우편으로 보내주시면
검토 후 출판 여부를 알려드리겠습니다.

주소:경기도 부천시 원미구 심곡1동 350-1 남성B/D 3F 우편번호420-011
TEL:032-656-4452 · **FAX**:032-656-4453
http://www.chungeoram.com
e-mail:chungeoram@chungeoram.com